误入歧途

WU RU QI TU

范小青

长篇小说系列

FAN XIAO QING

人民文学出版社

图书在版编目（CIP）数据

误入歧途/范小青著. —北京：人民文学出版社，2015
（范小青长篇小说系列）
ISBN 978-7-02-010986-9

Ⅰ.①误… Ⅱ.①范… Ⅲ.①长篇小说—中国—当代 Ⅳ.①I247.5

中国版本图书馆 CIP 数据核字（2015）第 120125 号

责任编辑　包兰英
装帧设计　陶　雷
责任印制　史　帅

出版发行　人民文学出版社
社　　址　北京市朝内大街 166 号
邮政编码　100705
网　　址　http：//www.rw-cn.com

印　　刷　北京季蜂印刷有限公司
经　　销　全国新华书店等

字　　数　190 千字
开　　本　680 毫米×1000 毫米　1/16
印　　张　17　插页 3
印　　数　1—5000
版　　次　2016 年 10 月北京第 1 版
印　　次　2016 年 10 月第 1 次印刷

书　　号　978-7-02-010986-9
定　　价　32.00 元

如有印装质量问题，请与本社图书销售中心调换。电话：010-65233595

第 1 章

梧桐大街 18 号,高知楼,住着这个城市一些文化部门的头面人物以及一部分高级知识分子,十八层的现代化住宅公寓,楼前有小花园、停车场,环境幽静,在一个不算很大的城市里,应该说是令人瞩目的。

这是一个春光明媚的早晨,502 室的陈逸芳老太太推开窗户,深深地呼吸着春天的气息,太阳已经升起来,陈老太太面对着太阳,眯着眼睛,满身心涌起一股暖流,一切都是那么的美好。一个从事了几十年文字工作的资深编辑,在她离休多年之后,突然走出家门,唤回了继续工作的热情,找到了继续走自己的人生之路的最佳路线。陈老太太突然悟到,一个人的余热,原来可以放射出那么大的能量呢。陈老太太精力充沛,有许许多多的工作等着她去做。

早晨七点三十分,陈老太太听到楼下有小车的喇叭声,她走到阳台上朝下看,果然是小董的车,陈老太太笑了一下,小董很准时。陈老太太看到小董从车里出来,站到花园一角,拿出一根烟来点上,陈老太太大声喊:"小董,等一等,我马上下来,十分钟。"

小董朝上面笑笑,陈老太太回进屋里,走到穿衣镜前看了一下,她今天挑了一件米黄色的套装,她对这套衣服很满意,米黄色,配上白皙的皮肤,染黑了的头发,陈逸芳觉得自己一点也不像六十八岁的人,许多人都说陈老太太看上去比她的实际年龄要小十多岁,陈逸芳一点也不怀疑这样的说法,她照过镜子,拿起自己的小包,走到小荣房门前看了一下,小荣已经上学去了,小荣上的是重点中学,学校离家很远,要换两趟车,小荣每天早晨七点准时出门,八点前到校。小荣的房门开着,墙上也和别的许多中学生一样,贴着些港台歌星的照片,大都是整整齐齐的,一点也不乱,房间也打扫得干干净净。小荣虽是个男孩子,但是很懂事,很小的时候他就晓得做人的责任,晓得严格要求自己,每天准时到学校,从来没有迟到早退,功课什么的基本上也不要大人操心。陈逸芳常常跟人说,从小离开父母的孩子真是不一样,陈老太太想到昨天夜里送走客人后到小荣房里看看小荣睡了没有,无意中又发现了小荣的一个小秘密,当时小荣的那个窘样,让陈老太太回想起来就想笑,老太太笑了一下,她突然想到,小荣是长大了,从三岁起小荣就跟着她过,一晃竟然已有十四年,陈老太太感叹时光的流逝,她随手把小荣的房门带上,其实这完全是一个无意识的动作,只要大门锁上,屋里别的门关不关都一样,况且这幢大楼的安全工作是很不错的,交付使用一年多来,还从未发生过失窃或是别的什么事情。陈老太太带上了小荣的房门,朝大门走去。陈老太太走向大门的时候,她看了一下手表,七点四十分,正好过了十分钟。

陈逸芳老太太伸出右手去开门,就在这时候,忽然觉得有人在她的后背心处猛击了一下,陈老太太猝不及防,往前一冲,但是她没有沿着门倒下,她还站着,一阵剧烈的疼痛使得她张嘴"啊"了一声,她想,是谁呀,开什么玩笑,出手这么重,简直要人的命了,真是不知轻重,接着老太太又想,怎么会这样呢,这屋里没有人了呀,她一边想着,一边缩回伸出去开门的右手,将身子慢慢地向后转,这时候她的头开始发晕,眼睛也有些模糊,后背心上的疼痛开始扩散开来,陈老太太想,怎么这么疼呢,真是要命,她努力地将身子转过去,于是她看到了一张脸,这张脸很熟悉,但又很模糊,老太太努力想看清楚,可是她不能,她看不清楚,只是觉得自己口舌僵硬,她用尽全身力气,含混不清地说:"不,不,不是你——"她不知道自己到底有没有把这几个字说出口来,她还想把那张脸再仔细地看一看,她唯一的心愿就是要否定自己的视觉和感觉,可是,一切都太迟了,感觉正在离她而去,再过一会儿,生命也将离她而去,陈老太太慢慢地向前扑去,她扑倒在地上,背对着门。

有一个人,肯定是有一个人,从陈逸芳背上拔出那把刀子,开了门走出去,他,或是她,并没有把门带上,门虚掩着,是作案后心慌意乱疏忽了,还是有意布置的什么,现在还很难说。

七点四十分,小车司机小董站在小花园的一角,抽完了第二根烟,他过去按按汽车喇叭,再朝五楼的阳台看,没有人出来,又等了五分钟,仍然不见陈逸芳下楼,小董想,老太太怎么了?

七点五十分,小董第二次按响了汽车喇叭,一边朝五楼阳台看,有人从别的阳台朝下看。

七点五十五分,小董第三次按汽车喇叭,又喊了几声,没有回音。

八点整,小董嘀嘀咕咕准备上楼去。

电梯正忙着,小董走楼梯上去,到 502 室门前,小董喊:"陈老师!"陈老太太没有出来。小董再喊一声,倒惊动了 503 室的小保姆,出来朝小董看看,脸有点熟,笑了一下,说:"找韩奶奶?"

小董说:"是。"

小保姆走过来,说:"你敲敲门。"

小董过去敲门,发现门虚掩着,轻轻一推,小董和 503 室的小保姆同时看到了扑倒在地的陈逸芳和从她的后背流出来的流了一地的红红的血,小董听到小保姆一声尖叫,小董只觉得浑身的汗毛根根倒立,事后小董想起这声叫,总有一种不真实的感觉,好像是哪一部电影电视里的事情。

这时候走廊那端的电梯停下来,停在五楼上,小董对 503 室的小保姆说:"快,快去叫电梯工。"

第 2 章

　　七点三十分马北风送女儿小月亮上学,路上很拥挤,小月亮坐在自行车后座上,手搂着爸爸的腰,在熙熙攘攘的人群中,小月亮注意着能不能看见林老师,林老师是小月亮幼儿园的老师,小月亮常常对爸爸说:"我真想回到幼儿园去。"马北风知道小月亮的心思,他不说话。小月亮说:"爸爸,你不问问我为什么?"马北风有些尴尬,说:"我知道你为什么。"小月亮说:"我想林老师。"自从小月亮的妈妈离开以后,小月亮的心慢慢地就被林老师所占据,其实也不仅是小月亮,几乎所有的人,都认为林老师对于小马是很合适……五年已经过去,小月亮上小学四年级了,可是大家希望的事情还是没有结果,林老师的意思是很明白的,她从二十三岁一直等到了二十八岁,她愿意做小月亮的妈妈,问题是出在马北风这里,这些年来,马北风一直以年龄相差太大为理由说服别人也说服自己,马北风比林老师大十二岁,但是如果两个人真心相爱,十二岁的差别不应该成为障碍。马北风其实也知道这理由是骗人的,但是既骗不了别人也骗不了自己,现在马北风几乎已经进入一种非常为难的境地,一边是林老师的等待和小月亮的期盼;另一边是自己的……什么呢？马北风自己也说不清那是一种什么心理状态，他只是觉得林老师太像汪晨，他努力过，努力地从感情上去接近林老师，但是每一次总觉得是在和汪晨接近。马北风被这种感觉弄得很痛苦，这样的感觉马北风说不出来，即使说出来别人也不会相信。从外表看，林老师和汪晨并没有什么相似的地方，但是在气质上在某种潜在的内容里，林老师和汪晨确实很像，马北风怎么努力也摆脱不了这样的感觉。小月亮终于在马路对面慢车道的许许多多的自行车中，发现了林老师的那一辆蓝色的车子，小月亮兴奋地喊："林老师！"城市的喧闹声淹没了小月亮的喊声，林老师在对面的慢车道上沿着和马北风、小月亮相反的方向远去，小月亮说："林老师没有听见。"马北风听出女儿声音中的伤感和失望，他没有作声，默默地蹬着车子往前去，这时候马北风看到快车道上一辆大红的摩托车飞驰而来，摩托女郎一身紧身黑皮装，头戴大红头盔，马北风心里不由一动，一念之间，摩托已经飞驰而去，马北风回头看，自行车骑歪了，引来一阵埋怨和嘲讽。小月亮说："爸爸，你看谁？"马北风说："我不看谁。"小月亮说："我知道，你在看梁小姐。"马北风脸上不由一热，说："你瞎说，你怎么知道梁小姐。"小月亮说："我看到梁小姐给你的照片。"马北风张了张嘴，没有说出什么来，他想，这一大早，她到哪里去呢，马北风想着下意识地看了一下表，七点四十五分。学校到了，小月亮下车，朝学校走去，走了一段，突然又回头，马北风说："什么事？"小月亮说："韩奶奶不喜欢梁小姐。"马北风脸上又是一热，说："你上学去吧。"看女儿进了校门，才慢慢骑上自行车，往局里去，一路想着摩托车上的梁亚静，心里有些异样。

马北风到了刑警大队，值班的小王说："早。"马北风看看表，七点五十分,说:"出门早了一点儿。"

小王说:"今天到哪里?"

马北风说:"蓝色酒家。"

小王说:"为那个电话?"

马北风说:"是。"

小王说:"知道是谁打的?"

马北风摇摇头:"不知道,去看了再说,估计是内部的知情人。"

他们一起抽了烟,到八点,马北风说:"小孙怎么的?"

小王说:"几点?"

马北风说:"八点。"

小王说:"刚八点,你急什么。"

马北风觉得自己是有些心神不定,说不清是一种什么感觉,好像有什么事情要发生似的。

又等了五分钟,小孙还没有到,马北风说:"小王,你看看记录,小孙有没有来过电话。"

小王看了一下,说:"没有。"

马北风说:"怎么的,不会有什么事情吧?"

小王看了马北风一眼,说:"你今天怎么了?"

马北风愣了一下,想了半天,说:"没有什么,你觉得我有什么?"

小王说:"我怎么知道你有什么,只是觉得你很烦,是不是?"

马北风说:"为什么?"

小王笑起来,说:"你烦你的,我怎么知道你为什么,奇怪。"

马北风又想了想,说:"是奇怪。"

八点十分,小孙来了,马北风说:"你怎么才来?"

小孙看看表,说:"不迟呀,你的表快了?"

马北风说:"八点十分。"

小孙说:"八点十分迟什么。"

小王说:"就是,马头今天不对牛头。"

小孙和小王一起笑,马北风说:"走吧。"小孙先走出去,马北风走在后面,正要出门,听到电话铃响,小王去接:"喂!"马北风不知为什么停顿了一下,他看到小王的脸色变了,对着话筒说:"你再说一遍,什么地方?梧桐大街?"

马北风的心突然地跳了一下,梧桐大街?

小孙已经走出去,看马北风停着不出来,又回头来喊:"催得急,怎么不走?"

马北风走出来,说:"梧桐大街。"

小孙注意地看看他的脸,说:"怎么?"

马北风说:"出什么事了?"

小孙感觉出马北风的紧张,他也有些紧张起来,问:"什么事?"

马北风说:"不知道。"

小孙又看了看马北风,说:"那你紧张什么?"

马北风说:"我紧张了吗?"

小孙笑笑,说:"也不知你做什么。"

他们一起往蓝色酒家去,路上简单地说了说对蓝色酒家这事情的看法,有人给公安局打匿名电话,说蓝色酒家服务员卖淫,酒店老板提供场所,正好这一阵案子不多,杨队长就让马北风去调查蓝色酒家的事情,小孙和马北风是老搭档,一起破过不少案子,破案率是比较高的,在队里也算是一对好搭档。小孙工作时间比马北风短些,但他是正规名牌大学毕业,马北风只有一张专修文凭,但他的工作经验比小孙丰富,两个人互相取长补短,配合默契。

小孙在去蓝色酒家的路上,心中对这个调查还不能有十分的把握,他问马北风:"你准备怎么进行?"

马北风没有回答。

小孙又问了一遍,马北风侧过头看看小孙,说:"什么?"

小孙说:"你今天怎么,在想什么?"

马北风说:"有些不大好的预感。"

小孙笑了,说:"那准会出事,谁让你是我们的第一预感家。"马北风没有心思和小孙说笑,心里有些沉重,平时在破案的时候,也常常会有些预感,有时那些预感还相当的准确,但是预感毕竟不是证据,不是事实。

他们来到蓝色酒家,原以为这是一座很豪华的大酒店,其实这蓝色酒家真有些名不符实的味道。酒店的房子很旧,装修也很一般,走进去,一股油烟味直呛鼻子,地上墙上桌上到处是油腻腻的。马北风和小孙走进店堂,就有一个涂脂抹粉的女招待迎上来,对着他们做眉眼,马北风说:"你们老板姓董?"

女招待一笑,说:"是呀,二位找我们老板调查什么案子?"

小孙说:"你怎么知道我们找你们老板调查案子?"

女招待又笑,说:"你们脸上写着呀。"

小孙张了张嘴。

马北风说:"你们老板在不在?"

女招待说:"怎么会在呢,知道你们要来,早躲出去了。"

小孙说:"你严肃点。"

女招待仍然一脸的笑意，虽然轻浮，却也笑得很灿烂。

小孙厌恶地看着她，说："你们知道我们要来？"

女招待先是一愣，随后哈哈笑起来，说："我们怎么知道你们要来，你们是做什么的，我根本不知道，你看你们，被我一唬就唬出来了，算什么水平。"一边笑得弯下腰去。

马北风说："我不觉得这有什么好笑的。"

女招待朝他看看，愈发笑得厉害，一边笑一边说："你觉得不好笑，可是我觉得好笑。"

马北风和小孙皱着眉头等她笑够，马北风刚要问话，就看到一个大肚子女人走出来，对着女招待瞪了一眼，说："一大早，又痴笑什么？"女招待果然收敛了些，说："有人找董老板。"大肚子女人朝马北风和小孙看了看，说："什么事？"

马北风说："你是老板娘？"

大肚子女人点点头。

马北风说："能不能到里边谈谈。"

大肚子女人说："行。"先往里走，马北风和小孙跟着，又听到女招待在后面笑。

到了里边，坐下来，马北风说："据我们了解，蓝色酒家有留客嫖娼的现象，我们——"

女老板不等他把话说完，站起来，说："你把证据拿出来。"

小孙说："你急什么，自然会有证据给你看。"

老板娘一时有些吃不透，不知说什么好，马北风说："我们只是来调查调查。"

老板娘愣了一会儿，自言自语地说："来找我的麻烦，我们这种算什么，大事情不去管，管我们小屁事。"

马北风说:"你说什么?"

老板娘说:"说什么,梧桐大街出了大事情,你们倒不去管,跑我这里扳什么错头。"

马北风说:"梧桐大街怎么了?"

老板娘瞪他一眼,说:"怎么,杀人,你不去管?"

马北风心里突然一刺,痛得有点莫名其妙,他追着老板娘问:"什么人?"

老板娘说:"什么什么人?"

马北风说:"死了什么人?"

老板娘说:"奇怪,你做警察还是我做警察?"

小孙也觉得马北风有些不正常,上前岔开话题,说:"你不要说别人的事情,你把自己的事情先说清楚。"

老板娘说:"我有什么问题,我有问题你们抓我就是。"口气很硬。

小孙朝马北风看看,马北风说:"走吧。"

小孙很不情愿地跟着马北风走出来,说:"这算什么?"

马北风说:"你以为你再问她就告诉你?"

小孙说:"那也不能就这么走呀。"

马北风说:"梧桐大街真的出了事情。"

小孙说:"没有呼我们。"

马北风说:"是没有。"

小孙说:"那就是了,也不管我们什么事,老丁他们会去的。"

他们走到门口,看到刚才的那个女招待员从酒店旁边一条小弄堂里过来,小孙上前去问:"那是什么地方?"

女招待员说:"是厨房。"

小孙对马北风说:"我们过去看看。"

马北风点点头,跟在小孙后面从小弄堂往后面穿。

到了后面一看,果然是厨房,另外还有一排旧陋的平房,一个小天井,天井里满地都是鸡鸭鱼肉和蔬菜,有一个长得很难看的姑娘在洗菜,小孙和马北风站着看看,也看不出什么,正要走开,那个洗菜的丑姑娘突然对他们指指那一排平房,小孙想了想,说:"这是你们住的地方?"

丑姑娘点点头,眼睛亮亮的,声音却很低很低,对马北风和小孙说:"晚上来就能看到。"说过以后,又低头洗菜,好像面前根本没有两个人站着。

小孙顿时来了精神,对马北风使个眼色,两人一起走出来,走到大街上,小孙兴奋地说:"有门。"

马北风看着他,说:"什么?"

小孙说:"你到底怎么了?"

马北风说:"刚才老板娘说梧桐大街怎么回事?"

小孙看着他,一时不知说什么好,马北风慢慢地说:"我真的有预感,出事情了。"

小孙看他那样子,不好再多说蓝色酒家的事情,两人一起回到刑警队,一进门马北风就问:"梧桐大街怎么了?"

大家都忙着,没有人回答他的问话,值班的小王也不在,马北风过去看电话记录,上面写着:梧桐大街 18 号 502 室,陈逸芳。马北风看到这几个字,只觉得脑子里"轰"的一声,然后是一片空白。

小孙注意到马北风的脸色,也过来看电话记录,一看,小孙也"呀"了一声,说:"出事了,是韩奶奶。"

马北风愣愣地看着小孙。

小孙说:"你的预感……"

马北风"忽"地站起来,说:"我过去。"

小孙说:"我开摩托去。"

小孙开着三人摩托,很快到了梧桐大街 18 号,门前果然是人山人海,已经停了几辆摩托在门口,围观的人群见到又来了人,都让开一条道,马北风和小孙走进大楼,等不及电梯,奔上五楼,一进502 室,正看到小荣脸色苍白,神情恍惚地坐在客厅的沙发上,马北风冲进去,一把抱住小荣,说:"小荣,小荣,奶奶,奶奶怎么啦?"

小荣愣愣地看着他,没有说话,苍白的脸上也没有任何表情,马北风拼命地摇着他,喊:"小荣,小荣,你说话呀。"

接到报案就赶来的老丁走过来,告诉马北风,是他们把小荣从学校接回来的,回来后孩子就一直这样,老丁要他好好跟小荣说说话,怕孩子的精神一时受不了这样大的刺激,会出问题,马北风点点头,搂住小荣,说:"小荣,走,我们到那间屋坐。"

小荣突然开口说话:"不,他们要从这里把奶奶拖走,我就在这里等着。"

马北风回头问老丁:"人呢?"

老丁说:"已经走了。"

马北风说:"小荣看过奶奶了?"

老丁点点头。

小荣尖声说:"没有,我没有看见奶奶。"

马北风说:"小荣,你镇静一点儿,你这样子,奶奶也不会安心的。"

小荣突然"哇"地大哭开来,一边哭一边说:"奶奶已经死了,奶奶已经死了。"

老丁松了一口气,说:"总算哭出来了。"

马北风点点头,老丁简单地把一些基本情况向他说了一下,虽然法医的鉴定结果还没有出来,但是这桩凶杀案的死亡原因和死亡时间都很明显,根据司机小董和 503 室小保姆以及大楼电梯工等人的叙述,陈逸芳的死亡时间是在早晨七点三十分至八点之间,从现场看,很可能是被尖刀从后背刺入左胸致死,其他的死亡原因可能性较小。马北风听老丁介绍情况时,觉得自己完全处于一种麻木的状态之下,他努力控制着自己的感情,待老丁简单地说过,就向老丁要过现场勘查的记录,死者背对房门扑卧于离门大约半米的地上,身穿米黄色套裙,肉色丝袜,中跟黑牛皮鞋,后背心左侧处有一利器所伤的伤口,死者周围有一大摊血迹,从现场勘查来看,犯罪现场基本上没有被破坏,但是罪犯留下的痕迹却非常之少,少到几乎有些不正常,没有撬门破窗,没有作案工具,屋内也没有被洗劫的痕迹,所有家具都没有移动过,也没有丝毫搏斗挣扎的迹象,马北风看过现场勘查记录,重重地叹了一口气,回头对老丁说:"是老手?"

老丁神色沉重地点点头,说:"很可能。"

现场取到的指纹和鞋印已经带到局里去鉴定,那几乎已经成了最后的线索。

马北风回到小荣这边,看小荣的情绪稳定了些,他在小荣身边坐下,说:"小荣,你早上几点离开家的?"

小荣说:"他们已经问过我了。"

马北风看着小荣苍白的脸,心疼地点点头,轻声说:"小荣你再跟我说一遍。"

小荣点头,说:"和平时一样,七点整。"

马北风说:"奶奶有没有什么特别的表现?"

小荣说:"没有。"

马北风说:"早晨有没有人来过家里?"

小荣说:"没有。"

马北风停顿了一下,问:"昨天晚上呢?"

小荣说:"爸爸和她来过。"

马北风说:"是你继母?"

小荣说:"是。"眼睛里有怨恨,马北风看得出来。

马北风说:"说了些什么?"

小荣说:"我不知道,我没有听,我不要看她。"

马北风说:"什么时候走的?"

小荣说:"我不知道时间,他们走了,后来那个人就来了。"

马北风问:"那个人是谁?"

小荣说:"我不知道,男的,四十多岁,常常来找奶奶,好像是姓姚,我听奶奶叫他老姚。"

老丁插嘴说:"已经了解过,是一个书商,叫姚常川,常常来。"

马北风说:"姓姚的什么时候走的?"

小荣说:"我也不知道,大概九点多,我还没有睡,那人走后,奶奶还到我屋门口看看我……"小荣说到这里,脸上突然有点发红,可是马北风老丁他们都没有注意。

马北风想了想,说:"姓姚的和奶奶说的什么,你也没有听见?"

小荣说:"没有,我在听歌。"

马北风停了一会儿,再问小荣:"你再想想,有没有别的什么事情,特别的,引起你注意的。"

小荣想了一会儿,慢慢地摇了摇头。

老丁说:"就这些,我们问也是这些。"

现场勘查工作做完后,老丁他们走了,老丁走后,马北风刚要说什么,小荣突然一把拉住马北风,马北风看到孩子的眼泪滚滚而下,自己也忍不住掉下泪来,小荣抹了一下眼睛,一字一句地对马北风说:"小马叔叔,你能抓到凶手?"

马北风点点头。

小荣说:"我知道是谁?"

马北风吓了一跳,说:"小荣,你说什么?"

小荣又抹去滚下来的眼泪,说:"你知道我说的是谁。"

马北风心里一阵狂跳,声音也有些发抖,说:"小荣,你不可以,不可以瞎说。"

小荣说:"我没有瞎说,是她,就是她!"

马北风连忙搂住小荣的肩,说:"小荣,我知道你不喜欢她。"

小荣看看马北风,说:"我恨她。"

马北风说:"小荣,你不能这样。"

小荣说:"我有证据。"

马北风的心简直就要跳出胸膛。

小荣说:"她说过,奶奶死了,她就有好日子过。"

马北风说:"你听谁说的?"

小荣说:"小轩说的。"

马北风愣了半天,自言自语地说:"不可能,汪晨,不可能。"

小荣说:"你不相信我?"

马北风说:"小荣,你还不懂,这不是证据。"

小荣说:"但是她恨奶奶这是不是事实?"

马北风说:"我……不知道……"

小荣盯着马北风看了半天,说:"想不到,你会是这样,奶奶是为了我,也为了你,才让她恨的。奶奶喜欢你,甚至比喜欢我更厉害,你不知道?"

马北风没有回答小荣的话,但他的心在说:"我知道,我知道……"

马北风当然不可能忘记曾经发生过的一切。

那是一个天寒地冻、大雪纷飞的日子,马北风和汪晨一起到车站去接韩山岳。火车到站,就在韩山岳从车上下来的那一刻,马北风注意到了汪晨和韩山岳互相注视的目光和神情,那一刻,马北风的心突然地凉了,从他看着她和她看着他的眼神中,马北风预感到了什么,一种相当明显的预感……该死的预感。

他们曾经一起远行,插队到一个遥远的山区。在那里,谁都知道汪晨和韩山岳是一对恋人,可是后来事情发生了变化,汪晨先回了城市,就在汪晨回城的时候,韩山岳和当地的一位姑娘结了婚,那时候马北风和别的知青们并不很明白其中的许多纠葛,一直到许多年以后,汪晨成了马北风的妻子,也始终没有说清楚她和韩山岳突然分手的原因,马北风心里很明白,如果不是有特殊的情况,城乡的距离,决不会是汪晨和韩山岳分手的唯一原因,可是汪晨在做了马北风的妻子以后,仍然不愿意将这一段往事当作往事对待,从这一点上,马北风心里一直隐隐约约地有一种感觉,就是汪晨的心还系在韩山岳身上。

韩山岳比他们在乡下多待了七八年,他和巧珍的儿子小荣从两三岁起就送到韩山岳的母亲陈逸芳这里来，因为小荣的关系，马北风和韩奶奶陈逸芳也建立起了深厚的感情，马北风和汪晨的女儿小月亮从此也成了韩奶奶的掌上明珠，这种和谐融洽的关系一直维持到韩山岳和巧珍离了婚从乡下调回来。

在车站上马北风的预感确实是准确的，韩山岳回来后不久，汪晨就向马北风提出了离婚的要求，马北风并没有感到意外，也许他早就知道会有这一天。在他和汪晨结婚的那一天，他问过汪晨一个很愚蠢的问题，他说要是现在让你在韩山岳和我之间选择，你会选择谁？汪晨反问他，你说呢？马北风没有说，但是他心里已经明白，以后在他和汪晨的夫妻关系中，始终夹着一个韩山岳，马北风开始以为时间长了汪晨会慢慢地淡忘过去的一切，把过去作为往事，可是他错了，就在那个天寒地冻的车站，连空气也是凝结着的，可是汪晨和韩山岳的眼光却在流盼着，那么的生动，那么的有光彩，在那一刻，马北风多年来一直期待着的从来没有真正得到的东西彻底地消失了。

离婚的事情没有费很大的周折，对马北风和汪晨来说，这好像是早就约定的一个合同，只是长期以来一直没有践约而已。没有践约的原因也只是没有到一定的时机，现在终于到了践约的时候，他们是协议离婚，省却了好多麻烦，小月亮归马北风，财产对半分。就是这样，在马北风和汪晨离婚过程中吵闹得最厉害的是韩奶奶陈逸芳，那一阵韩奶奶刚退休在家，儿子回城以后，她正积极为儿子物色对象，可是突然有一天儿子告诉她要和小月亮的妈妈——马北风的妻子汪晨结婚。韩奶奶不能接受这样的事实，百般阻挠。这些年来，韩奶奶早已把马北风当作了她的另一个儿子，韩山岳不在家的时候，马北风对韩奶奶所尽的孝心比起一个亲生儿子也是有过之而无不及的,所以韩奶奶即使为了马北风,她也要极力阻止这一场在她看来是没有道德没有良心的人才能做出来的事情。但是韩奶奶不能明白,她没有能力把两颗早已经连在一起的心分开来。其实以韩奶奶的见识和修养,她怎能不明白这一点,只是事情碰到自己头上,老人实在是无法接受。虽然韩山岳和汪晨最后还是如愿以偿,但从此以后,韩奶奶对他们的冷战也开始了,她不让他们和她住在一起,韩山岳刚回城的时候境况很不好,单位没有房子分给他,韩奶奶又坚持要他搬出去住,后来还是马北风看不过去,出面替韩山岳和汪晨求情,韩奶奶看着马北风,两眼泪汪汪的,半天没有说话,马北风说:"奶奶你倒说句话呀。"韩奶奶长叹一声,说:"小马,你呀。"但是韩奶奶并没有松口,马北风便带着女儿小月亮从自己家里搬出来,住到单位的集体宿舍,把房子让给韩山岳和汪晨住。

后来韩山岳和汪晨他们也有了自己的儿子小轩,韩奶奶对儿子媳妇的怨恨也波及到小轩,有的时候韩山岳带着小轩来看奶奶,韩奶奶对小轩从来没有过好脸,而对小荣却是疼爱倍加。韩山岳和汪晨自然也明白,这不是做给孩子看的,而是做给大人看的,以为时间一长,奶奶的怨气会慢慢地平复,既然木已成舟,也只能当作舟来用了,可是谁也想不到韩奶奶的那股气却是长得很,没完没了,在儿子韩山岳、媳妇汪晨、马北风以及小月亮这些人当中,老太太不管看到谁,都会勾引起这个阴影,韩山岳因为是儿子,对母亲的一切言行基本上是能够理解的,所以也还能忍受,可是汪晨不能,她做不到,自和马北风离婚和韩山岳结婚以后,汪晨应该说是尽了最大的努力,以最大的爱心去对待老太太,可是老太太的铁石心肠永远也不能被感动。汪晨并不是一个容易记恨人的刻薄的女人,可她毕竟是一个女人,心胸里既有宽容的一面自然也就有狭窄的一面。

时间真是很快,马北风和汪晨离婚已经六年,六年过去,马北风一直没有结婚,决不是因为没有合适的人,小月亮幼儿园的林老师也许是再合适不过了,可是马北风没有结婚,谁也不知道他心里是怎么想的。有时候马北风自己也不明白是怎么回事,他不知道自己对于汪晨到底是一种什么样的感情,恨?爱?是得不到而生怨?是离别而更生思念?是宽容?还是不能忘记……

"小马叔叔,你怎么了?"小荣看马北风发愣,叫了他一声,说:"我们老师来了。"

马北风看到小荣学校来了两位老师,还带着几个学生,大概是来陪伴小荣的,后来居委会也来了人,马北风说:"小荣,我先走,等会再来看你。"

小荣点点头,送马北风出门,小荣眼巴巴地看着马北风,马北风的心被他看得又疼又酸,他按了一下小荣的肩,说:"小荣,你放心,会查到凶手的。"

小荣眼睛里又冒出眼泪来,小荣说:"我恨她。"

第 3 章

马北风从梧桐大街 18 号大楼出来,出门的时候,一辆大红色的摩托在他面前停了下来,马北风脱口说:"是你?"

摩托女郎摘下红色头盔,冲马北风一笑。

马北风心里荡起一股温情,他也想朝梁亚静笑笑,可是韩奶奶的阴影笼罩着他的心,他很沉重,笑不起来,眼睛却红了,只说了一句:"真巧,你怎么会到这来?"

梁亚静把摩托车停好,朝 18 号的大门走过来,说:"陈逸芳老太太出事情了,我们老板叫我过来看看。"

马北风一愣,突然激动起来,一把抓住了梁亚静的手,大声说:"你们认识陈逸芳?"

梁亚静不明白马北风为什么这样激动,她停顿了一下,想让马北风平静一下,可是马北风把她的手抓得更紧,抓得她的手很痛,梁亚静说:"我们老板和陈逸芳有生意。"

马北风心里一动,急忙问:"什么生意?"

梁亚静摇了摇头,马北风知道自己问了不该问的问题,连忙改口说:"你们已经知道陈逸芳被杀?"

梁亚静点点头，说："小董就是我们的司机。"

马北风听了梁亚静这话又是一惊，他原以为开小车的司机是出版社的，只听说韩奶奶这一阵在给出版社联系事情，出畅销书，想不到和大名鼎鼎的邱老板也有来往，他心里突然又涌起一种预感，这个案子，也许不是一个简单的案子。

梁亚静看马北风不作声，走过来说："是不是要把我们也联系上？"

马北风说："出了这样的事，所有和陈逸芳有关系的人都会联系上的。"

梁亚静想了想，说："你不会怀疑我吧，我听说做你们这一行的，最大的本事就是怀疑人，值得怀疑的人越多，案子越好破。"

说得马北风不知怎么回答好，人们就这样理解他们的工作，他看着梁亚静的脸，心里想，怀疑谁我也不会怀疑你，七点四十五分我在大街上看到你，但是马北风也只能这样想想而已，他不能说出来，马北风想着突然冒出一个很荒唐的念头，如果他没有在大街上看到梁亚静，或者他看到她的时候不是七点四十五分，他会不会怀疑她呢？马北风在心里说，我不会怀疑你。说不出为什么，就是不会怀疑你。实在要说理由，那就是预感……

一年前的一个雨夜，马北风办一个案子回家很晚了，心里正着急小月亮一个人在家，自行车蹬得飞快，就有一辆大红的摩托车从身边过去，骑摩托的是个女人，着一身同样鲜红的衣衫，看得出很年轻，驾车技术也很不错，真是潇洒威风，马北风心里正想着，突然发现摩托车停下来，他往前一看，街上有三五个小流氓拦住了摩托车，骑摩托的女人摘下头盔，不动声色，说："你们要干什么？"

小流氓们围过来，说着下流话，有的上前动手动脚，摩托女郎一边往后退着，一边用手护着前胸，说："你们走开。"

小流氓们起哄，说："走开，走到哪里去，除非小姐请我们到你家。"越逼越近，把她逼得已经无路可走，马北风停好自行车，走上前，拨开那群小流氓，说："你们走开。"

小流氓们见来了路见不平的，愈发来劲，大笑说："好得很，英雄救美人，英雄美人一起收拾，各得其所。"

后来就打起来，马北风是受过专门训练的，拳脚功夫也有几下子，但是终因寡不敌众，眼看着渐渐支持不住，就在马北风觉得快要筋疲力尽的时候，他无意中朝摩托女郎站的地方看了一眼，这一眼立即使他心里产生了一个大疑团，在一般的场合下，面对这样的情况，受到攻击的女人或者是溜之大吉，或者会跑去叫人报警，可是这个女人却不动声色地站在一边看他们打架，脸上居然还露出一丝笑意，马北风立即想到这是一件有预谋的事件，是一个陷阱，是苦肉记，是打击报复……可是马北风偏又不愿意相信这个年轻的魅力不凡的女人跟这几个流氓是一伙的，就在马北风胡思乱想的时候，他突然看到有个人拔出一把匕首向着他的右腹部刺来，马北风想躲避已经来不及，当时脑子里只想了两个字"完了"……其实什么也没有完，什么事情也没有发生，那匕首根本没有刺中他身上什么地方，只听"咣当"一声，马北风发现那把匕首已经掉在两米远的地上，马北风定眼看时，只见摩托女郎已经把那个拿匕首的人踩在脚底，她的一只穿着长筒靴的脚正踏在那人身上，另外的几个小流氓，见状都愣住了，女郎的动作干净利索，也没怎么见她出手，那一个就已经趴下了，女郎笑着说："来呀。"

小流氓们你看看我我看看你，没有一个敢上前。

女郎又笑，说："不是要一起收拾吗？"

小流氓们知道遇上了高手，再不敢多说什么，也顾不得被踩在脚下的同伙了，一个个灰溜溜地走开去，趴在地上的人不敢动弹，女郎抬起脚踢了他一下，说："滚。"连忙爬起来滚走，一会儿就不见了踪影。

马北风站在一边，脸上身上的伤很痛，虽然赶走了几个小流氓，但是他心里并不快活，要不是女郎出手，他知道今天没有好果子吃，可是堂堂男子汉，又是吃的这碗饭，连几个小流氓也对付不了，却要一个女人来相助，马北风面子上实在有些过不去，觉得很窝囊，讪讪地对女郎点了一下头，就过去推自己的自行车要走，女郎在身后说："你没伤着吧？"

马北风没有回答。

女郎走过来朝马北风看看，说："脸是破了，要不要到医院看一下？"

马北风说："小意思。"

女郎笑起来，说："你心里不快活是不是？本来是英雄救美人的，却原来英雄还要美人来救。"

马北风也朝她看看，说："你是做什么的？"

女郎说："你猜猜。"

马北风本来是不想和她多啰唆什么的，可是这个让男人丢脸、也让他马北风大失面子的年轻女人，偏偏有着一种能够吸引住他的东西，这种东西牢牢地拖住了他，使他不能随便地就走开。马北风重新站定了，说："你是运动队的？"

女郎一笑，说："不是。"

马北风想了想，说："猜不出来。"

女郎说："你是不可能猜到的，我是保镖。"

马北风忍不住也笑了一下,说:"什么呀,你这样的——"他是想说你这样年轻漂亮的姑娘怎么可能去做保镖,可是他没有说出口,改口道:"你开玩笑。"

女郎说:"不开玩笑。"

马北风看她的样子也确实不像是说着玩的,近年来社会上保镖行业确实慢慢地发展起来,许多腰缠万贯的老板,纷纷开始雇请保镖,这已经不是什么新鲜事情,马北风也不是没有接触过做保镖的人,但是面对这么一个姑娘,他实在不能把她同保镖这两个字联系起来。

女郎看出了马北风的意思,说:"看我不像,是不是?"

马北风说:"也不是不像,看你刚才的身手,是像,不过……"

女郎说:"不过看我的样子不像。"

马北风点点头,说:"你怎么会想到做这一行,女人恐怕不适合……"

女郎听了马北风的话,脸上慢慢地有些变色,半天没有说话,马北风觉得站着有点尴尬,心里又想着独自在家的小月亮,很想就此走开,可是两条腿却不听使唤、不肯走。马北风也不知怎么回事,停了一下,居然自我介绍起来,说:"我姓马,马北风,在市公安局工作。"

女郎点点头,说:"看得出。"

马北风说:"你……"

女郎说:"我叫梁亚静,跟邱老板有两年了。"

马北风说:"邱老板?邱正红?"

梁亚静点点头。

马北风的心震动了一下,邱正红是这个城市最有实力的"大腕"

之一,十年前还只是一个挑着馄饨担子沿街叫卖的小商贩,十年后的今天,邱老板的财产和势力,早已是人人皆知。至于邱正红老板的人中虎龙的传闻也是各种议论纷纷扬扬,邱正红在他的发迹过程中有没有违法行为,这恐怕也是不言而喻,但是始终抓不到他的把柄,马北风没有见过邱正红本人,但是他的同事有见过邱正红的,一致认为邱正红确有大亨风度,马北风也不知大亨风度到底是个什么样的风度,只是心里早已经对这个邱正红老板种下了一种不怎么好的印象,为什么会这样,说不清楚,也许只是一种偏见罢,现在当马北风冒着雨夜站在大街上,一边是独自在家等着他回去的小女儿,一边是这样一个大人物的女保镖,他实在不明白自己怎么会被梁亚静吸引住了,竟然迈不开回家的脚步。

梁亚静其实也大可不必守在这冰冷的寒夜,和一个素不相识的人说废话,尽管这个人在她可能遇到危险的时候敢于挺身而出,但那毕竟是他的本职,即使是出于职业习惯他也会挺身而出的,这一点不用怀疑。即使被威胁的不是她梁亚静,而是一位老太太、一个小孩子,他也同样会挺身而出。那么,梁亚静还留在这雨夜和他多说什么呢,不知道,只是她觉得自己愿意这样……

这是一次邂逅。

邂逅的结果常常有两种,从此一去再无音讯,或者,从此开始了一段全新的人生之路。

马北风和梁亚静的邂逅,他们都愿意得到后一种结果。

也许他们都知道这结果其实不会有什么真正的结果,但是他们还是沿着自己心灵的轨迹往前走,走到哪一天为止,谁也没有想过,谁也不愿意去想。

他们在开始的时候就知道结果?

当然不。

那一夜马北风回家已经很迟很迟,走到家门前才发现灯还亮着,马北风心里突然有了一种预感,他知道是林老师在陪着小月亮。进门一看,果然是,小月亮已经睡了,林老师坐在她的床边看书,马北风看到这幅情景,心里涌出一种说不清楚的感觉,他不知说些什么才好,愣愣地站在屋子中间,林老师笑了一下,站起来说:"你回来了,我走了。"

马北风一时没有说话,他突然明白心里的那种感觉是一种罪孽感,一种内疚感。

但是罪孽也好,内疚也好,马北风无论如何也不能把梁亚静从心头抹去了,虽然只是一面之交,昏暗的路灯下也没有看得很清楚,但是他的感觉告诉他,他再也忘不了那个骑着大红摩托车的叫梁亚静的年轻姑娘。如果这些年来,马北风一直以年龄相差太大而没有和林老师发展什么,但是梁亚静的出现立即就打碎了这种自欺欺人的借口,梁亚静的年纪,恐怕比林老师还要小一些。

自从那一次和梁亚静邂逅以后,他们并没有来往过,一直到第二年春天在一家歌舞厅,他们都是为了各自的任务出现在那里,可是后来怀着同样的目的一起走出了舞厅,到隔壁的酒吧坐下来聊了一会儿,就是那一会儿,马北风把自己生活中的不幸全告诉了梁亚静,梁亚静说:"你为什么要跟我说这些,我们才第二次见面,而且都是不期而遇。"

马北风无法回答梁亚静的问题。

后来他们相约了见面的时间和地点,那是一个春天的夜晚,他们在林荫道上慢慢地走着,梁亚静突然说了一句话,她说:"古人讲,白头如新,倾盖如故。"

马北风心里一阵冲动，这正是他的感觉。

梁亚静慢慢地说："你在第二次见到我，对我还一点儿不了解的情况下，就把你的一切告诉了我，这种对人的信任，与你从事的职业，不是很矛盾吗？"

马北风说："我从事的职业，并不是以怀疑人为目的，我觉得我们的前提应该是相信人。"

梁亚静盯着他的脸看了一会儿，说："我相信你。"

马北风笑了一下。

梁亚静说："我也应该把我的一切告诉你。"

马北风说："我跟你说我的事情，并不是想换得你的什么东西，我只是没有人说，我一直想找一个人说，却始终找不到。不知为什么，那天夜里我一看到你，就觉得你就是这个人了，虽然你让我大丢面子。"

看得出梁亚静想笑一下，可是她没有笑出来，她说："你那天问过我为什么要当保镖，我没有回答。"

马北风听出她的话语中慢慢在渗透出一些悲哀。

梁亚静说："我练过功，你知道我为什么练功？"

马北风摇了摇头。

梁亚静说："报复，为了报复，报仇。"

马北风看到梁亚静眼角慢慢地渗出眼水。

七年前，梁亚静是一所重点高中的高才生，那一个夏天，面临高考，别的同学都负担重重，可是梁亚静很轻松，她的名字已经上了保送名单，可以免考直升全国重点大学。正当生活向梁亚静展露出灿烂的笑意时，阴影也正在向她袭来。一大夜里，梁亚静到一个女同学家去帮助复习功课，回来得迟了一些，路上被两个流氓遇上了,尽管梁亚静竭尽全力,可是一个女孩子怎么可能对付得过两个如狼似虎的男人,一朵含苞待放的鲜花被摧残了,梁亚静的人生道路从此岔出了另外一条全然不同的支线……梁亚静受不了社会的歧视,她不明白受害者怎么突然变成了到处挨人冷眼,受人冷嘲热讽的可耻的人,她不愿意作为一个耻辱的人活在世上,她选择了死,可是又被救活了,在医院里,是那位年轻的女医生的一句话,换回了她生活的勇气,女医生说:"活着,才是对恶人最大的报复。"梁亚静突然就明白过来了,出院后,她找到一家只收男性学员的武术训练班去报名,武术师开始怎么也不肯收她,梁亚静就在地上跪了整整半天,终于感动了师傅,破例收下了这唯一的女弟子。

梁亚静终于练就了一身好功夫,这些年里,被她教训过的坏人已经不计其数,在一些地盘上,只要一说亚静姐,小流氓们没有不打软的,但是,社会对梁亚静的偏见却没有因此而消失,几年中,她换了好些地方做事,每次都因为得不到应有的公正的待遇而走开,一直到她遇见了邱正红,做了邱正红的贴身保镖,梁亚静才觉得,六年来,她努力,她奋斗,但始终没有找回自己,只有到了邱老板身边,她才真正地找回了自己。

马北风听了梁亚静的身世,他看着眼泪在梁亚静脸上流淌,过了好半天,他说:"是的,古人说得好,白头如新,倾盖如故。"

梁亚静抬起泪眼看着马北风,她明白,除了在邱正红那里,现在她又多了一个能够找回自己的地方。

现在却突然冒出了一件事情,和邱正红老板有生意来往的陈逸芳突然被害,梁亚静虽然相信邱正红不会做出这种事情,但是受到牵连恐怕是难免。梁亚静到梧桐大街来并不是邱正红让她来的,而是她自己要来的。梁亚静没有想到在梧桐大街 18 号第一个见到的就是马北风,马北风,也许正是负责侦破这个案子的人?

梁亚静抑制着心里的激动,尽量平静地看着马北风,在和马北风不多的接触中,梁亚静觉得自己基本上是能够理解马北风的,能够明白他的心,但是此时此刻她却不能了,她一点儿也不知道马北风在想些什么,他会怀疑邱正红吗?也许他正在怀疑她呢。梁亚静感觉出马北风的激动和沉重,她有些不明白,马北风在刑警队工作已不是一年两年,他经手的案子,哪怕是杀人案,想来也不会少,难道每一次他的感情都这么冲动,这么激烈吗?这种冲动,好像不应该是一个有经验的刑侦人员的作风……梁亚静不知道该怎么办,她只有等待着马北风……

当马北风心头笼罩着韩奶奶突然被杀的巨大悲痛和阴影走出梧桐大街 18 号的时候,他看到梁亚静,梁亚静告诉他陈逸芳和邱正红也有生意上的来往,这是马北风以前一无所知的情况,他突然觉出了事情的复杂,这也是很正常,算不上一个刑侦人员特殊的敏感,一个很普通的人,即使他根本不懂得刑事侦查,也应该想到这一点。

马北风已经平静了许多,他对梁亚静说:"人已经不在了。"

梁亚静点点头,说:"是刀子刺死的?"

马北风没有回答,梁亚静也知道自己得不到回答,她说:"我去看看她家里人。"

马北风愣了一下,说:"我陪你上去。"

他们一起坐电梯上楼,马北风和大楼的电梯工认识,电梯工看到马北风,很紧张,说:"你也来了,怎么会这样,韩奶奶怎么……"

马北风没有接他的话,电梯工看了一眼他身边的梁亚静,很知趣地没有再说什么,只是嘀咕了一句:"真倒霉。"

马北风看了他一眼,说:"什么?"

电梯工说:"一上午,被问了几十次,嘴也说干了。"

马北风说:"就是这样的。"

电梯到了五楼,他们出来,迎面碰到居委会的史主任,见了马北风,说:"你来啦,去劝劝小荣,孩子呆了似的,不吃也不喝,也不说话。"

马北风和梁亚静连忙进屋,看到小荣还是原先那个姿态坐在客厅的沙发上,脸色苍白,一动也不动,他的两位老师和几个同学正跟他说什么,小荣好像听不见,脸上什么表情也没有,马北风走过去,刚要说话,小荣突然哭起来,抱住马北风说:"小马叔叔,我要奶奶。"

马北风连忙扭过脸去,他怕自己的眼泪也掉下来,好端端的一个家,突然就破碎得不成样子了,马北风的心刺痛得厉害。

梁亚静从小荣对马北风的态度中,突然意识到什么,马北风说过的他的那些经历,那一位待他如亲生儿子的老太太,就是陈逸芳?韩奶奶?

小荣也不顾在场有许多人,抱住马北风一边哭一边说:"小马叔叔,我恨她,就是她。"马北风赶紧把小荣拥到里屋,关上了门。

在场的人并不知道小荣说的什么,可是梁亚静却从马北风突然变了色的神态中看出些问题,小荣说的"他",到底是"他",还是"她"?如果是"他",会是谁?如果是"她",又会是谁?前提是小荣说了"我恨他(她)"。马北风的脸色为什么变得那么难看,急急忙忙把小荣弄到里屋去,难道他是想掩饰什么?这不可能,如果死去的陈逸芳确实就是韩奶奶,那么梁亚静可以肯定,最最想尽快破案的人就应该是马北风。

这一切原本和梁亚静是没有任何关系的,梁亚静之所以到梧桐大街来,不过是想看看现场的情况,其实她根本也没有必要来看什么现场,邱老板是不会做这样的事情的。自从梁亚静做了邱正红的贴身保镖,她知道并且也相信邱老板对她并不隐瞒什么,但是邱正红的一切生意往来,并不需要梁亚静过问,所以梁亚静也不去过问,邱正红和陈逸芳的往来,纯属生意上的事情,为了生意上的什么事情,邱正红决不会杀人,这一点梁亚静是有把握的,可是梁亚静还是来了。

马北风和小荣在里屋不知说了些什么话,他们出来的时候,小荣激动的情绪已经平静得多了,马北风对梁亚静说:"我有些事情,先走了。"

梁亚静点点头,说:"有事情要我帮忙的,你找我。"

马北风说:"好。"

马北风又坐了电梯下楼,电梯工见只有他一个人,就说:"小马,有没有线索?"

马北风说:"早上有没有你不熟悉的人坐电梯上下楼?"

电梯工说:"问过了,问过了,没有,一个也没有。"

马北风说:"一早上上上下下那么多人,你能记得住?"

电梯工说:"你把我当什么人,白痴呀,白吃这碗饭的,上上下下那么多人,我就是能记住,谁谁谁几点上几点下我都熟透。"

马北风说:"那你再想想,和韩奶奶熟悉的人当中有没有人今天早上不是按时上下楼的?"

电梯工说:"问过了,问过了,没有,我报给你听,先是小荣,小孩子每天七点准时下楼,今天也是。再是小英子……"

马北风说:"是503的小保姆?"

电梯工说:"是,小英子七点十分下楼拿牛奶,七点十五分上楼,也是每天差不多的。"

马北风说:"504室呢?"

电梯工说:"是个瘫子,不能动的,怎么下楼。"

电梯下到一楼,马北风说:"回头再找你。"

电梯工说:"真倒霉。"

到大门前马北风遇到小英子,他拦住她,说:"小英子,你跟我说说情况。"

小英子说:"上午都说过好多遍了。"

马北风说:"你不认识我?"

小英子说:"我认识,你是小荣的小马叔叔,公安局的。"

马北风说:"那你跟我说说。"

小英子就说了,和调查记录上的口供完全一致,大概在八点钟左右,她听到小董在韩奶奶门口喊,喊了几声韩奶奶没有答应,她就开门出来对小董说,你敲敲门,她走过来,看小董敲门,小董发现门没有关上,就推开门,于是她和小董同时看见了躺在血泊中的韩奶奶。

别的再也没有什么,也没有见到什么陌生人进出,也没有听到什么特别的不正常的声音,只是听到楼下的汽车喇叭声,那是小董按出的声音。

马北风说:"好吧,你回去吧。"

小英子走了两步,又回头,问:"还要问多少回?"

马北风真不好回答小英子的这个问题。

第 4 章

　　像韩山岳这样的人,不论他到哪里,他都是一群人中最优秀的一个,这一点事实早已经证明,而且还将继续证明下去。两年前他调到广告公司的时候,经理告诉他,你到我们公司来,你原来的级别职务什么,都不能跟着一起来,你需要从头做起。韩山岳说,那当然,他确实很坦然,因为他有信心,他始终是有信心的,一个普普通通的小职员,不到两年时间,就做上了全市最大的广告公司的副总经理,而且是当家副总,总经理并不负责具体事务,所以公司大大小小一切事情,都在韩副总手心里握着。事情就是这样,有的人努力一辈子,追求一辈子也得不到的东西,另外一些人似乎可以不费吹灰之力就能得到。公司上上下下的人都觉得韩副总在这两年里并不见得怎么追求怎么钻天打洞地要做这一把交椅,但是最后还是给他坐上了。也许他的追求不露痕迹,或者,他根本就没有追求,只是运气罢了。但是有一点全公司上上下下都是服帖承认的,那就是在所有的人选中,韩山岳无疑是最合适的。大家也许说不清韩山岳到底有些什么本事,从来不见他咄咄逼人,锋芒毕露,他待人和气,说话办事从来是平平稳稳,但是他确实有能力管着这样一家大公司,而且能管得生气勃勃,兴旺发达。

韩山岳的优秀,早在他的少年时代就已经展露出来,进入青年时代的韩山岳和许许多多的下乡知识青年一样,把自己的才华能力都献给了农村,在那里他同样是最出众的,可是后来有一段时间韩山岳沉闷了,他的许多聪明才智好像随着汪晨的离去也离去了。他在乡下成了家,做了一个地道的乡下人,好像从此再不想回到养育他的这座城市来。"文革"中被打倒、后来复出的母亲陈逸芳多次想办法把他从乡下调回来,都被他拒绝。谁也想不到,十年以后,韩山岳突然给城里的许多朋友故人写信,信上只有一句话:"我要回来了。"

韩山岳真的回来了。

韩山岳的才华以及他的非凡的组织能力,都开始得到最大程度地发挥,在广告公司副总的位子上,他干得得心应手,前途一片光明。

可是,韩山岳也有韩山岳的苦恼,他虽然重新得到了真心相爱的汪晨,可是他却失去了母亲的爱,他实在不明白母亲怎么会这样固执。与此同时,他也失去了曾经有过的和马北风兄弟般的情谊。马北风在让出汪晨的事情上做得实在漂亮,他没有记恨他和汪晨,这一点韩山岳很明白,他了解马北风,他们是在一个锅里吃过好几年苦饭的朋友。马北风的为人他从来不怀疑,为了他,为了汪晨,马北风可以做出可能的甚至是不可能的牺牲。但是,马北风越是这样宽厚,韩山岳越是难以面对马北风。他可以在生意场上应付自如,指挥若定;可以叱咤风云,也能够随机应变,可是在马北风面前,他做不到……他和汪晨的新婚蜜月就是在马北风的家里进行的,马北风让了出去,可是这家里的一切,却处处浸透了马北风的气息,韩山岳在那一刻就明白了,他欠下了一笔债,这是一笔他永远也还不了的债,他的情绪低落,可是为了汪晨,为了让汪晨的幸福感受再多维持一些日子,韩山岳把自己掩盖起来,他生活得很累很累,新婚后不久,他有了自己的房子,搬出马北风家的那一天,马北风来帮忙一起搬东西,他给马北风递烟,马北风接了烟,点起来,深深地吸了一口,韩山岳看到马北风吸烟的样子,他突然蹲下去,"呜呜"地哭起来。汪晨在屋里听到声音,出来了,她问马北风:"你跟他说了什么?"

马北风说:"我没有说话。"

汪晨过去扶起韩山岳,韩山岳推开了汪晨,自己站起来,慢慢地说:"没有什么。"

汪晨正要再问什么,就看到韩奶奶领着小荣走过来,站在一边冷冷地看着他们,韩山岳过去叫了一声"妈"。

韩奶奶说:"你不应该搬走。"

韩山岳看着母亲,不知道老太太又要说什么难听的话,一边示意汪晨进屋去,可是汪晨没有动弹,韩奶奶看了汪晨一眼,说:"你们应该待在小马的家里,这样可以常常想想汪晨以前是怎样和小马做夫妻的。"

韩山岳上前扶住老太太说:"妈,你进屋里坐。"

韩奶奶冷笑一声,说:"怎么,我说了不该说的话? 难道这不是事实? 难道汪晨和小马没有做过夫妻?"

韩山岳难受地看了汪晨一眼,发现汪晨脸色发白,他连忙对小荣说:"小荣,搀着奶奶走吧。"

小荣冷冷地看了父亲一眼,并不说话,但是他的眼神一直穿透了韩山岳的心,直刺得他的心又痛又麻。

马北风走过去搀住韩奶奶,说:"奶奶,走吧。"

韩奶奶看了他一眼,举手给了他一个耳光,说:"你个没出息的东西!"

马北风笑了一下,说:"奶奶要是觉得打着出气,就再打几下。"韩奶奶突然抱着马北风的头哭了起来。

韩奶奶对马北风的这一打一哭,把韩山岳的心彻底地冷却了。

韩山岳就是这样生活在一个两重世界里,一边他是一个能力非凡大权在握的副总经理;另一边,他却在妻子、母亲和朋友的夹缝中苟延残喘,他不断地调解着母亲和汪晨的关系,希望有一天能够打开这样的僵局,可是他越调解,僵局越僵,他隐隐约约地觉得母亲和汪晨几乎已经到了势不两立,你死我活的地步。可是母亲和汪晨,她们从前都不是这样的人,老太太的通情达理,这是大家都知道的。而汪晨,从来也都是给人以温柔宽厚的印象。韩山岳实在不能明白,人怎么会变成这样,包括他自己的变化,在从马北风那里把汪晨要回来好多年之后,韩山岳突然对自己当年的行动产生了一种极其陌生的感觉,他简直不相信这事情是他做出来的,他努力地回想,可是怎么也想不明白怎么会做出这样的事情,也许,当初他和汪晨重逢重遇时所产生的强烈的激情,现在已经消失,即使没有消失但也已经淡漠,所以他再也找不回理由,找不回夺朋友之妻的一丁点儿的理由。韩山岳可以在事业上飞黄腾达,处处游刃有余,可是在家庭生活中,他却觉得自己心力交瘁,常常有一种想竖白旗的感觉。

但是最近韩山岳工作上却出了些问题,有一笔款子,已经过了该到账的时间,却迟迟不见到账,电报电话接二连三地过去,那边不是只作不知,就是避而不见,一天前韩山岳派去追款的人从外地发回急电，说欠款人已不知去向，而这一边，正等着这一笔款子支付另一宗生意，三天之内不付出这笔款子，公司不仅在经济上损失惨重，而且这些年来好不容易建立起来的信誉也将一落千丈，两面夹攻的局面使从来都泰然自若游刃有余的韩山岳也不得不调动全部的能量去解决这一危机。当然，韩山岳并没有惊慌失措，他相信自己的能力和运气，他正在运用自己的聪明才智解决困难，可是，谁能想到，就在这样的时候，母亲突然死了，被杀死了，被一把尖刀从后背往前刺穿了心脏死了。

韩山岳是在上午九点以前接到的电话，当时电话里只说陈逸芳老太太出了点事情，让他立即回家，因为上午十点还有个重要会议，要他主持，拍板一桩大生意，要是成功，款子马上就能汇到，那一笔被骗的或者说是被拖欠的款子暂时追不回来也就不成大问题了，于是他在电话里问能不能等他开完会再回去，电话那头说，人命关天，你看着办吧。

韩山岳还是赶了回去，一路上他做了种种猜测，觉得可能性最大的是母亲得了急病，可是等待他的却是母亲的尸体和地上一大摊的血。

韩山岳不能接受这样的事实，他需要冷静地想一想，到底发生了什么事情，可是在场的刑侦人员却一再地打扰他，问了许多话，那些问题都是在韩山岳头脑极其混乱的情况下提出来的，韩山岳又是在近乎麻木的状态下做回答的，现在韩山岳已经回想不起那是些什么问题，他自己又是怎么回答的，后来 BP 机响起来，公司呼叫他去主持会议，韩山岳对刑侦人员说了，他们都用一种奇怪的眼神看着他，韩山岳明白，他们对他有了怀疑，一个在母亲突然被杀死的情况下居然还能赶回公司去谈生意的人，会是什么样的人？

韩山岳想解释几句，可是他开不了口，他只说了一句："我去处理一下就来。"

韩山岳赶到公司，交代另一位副总主持会议，把一些关键的问题都向他交了底，然后到会场，开会的人已经到齐，韩山岳说："对不起，我母亲突然去世，今天的会，我不能参加了。"

大家震惊地站起来，也有人已经听说了梧桐大街早晨发生的凶杀案，问："韩总，令堂是不是被……"

韩山岳摇了摇头，说："不说别的了，开会吧，今天的事情由刘总全部负责。"说完就走了出去。

韩山岳回到自己的办公室，只觉得头痛欲裂，他找了一片止痛片吃了，长长地出了一口气，刚要出门，门被推开了，马北风一脸阴气冲进来，盯着韩山岳狠狠地看，韩山岳后退了一步，说："小马，你——"

马北风不说话，向韩山岳逼近一步，仍然是那样地看着他。

韩山岳被他看得心里发毛，那一刻的感觉，就好像自己真是杀害母亲的凶手。韩山岳用手推开靠近的马北风，说："你为什么这样看着我？"

马北风冷笑一声，说："你还在这里做金钱梦？"

韩山岳张了张嘴，想解释什么，可是想了想，什么也没有说，他知道这时候大家都缺乏理智，说也是白说。

马北风一把抓住韩山岳的衣领："你说，早上你在做什么？"

韩山岳可以想到马北风会有许许多多的疑问向他提出来，就像现场勘查的警察那样，可是他万万想不到马北风会问他这么一句话，韩山岳一屁股坐了下来，闷了半天，声音嘶哑地说："你、你怎么这样问我？"

马北风并不理睬他的伤心,只是说:"你说!"

韩山岳盯着马北风看,说:"你居然怀疑我?"

马北风愣了愣,没有说话。

韩山岳抱住自己的头。

办公室里死一般的沉默。

过了好一会儿,马北风的声音又响起来,这一回他的声音低沉得多,更有些颤抖:"她呢? 她今天早上……"

韩山岳"忽"地站起来,说:"你疯了,你居然怀疑她?"

马北风眼睛血红,说:"我疯了,我是疯了,居然有人杀了奶奶,我是要疯了。"

韩山岳这时倒冷静下来,他给马北风递一根烟,被马北风手一挡,烟掉在地上,马北风没有去捡,韩山岳去捡起来,自己点着了,递给马北风,马北风接了,也没有抽,只是拿在手里,韩山岳看着他,说:"小马,你太激动了。"

马北风也站起来,说:"我怎么能不激动?"

韩山岳说:"这案子是你负责?"

马北风摇摇头:"还没有定。"

韩山岳沉默了一会儿,说:"我觉得,你应该回避。"

马北风又一声冷笑,说:"那是,所有接触韩奶奶的人我都了解他们,包括你和她,我当然应该回避。"

韩山岳叹了口气,又说:"你太激动。"

马北风说:"我不跟你说别的,你告诉我,你和她,汪晨,今天早上在什么地方? 七点半到八点之间,有没有证人?"

韩山岳说:"哪有你这样的,你这是违反你们的工作纪律的。"

马北风说:"你说!"

韩山岳的脸变得很苍白,白里泛青,他顿了一会儿,慢慢地说:"七点半到八点,我和汪晨都在家里,我可以为汪晨作证。"

马北风说:"真不错,互为证人。"

韩山岳没有说话,闷头抽烟,马北风感觉到他的手在抖,马北风的心也在抖着,他深深地看了韩山岳一眼,转身走了出去。

马北风从韩山岳那里出来,只觉得心里又虚又慌,也不明白怎么回事,好像自己就是杀害韩奶奶的凶手似的,看见街上的行人,就有一种罪孽的感觉。他到街边一家小店坐下来,要了一碗面条,等面条的时候,他突然想起忘记问韩山岳一件重要的事情,据小荣说,昨天夜里韩山岳和汪晨到韩奶奶家去,谈到了奶奶的钱,第一次马北风问小荣有没有听到他们同奶奶说了些什么,小荣说没有听见,可是第二次马北风陪着梁亚静去的时候,把小荣拉到里屋,小荣说他们谈话中间他出来上厕所,听到他们说到钱的事情,小荣也知道奶奶最近和别人一起出畅销书,赚了不少钱,只是不知道放在什么地方……面条端上来了,马北风放了一大勺子辣酱,却吃不出个辣味,又放了一勺子,看得老板心疼,说:"你真能吃辣。"马北风朝他看看,说:"你说什么?"老板说:"你不辣?"马北风嘴里感觉不出什么滋味,老板说:"都像你这样,我这小本生意赔辣酱也早赔完了。"马北风没有听明白老板说的什么,把面条吞下去,付了钱走出来,一时竟有些茫然,不知该去什么地方,愣了一会儿,才想起应该先到局里去。

马北风回到刑警大队,队长老杨和老丁他们几个上午勘查现场的都在,正听老杨说着什么,他进来,老杨说:"你来了,到哪里去了,正找你。"

马北风说:"没到哪儿去,问了问情况。"

老杨说:"好,坐下,一起说说。"

马北风坐下,老杨说:"案子上面已经定下来,由老丁负责,小刘和王伟协助。"

老丁说:"是。"

大家朝马北风看,马北风站起来,盯着老杨,问:"是不是有人来说过什么话?"

老杨疑惑地看了他一眼,说:"什么?"

马北风说:"要我回避是不是?"

老杨说:"既然老丁接了,也一样,你还是把蓝色酒家的事情弄下去,今天又有些新情况,在小孙那里,等会儿小孙和你说说。"回头对老丁小刘王伟说,"等会儿我们一起到吴局长办公室去,吴局长找。"

老丁他们走开了。

马北风说:"我不服。"

老杨说:"你也不是新手了,你知道这个案子不会让你接的,不要多说什么了。"

马北风说:"让我协助老丁也行。"

老杨说:"那也不可能。"回头喊值班的小李,"喂,小李,你找小孙来。"

一会儿小孙过来,老杨说:"小孙你把蓝色酒家的情况跟马北风说说。"说完自己就走开了。

小孙在马北风对面坐下来,摸出记录本,说:"是这样的——"

马北风摇了摇手:"现在不要说,我不要听。"

小孙看着他。

马北风双手抱着头,说:"让我静一静。"

小孙知趣地走开了,马北风一个人坐在办公室里,心里很乱很乱,其实他也知道这个案子是不可能让他接手的,他也知道老丁是把好手,他不怀疑自己能做到的事情老丁也都能做到,而且会比他做得更好。可是感情上他扭不过来,从原则上讲,不是他负责的案子,他就不该过问,但是对韩奶奶的死不闻不问,他实在做不到,他也不会那样做。他知道以后会出现些什么样的情况,他很可能会给老丁他们侦破这个案子带来些麻烦,这正是他自己所不愿意的却又是一定会发生的事情。马北风处在这两为其难的境地中,哪还有更多的心思去管蓝色酒家留客嫖娼的事。

过了好半天小孙又过来,说:"我说说?"

马北风看看他,没精打采地说:"你说吧。"

小孙掌握的一些新情况是从另一个案子的案犯嘴里得到的意外收获,那是一桩盗窃案,被抓的案犯供出曾经在蓝色酒家嫖过,地点就在酒家背后那一排小平房,据说那是酒家职工的住房,这和酒家厨房里那个洗菜的女工所暗示的内容一致,小孙最后说:"这是老沈提供的口头材料,我想,我们下午是不是提一下张德发?"

马北风朝小孙看看,说:"张德发,谁?"

小孙"咦"了一声,说:"谁,还有谁,提供这情况的家伙呀,在拘留所。"

马北风"噢"了一声,慢慢地点点头,说:"那就去吧。"

他们一起往拘留所去,路上看到一家新开张的酒店正在放炮仗,小孙说:"又开张,真多。"

马北风回头朝新店看看,没有说话。

小孙又说:"今天什么日子……又是18,发呀。"

马北风说:"什么?"

小孙说:"18号,好日子。"

马北风若有所思,自言自语地说:"也是18,都是18,梧桐大街18号,大楼18层,又是3月18号。"

小孙侧过脸看看马北风,说:"哎,你一说倒也真是,怎么这么巧?"

马北风说:"想想,还有什么18——"

小孙不由咧了一下嘴,说:"你也是,当真凑数呀。"

马北风侧脸看看小孙,突然说:"指纹鞋印出来没有?"

小孙一愣,说:"我怎么知道?"

马北风无奈地笑了一下。

他们到拘留所,提审了张德发,和老沈提供的差不多,再问也问不出什么了,事情总共就那么大,张德发和几个人一起到蓝色酒家喝酒,喝到七八成时,老板过来暗示,一拍即合,事情就成了,每人付了五十块钱,别的事情就不清楚了,事后大家分头走路,张德发说自己后来也曾想再去,可是手头太紧,没有去成。

从拘留所出来,小孙说:"怎么办?"

马北风说:"汇报了再说。"

小孙看看时间,说:"今天?"

马北风说:"明天吧,今天我还有些事情。"

小孙注意地看他一眼,说:"那我就不回局里了。"

马北风说:"好,你回去吧。"

两人分头走开,马北风站在大街上想了一会儿,到电话亭给梁亚静打了个电话,梁亚静接电话听出是他的声音,很惊讶,说:"想不到你会打电话来。"

马北风有些尴尬,自从梁亚静把电话号码告诉他以后,他确实很想给她打电话，没有什么事情，听听她的声音也好，可是他始终没有打过。现在出了事情，需要梁亚静了，就给她打电话，马北风觉得自己真有些说不出的味道。他愣了愣，说："对不起，有事情想请你帮帮忙。"

梁亚静说："我知道你有事情，说吧。"

马北风说："你能不能帮我找一找你们的董司机。"

梁亚静停顿了一下，说："还要找他？"

马北风也停顿了一下，说："是我自己的事情，是我求你。"

梁亚静说："你等一等，我呼他一下，看在不在，你现在在哪里，你先把电话放了，过五分钟我给你打电话。"

马北风说："我在大街上，还是我打给你吧，过五分钟。"

梁亚静说："好。"

马北风站在电话亭旁，看着打电话的人进进出出，有的人怀疑地看他一眼，也有的人因为有他站在一边，把背对着他打电话，或者把声音压得很低很低，马北风想，在这个世界上，见不得人的事情真多。

过了五分钟，马北风给梁亚静打过电话去，梁亚静告诉他，小董找到了，陪几个朋友在蓝色酒家喝酒。马北风一听蓝色酒家，不由脱口说："怎么在蓝色酒家？"

梁亚静听出马北风的疑惑，说："怎么，蓝色酒家有什么不对？"

马北风没有说话，心里确实起了很大的疑团，邱正红的司机，怎么会到那种中下等的酒店去请客呢，马北风的迟疑使电话那一头的梁亚静也迟疑了起来，双方有好一阵子都没有说话，后来还是梁亚静打破了僵局，说："要不要告诉你蓝色酒家的地址？"

马北风说:"不用了,我知道那地方。"

放下电话,马北风直往蓝色酒家去,到了酒店门口,上午迎接他们的那个涂脂抹粉的女招待一看到他,就笑,说:"是你呀,你的助手呢?他可是长得比你帅呀。"

马北风很惊讶她有这么好的记性,说:"你怎么知道他是我的助手,也许我是他的助手呢。"

女招待笑,说:"你脸上写着呢。"

马北风不由有些不自在。

女招待说:"你往我们这里跑这么勤,不嫌累呀。"

马北风说:"你们这里事情多,我就来得多。"

女招待笑着说:"你说的,我们有什么事情?"

马北风不再跟她多说,进店去,看了一下,店堂里大约有七八成的客人,马北风打量了一下,想了想,认定了哪一个是邱正红的司机小董,就走过去,问:"你是小董?"

小董站起来,说:"你是谁?"

马北风没有说自己是谁,只是说:"刚才梁亚静呼过你?"

小董说:"原来是你,亚静的朋友。"

马北风想,梁亚静没有把自己的身份告诉小董,不知梁亚静是什么想法,为了他便于工作,还是有别的什么意思。小董看马北风站着,说:"既是朋友,坐下一起吃,有事情边吃边谈。"

其他的几个人也说是。

小董正要向马北风介绍那几个人,那个迎客的女招待突然走了过来,笑着对马北风说:"你屁股后面鼓鼓的,不是手枪吧?"

那几个人立即警觉起来,小董说:"想不到亚静还有个局子里的朋友。"

马北风说:"我有些事情,是私人事情,想和你谈谈,能不能抽一点时间?"

小董想了想,说:"还是梧桐大街的事情?"

马北风说:"你不愿意?"

小董说:"我也不是不愿意,这一天下来,你们来了一批又一批,把我的头都问涨了。"

小董的几个朋友也说,是呀,哥们儿不侍候了。

马北风说:"我说过我是私事求你。"

小董说:"你不是为那案子来的?"

马北风说:"是为那案子。"

小董说:"那就是了,什么叫私事,你又不是私家侦探。"

马北风说:"梁亚静说你是个够朋友的人,看起来梁亚静对你也不怎么了解。"

这一激果然把小董激起来,他站起来说:"好吧,既然亚静叫你来,我配合就是,有问题你问。"

马北风看看周围的环境,回头对那个女招待说:"有没有空着的单间?"

女招待说:"有倒是有,不过不能白开呀。"

小董说:"算我的就是。"

他们一起到里面一个小单间,小董说:"既然是梧桐大街的事情,怎么又是你的私事?"

马北风说:"这案子不是我负责,但死者是我的亲人。"

小董"呀"了一声,说:"怎么,陈老太太是你的——"

马北风点点头,没有说是什么人。

小董怀疑地看看他,说:"我听说陈老太太只有一个儿子,是广告公司的,别的好像没有听说什么人。"

马北风说:"你有没有这样的感觉,有些人并不是自己的亲人,但是在你的心目中,比你的亲人还亲?"

小董说:"那当然有。"

马北风说:"这就是了。"

小董点点头,说:"你要问什么?"

马北风说:"我想请你把早上的事情再说一说。"

小董把早上的事情说了一遍。

马北风说:"你上楼时,有没有人下楼?"

小董想了想,摇摇头:"没有。"

马北风说:"你按过三次喇叭,第一次是七点三十分,第二次是七点四十分,第三次是七点五十五分。第一次按喇叭后,老太太上了阳台,第二次就没有出来?"

小董说:"是。"

马北风说:"你是八点整上楼的?"

小董说:"是。"

马北风说:"死亡时间就在这三十分钟里。"

小董看着马北风,没有说话。

马北风长长出了一口气,说:"真快。"

小董说:"什么?"

马北风说:"生命的结束,就这么快。"

小董说:"还有什么要问的?"

马北风说:"503 室的小保姆小英子看到陈老太太的尸体,怎么样?"

小董说:"尖叫一声,像电影电视里那样。"

马北风沉默了一会儿,说:"你们邱老板和陈老太太谈的什么生意?"

小董说:"老板的生意我们从来不问,不该我们问。"

马北风说:"那是。"想了想又说,"你在楼下花园等人的时候,看到大门进出的人,多不多?"

小董说:"多,正是上班的时候。"

马北风说:"没有你认识的人?"

小董说:"没有,我们老板和陈老太太的正式接触这算是第一次,以前是小金,金正明来找老太太的,我送小金来过一次,所以只认识老太太,今天是第一次来接她,大楼里这么多人,我哪里知道谁是谁。"

马北风拿出几张照片,给小董看,说:"这里面的人,有没有见过?"

小董一一把照片看过,直是摇头,最后他的眼睛停在汪晨的照片上,想了半天,说:"这个人脸熟。"

马北风心里一阵狂跳,说:"是今天早上见到的?"

小董说:"不是,上一次我和小金一起来,老太太正好有事,和我们一起谈完后下楼,就看到这个女的,也不一定是她……好像是的……迎面过来,对陈老太太笑,叫了一声奶奶,可是陈老太太没有理她,两个人擦身走过,我看那女的挺面善,不知陈老太太对她怎么这么凶,还回头看了她一下,发现她正站在原地,没有动,好像很难过的样子。我问老太太她是不是要找你,老太太说不理她,就走了。就是这个女人,不过我也不能吃得很准,而且跟今天早上没有关系,大概在一个星期前吧。"

马北风又拿起韩山岳的照片,说:"这个人呢?"

小董看了一眼照片,回头又疑惑地看看马北风,说:"这是陈老太太的儿子。"

马北风说:"你怎么知道?"

小董说:"我在陈老太太家看到过他的照片,再说,你看看,多像,怎么能看不出来。"

马北风没有再说别的。

小董说:"没有问的了,我去了。"

马北风说:"好。"

小董走到单间的门口,马北风突然又说:"对不起,再问最后一个问题,你怎么到蓝色酒家来吃饭?"

小董警惕地说:"怎么,这地方不能来?"

马北风一笑,说:"给邱正红开车的人,好像应该到更有档次的地方去才是。"

小董也笑了一下,说:"第一,我并不给邱老板开车,我只给邱老板的公司开车,邱老板的专车另外有人开的,轮不到我。第二,这蓝色酒家是我哥哥开的,所以我来,就是这样。"

马北风没有话说,心想,又是一场空。

第 5 章

一切都乱了。

并不是从老太太被杀才开始,这一点汪晨心里很明白,早就开始乱了,说不清是从哪一天开始的,也许,就是从韩山岳踏下火车的那一刻,那一刻汪晨就从韩山岳的眼睛里看到了一切,韩山岳是不是也同样从她的眼睛里看到了一切,汪晨认为一定是这样的,要不然他们的心不会靠得那么近,不会那样的心心相印,她想的什么,韩山岳都知道,韩山岳想的什么她也知道。本来一切都是那么的顺理成章,虽然有些愧对马北风,但是马北风他自己也能想得通,况且在她和马北风这些年的婚姻中,马北风恐怕早已经明白了她的心,也宽容了她的心,这就行了,不必说更多的对不起,她终于回到了自己真心所爱的人的身边,韩山岳也是一样。可是,老太太为什么要这样对待她,这太不公平。她不过是在为自己找回应有的幸福而已。也许伤害了马北风,还有女儿小月亮,但是马北风和小月亮都没有耿耿于怀,很快他们也都适应了现实,老太太为什么要那样呢?老太太没有理由,韩山岳是她的儿子,她为什么要难为自己的儿子,难道她爱马北风胜于爱自己的儿子?汪晨始终不明白这一点。老太太还有韩山岳的儿子韩小荣,她不能看到他们的眼睛,老太太的眼睛和小荣的眼睛加在一起,就像一把尖刀,直刺她的心。多少次汪晨想向老太太把一切事情全盘托出,让老太太明白她为什么在和马北风结婚多年后又和马北风离婚重新投入韩山岳的怀抱,她要向老太太说说她的心里话,她实在需要有一个能够听她诉说的对象。母亲早逝,又没有姐妹,汪晨有许许多多的话要向人说,如果老太太还是从前那个老太太,汪晨一定会把她当作自己的母亲一样,什么话都向她诉说。可是老太太毫不留情地把她推开了,把她推到了一个无援无助的境地。汪晨知道,虽然她得到了韩山岳和他真心的爱,可是她失去了更多更多。年轻时常常幻想一个人只要有真正的爱,别的什么也不需要了,现在才明白过来,人生仅有爱情是远远不够的,一个人不能只靠爱情活着。而且,最令汪晨伤心绝望的,是她发现韩山岳的爱已经不再像从前那样纯,韩山岳对她的爱从她们结婚那一天起,或者甚至更早一些起,就已经夹杂了许多其他的成分,其中最明显的就是对马北风的内疚和对他母亲的抱歉,这种内疚和抱歉大大地影响了韩山岳和她的感情的继续发展。汪晨做了最大的努力,但是到底明白过来,任她再做多少努力,韩山岳心头的愧疚永远也无法摆脱。

汪晨明白了这一点,但是她无可奈何。

在一次受到老太太的羞辱以后,汪晨抱着儿子小轩哭,她说:"她死了,我们的日子就好过了。"

小轩才五岁,不知道母亲说的什么。

昨天晚上,韩山岳和她一起到老太太家去,为了韩山岳公司的那一大笔被骗的钱,无论如何想请老太太救他一把,可是老太太毫不理会,汪晨急了,说:"他是你的亲儿子。"

老太太说:"当然,你还是我的亲儿媳妇呢。"

汪晨说:"你不能见死不救。"

老太太优雅地一笑,说:"见死不救怎么样?"

汪晨气得掉下眼泪来。

老太太说:"现在就到你哭的时候啦,还早着呢,有你哭的。"

汪晨说:"你这样狠心,不会有好报的。"

老太太说:"你认为你以后会有好报吗?"

韩山岳见汪晨还要说话,连忙拉着她,说:"走吧,妈也有妈的难处,叫她一下子弄这么多钱,也是不易。"

汪晨被韩山岳拉了出来,哭着说:"有这样做母亲的吗?"

韩山岳说:"被我摊上了。"

汪晨抹着眼泪,后来她说了一句:"她有钱,她要是死了,钱就是你的了。"

韩山岳看着她笑了起来,说:"你说什么气话,就是她的钱全归我,也不够搪那笔钱呀。"

汪晨说:"总比一分没有的好。"

韩山岳说:"那当然。但是,要知道,根本就没有前提,妈死不了,身体好着呢,说五十多岁也有人相信。"

汪晨说:"她倒是心宽养颜呢,把我气死了。"

韩山岳又笑了,说:"这么多年下来,你也早应该适应了,还气呀,你的气也太长了。"

汪晨说:"我的气永远也断不了,除非——"

韩山岳说:"好了,不说了,那笔钱我再去追,实在不行,大不了副总不当就是。"

汪晨到底有没有产生过希望老太太死的念头,这只有汪晨自己知道。

现在老太太真的死了，汪晨接到韩山岳的电话，她不能相信这是真的，韩山岳要她马上赶回去，可是她走不开，上午有一个手术。韩山岳在电话里说："想不到你是这样的人。"说完就把电话挂了。

汪晨确实是走不开，手术是人命关天的事情，她是主刀医生，她不能走，但是如果这个上午没有手术，没有事情，可以走开，汪晨会不会去呢？去看一看给了她那么多痛苦的老太太，如果她不死，她还会继续没完没了地给她痛苦，她会去看她吗？汪晨无法回答自己提出的问题。

这天的手术是个大手术，从上午十点一直做到下午四点，汪晨做完手术出来，人也快要虚脱了，护士冲了一杯牛奶让她喝，刚喝了一口，就听外面有人喊："汪医生，你先生来了。"

话音未落，韩山岳已经站到门口，眼睛盯着她，汪晨看到他的眼神，心里抖了一下，迎上去说："你来了，进来。"

韩山岳没有动，站在门口，仍然用那样的眼光看着她，过了一会儿，说："你能走了吧？"

汪晨回头向同事交代了几句话，就跟着韩山岳走出来，还没有走出走廊，她的手臂就被韩山岳紧紧抓住，捏得很痛，汪晨"呀"了一声，说："你做什么？"

韩山岳不说话，一直把她拉到外面，医院里的人多半认识汪晨，也知道韩山岳，都注意地看着他们。汪晨说："你放开，大家都在看。"

韩山岳说："怕什么，不做亏心事，让人看去。"

汪晨说："我真的有手术走不开，刚刚做完，连口牛奶也没来得及喝。"

韩山岳放开汪晨的手臂,盯着她的眼睛,汪晨因为做了几个小时的手术,眼睛发酸发胀,睁不开来,韩山岳说:"你不敢看着我。"

汪晨说:"你怎么了?"

韩山岳把嗓门压低了,说:"我问你,你今天上班为什么比平时早?"

汪晨看了他一眼,并没有明白他什么意思,说:"告诉过你,今天大手术,要早作准备。"

韩山岳说:"七点半到八点之间你在哪里?"

汪晨突然明白过来,后退了一大步,身体摇晃了两下,说:"你,你在怀疑我?"

韩山岳说:"所有的人都应该怀疑,包括我。"

汪晨说:"你昏了头,居然怀疑我?"

韩山岳说:"你说,七点半到八点之间,你在哪里?"

汪晨说:"上班的路上。"

韩山岳说:"有没有证人?"

汪晨说:"没有。"

韩山岳说:"没有遇到一个熟人?"

汪晨说:"没有。"

韩山岳再一次盯着汪晨看,汪晨避开他的目光,说:"你为什么这样看我?"

韩山岳说:"你恨她。"

汪晨猛地震动了一下,愣了半天,说:"你也恨她。"

韩山岳说:"但是我决不会杀自己的母亲。"

汪晨突然冷笑了一下,说:"你以为我会杀她?"

韩山岳说:"马北风在管这个案子。"

汪晨说:"谁管都一样。"

韩山岳说:"马北风会对每一个人都产生怀疑。"

汪晨说:"这是正常的,让他怀疑就是。"

韩山岳又一次盯着汪晨:"你不怕?"

汪晨的心又抖了一下,说不出话来。

韩山岳看汪晨不说话,他的心也在发抖,他在心里拼命地喊叫:"不,不,不是你!"这和老太太临死前的心声是一样的,只是永远不可能有人知道老太太临死前的心理活动了。

汪晨的心在剧烈地抖动中慢慢地麻木了,此时此刻她已经听不清韩山岳到底在跟她说些什么,她也不知道自己在想些什么,凶手,杀死陈逸芳的凶手到底是谁?是我吗?我是不是曾经希望她死?我确实说过她死了我的日子就不会像现在这样难过,如果确实是这样,我就很有可能杀死她,我在早晨七点二十五分出门,七点三十分到达梧桐大街18号,从楼梯走上去,开了门,躲在卫生间,七点四十分,老太太开门准备出去,我从卫生间出来,就把她杀了。

我杀了韩山岳的母亲。

我为什么要杀她?

我有理由吗?

从七点三十分到八点之间,我在什么地方?没有人可以证明我不在现场,于是肯定就是我杀了老太太,我们大家都叫她韩奶奶。

汪晨突然笑起来,她被自己的推理逗笑了,韩山岳说:"你笑什么?"

汪晨想了想,正要说话,就看到马北风迎面走过来。

韩山岳迎上前去,说:"小马,你把目标对准我们,你会绕圈子,走弯路浪费时间。"

马北风说:"你怎么知道我把目标对准你们?"

韩山岳张了张嘴。

汪晨说:"我早上七点三十分到八点之间的活动没有证人。"

马北风狐疑地看了韩山岳一眼,说:"是吗?"

汪晨说:"我很值得怀疑。"

马北风说:"你在什么地方?"

汪晨说:"我说了你就能相信?"

马北风说:"事实总是事实。"

韩山岳打断他们,插嘴说:"汪晨,不要跟小马绕圈子,你八点多钟才出的门,我还在家,开什么玩笑。"

汪晨往前走了两步,说:"你们要谈你们谈,我要回家做晚饭了。"

韩山岳说:"也好,你先回,我和小马说说。"

马北风看着汪晨远去,说:"你为什么替她作伪证?"

韩山岳手抖抖地摸出烟来,想抽一支给马北风,却抽不出来。马北风自己抽了一支,说:"我问过小轩了,她今天上班走得早,是你送小轩去幼儿园的。"

韩山岳不说话。

马北风说:"小轩说,妈妈走的时候,钟响了一下,正是七点半吧。"

韩山岳说:"你什么意思?"

马北风说:"我什么意思,我还要问你什么意思呢,你作伪证,你是在怀疑她?"

韩山岳避开马北风盯着他的眼睛，说："没有，没有的事。"

马北风说："你赶到医院，想订攻守同盟？"

韩山岳说："小马，你乱说什么，你不要乱说，你是代表警方的。"

马北风说："这个案子不是我管，我不代表任何方面，我只代表我自己。"

听马北风这样说，韩山岳心里"咯噔"了一下，他倒宁愿马北风负责这个案子，那样一切就得按规矩来。如果马北风不管这个案子，那么马北风的一切行动只是他自己的行动，韩山岳很怕马北风乱来，这样不仅对马北风自己不好，对汪晨恐怕也是大大的不利。韩山岳努力地清理了一下自己的思绪，他实在理不清，不知道自己对汪晨是很怀疑还是很信任，也不知道自己为什么莫名其妙地不假思索地就给汪晨做了个伪证，难道在自己的内心深处，真的对汪晨……韩山岳努力地排除这种想法，无论如何，汪晨不会是杀人犯，汪晨不可能杀人，不要说是奶奶，即使是一个罪大恶极的人，汪晨也下不了手……可是，为什么要给汪晨作伪证呢？

是为自己掩饰什么？

明明知道这种伪证不堪一查，把目标转移到汪晨身上，开脱自己，因为爱汪晨，所以为她作伪证，真是天衣无缝。

那么，又为什么要开脱自己呢？人是我杀的吗？如果不是，开脱什么呢？难道真是我杀了母亲，杀了生我养我的亲生母亲？

我为什么要杀自己的母亲？

我的理由呢？

七点三十五分，我把小轩送到幼儿园，赶到梧桐大街，七点四十分上楼，进门，掩在一边，母亲走过去开门，我就把她杀了。

马北风看韩山岳脸上现出一种奇怪的笑意，有些莫名其妙，说："你笑什么？"

韩山岳惊悟过来，愣了一会儿，说："我笑了吗？我母亲死了我还能笑，你是不是以为我希望她死？"

马北风没有回答他这个问题，只说："走吧，看看小荣去。"

他们一起到梧桐大街 18 号，坐电梯上了五楼，电梯工看到他们，很想说些什么，可是看两人脸色严肃，想了想，还是没有开口。

天色已经暗下来，屋里没有开灯，小英子在厨房帮着小荣弄饭，小荣一个人坐在客厅里，头埋在两膝之间，听到开门的声音，也不抬头，倒是小英子从厨房出来，对他们点点头。

马北风说："小荣，你爸爸来了。"

小荣仍然不抬头，闷声说："来做什么？"

韩山岳说："小荣，你搬到我那边去住。"

小荣说："住在你那边，你想再死一个人？"

韩山岳说："你说什么？"

小荣说："我会杀死她的。"

韩山岳说："小荣，你不要这样，她对你没有偏见，她一直想对你好，可是你——"

小荣冷笑一声，说："算了。"

小英子走过来说："你们来了，我走了啊。"

韩山岳谢过小英子，小英子说："是我们东家叫我过来帮忙的。"

韩山岳又说："谢谢。"

小英子走后，韩山岳说："小荣，你一个人怎么办，不可能长期一个人住的。"

小荣说:"我也不可能跟她住在一起。"

韩山岳长叹一声,说:"都是好人,为什么不能走到一起?"

小荣说:"谁是好人,她是好人?有了她这个好人,我和小月亮都没有了妈妈,小马叔叔没有了家,你,没有了良心,最后……奶奶连命也没有了。"

韩山岳喝了一声:"小荣,你闭嘴!"

小荣这时候才抬头看了韩山岳一眼,那眼神实在不是一个十七岁的半大孩子应该有的眼神,不仅让韩山岳看了心里发凉,连马北风看了,也涌起一股悲哀。

韩山岳在小荣身边坐下,可是小荣躲得远远的,说:"你离我远一点儿,你身上有味道。"

韩山岳说:"什么?"

小荣说:"有血腥味。"

韩山岳抬手打了小荣一个耳光,小荣也不躲避,脸上显出五个手指印,红红的。

马北风过去扶着小荣的肩说:"小荣,大家知道你心里难过,可是法律上的事情是不能随便瞎说的,要有证据,乱说是犯法的。"

韩山岳说:"你再瞎说,我打死你。"

小荣慢慢地流下两行眼泪,说:"反正奶奶也死了,我死也无所谓。"

韩山岳一阵心酸,忍不住上前抱住小荣,也流下了眼泪。小荣没有挣扎开,任父亲把他搂得紧紧的。

马北风站在一边,把脸扭开去,他环顾四周,一切都还是老样子,什么也没有变,可是人却已经不在了。站在这乌蒙蒙的屋里,马北风好像觉得韩奶奶在某一个角落里看着他,注视着这里发生的一切。他甚至能够很清楚地感觉到韩奶奶的气息,马北风不由打了个冷战。

突然,小荣奋力地推开韩山岳,大声喊:"你走你走,你不要碰我!"

马北风一惊。

韩山岳眼睛红红的,说:"小荣,你冷静一点,我是你爸爸。"

小荣说:"你想来骗我,你想堵住我的嘴。"

韩山岳说:"小荣,你又怎么了?"

小荣说:"你们夜里和奶奶说的话我全听见了。"

韩山岳愣了。

小荣说:"你的公司被人骗了钱,想叫奶奶帮忙,奶奶不肯——"

马北风回头看着韩山岳。

韩山岳低下了头,说:"是的。"

小荣说:"所以——"

马北风打断小荣的话:"小荣,不要说了,你还小,你不懂。"

小荣听马北风的话,没有再往下说,韩山岳在马北风的注视下,慢慢地把事情说出来,最后他说:"但是,这并不能成为我或者汪晨杀母亲的理由,我们要的不是她自己的钱,她自己的钱再多,也不可能帮我渡过这个难关,我们需要她出面找人想办法,所以不可能——"

小荣说:"但是她恨奶奶。"

韩山岳点头,说:"这我也可以承认,汪晨这些年来被我母亲羞辱得很厉害,她完全有理由恨她。但是小荣你要知道,恨一个人并不意味着一定要杀掉她。你自己想想,你难道没有恨的人,你会去杀他吗?"

马北风说:"你这是说给我听的。"

韩山岳激动起来,说:"说给谁听都一样,你,还有小荣,你们的思路完全错了。"

马北风说:"你怎么知道我的思路?"

韩山岳说:"我从你的眼睛里还看不出来吗?"

马北风说:"你说得不错,恨一个人并不一定要杀掉他,但是仇恨确实是杀人的一个重要的动机,你不承认?"

韩山岳激动地说:"看起来,你真的在怀疑她?"

马北风没有说是,也没有说不是,他心里在想,不,我决不怀疑汪晨,也许在所有的人中间最最不会怀疑汪晨的是我而不是你,虽然她爱的是你,但是你同样怀疑了她,你为她辩护,为她作伪证,为她打了自己的儿子,又为她激动成这样,但是你心里确实是怀疑了她。但是我不,我从来没有怀疑过她,也许我会怀疑所有的人,包括你,甚至包括小荣,或者怀疑任何一个陌生人,但是我决不怀疑汪晨,就凭这一点,我和你不一样。

他们在一起简单地吃过晚饭,马北风让小荣跟他回去住,小荣答应了,在路口分手的时候,韩山岳站在路灯下看着马北风和小荣的背影,他忍不住喊道:"小荣,还是跟爸爸回去,那是你的家。"

小荣没有回答,跟着马北风一直朝前走去。

第 6 章

马北风有一个预感,凶手就在身边,离他很近。

也许,离他很近这样的说法不准确,现在马北风所能感觉到的是韩奶奶的这个案子有一团气,很浓很浓的气,如果真是这样,这一团气现在围住了好些人,其中也有他自己,还有凶手。马北风感觉到凶手正是被这一团气紧紧围着,他或者她逃不出这一团气。他说不出理由,预感从来就是没有根据也没有理由的。在马北风从事刑侦工作多年来,他有过许多预感,其中有相当一部分的预感后来被事实证明是对的,但是,预感毕竟不是事实,人不能靠预感活着,更不可能凭着预感去进行自己的工作,尤其是马北风从事的这一特殊的职业。

法医的验尸报告以及指纹鞋印的鉴定都出来了,验尸结果和现场勘查的结论基本一致,没有发现什么新的线索,真是死得干净利索,只一刀,再没有别的什么,不是抢劫,不是奸杀,这样的案子,应该说有利于侦破工作的展开,可以比较果断地排除这样几种情况:

1.抢劫杀人。

2.盗窃杀人。

3.强奸杀人。

范围缩小,有这样几种可能:

1.报复杀人。

2.家庭纠纷杀人。

3.无特定因果联系杀人。

等等。

在预谋杀人与非预谋杀人即在某件事情发生的过程中杀人这样两种情况,一时还不能作出判断,但是从现场情况看,预谋杀人的可能性更大一些。如果是非预谋杀人,屋里多半会留下一些搏斗挣扎的痕迹,至少会有凌乱的现场。

根据指纹和鞋印的鉴定,一一作了调查,在近几天内,有这样一些人在梧桐大街18号502室留下了指纹和鞋印:

陈逸芳,六十八岁,女,死者本人。

韩小荣,陈逸芳的孙子,十七岁,中学生。

韩山岳,陈逸芳的儿子,四十五岁,某广告公司副总经理。

汪晨,陈逸芳的儿媳妇,四十二岁,医生。

姚常川,四十八岁,男,书商。

董成定,二十七岁,男,司机。

蒋小英,十九岁,女,梧桐大街18号503室小保姆。

胡阿贵,六十岁,男,梧桐大街18号电梯工。

最后还有一个X,是男性,鞋码42,体重在七十五公斤左右,身高一米八〇左右,这是一个悬着的人,一开始大家对这个X很有兴趣,可是很快就调查到,这是陈逸芳的一个生意对象,在邱正红手下做事,叫金正明,绰号大洋马。

再没有别的人留下指纹和鞋印,也没有任何别的痕迹,连烟灰、火柴梗、残茶剩水都没有,陈老太太每天早晨都把家里打扫得干干净净,无疑给侦破她自己被杀的案件带来很大的困难。

凶手就在这八个人中间?

或者凶手什么也没有留下?

从一开始老丁和马北风都认为这是一个老手干的,即使不是杀人的老手,至少是一个心狠手辣而且行动果断的人。能在那么一点点的时间里,把事情做得天衣无缝,必定有预谋,并且有充分的长时间的准备,才可能干得如此干净利索。

在负责侦破梧桐大街 18 号凶杀案的老丁掌握了这些情况的同时,马北风正与老丁同步开展着只属于他自己的工作,将所有老丁知道的情况也都一一了解清楚了。

在所有留下了痕迹的人中间,马北风很快就排除了一半:

一、董成定,梧桐大街 18 号有多人证明,3 月 18 号早晨七点三十分至八点之间,他确实在楼前的花园一角抽烟,等人,车子就停在他身边,银灰色的,有人能说出那是皇冠车。

董成定没有作案时间。

二、蒋小英,东家夫妇证明,3 月 18 号早晨七点三十分至八点,蒋小英在家里忙早饭、吃早饭,取牛奶是在七点三十分之前,和电梯工老胡的说法一致。

蒋小英没有作案时间。

三、胡阿贵,18 号大楼多人证明,3 月 18 号早晨七点三十分至八点之间,胡师傅没有离开电梯,正是上班时分,上上下下人很多,胡不可能离开电梯。

胡阿贵没有作案时间。

四、韩小荣,七点整坐电梯下楼上学,胡师傅作证,八点前到校,没有迟到,有学校点名簿和负责点名的副班长为证,从梧桐大街到学校,换乘 5 路和 36 路公共汽车,再走十分钟路,如果不出意外,即不发生堵车或别的什么延误时间的事情,韩小荣的上学所需要的时间在五十分钟至五十五分钟之间。

韩小荣没有作案时间。

还有四个人,尚未找到不在现场的证据和证人,他们是:

1. 汪晨。

2. 韩山岳。

3. 姚常川。

4. 金正明。

3 月 18 号早晨七点三十分至八点之间:

汪晨:上班途中,没有证人。

韩山岳:先送小轩去幼儿园,然后去上班,调查幼儿园老师,因为幼儿园规定家长每天送孩子到幼儿园,不得入园,一般家长都是把孩子放在门口,让他们自己进去,也有的远远就放下,看着孩子走进门去,所以老师并不清楚家长送孩子的很准确的时间,况且孩子很多,且都多集中在那一段时间送来,老师不可能一一记住。幼儿园送孩子的高峰时间是早晨七点三十分到八点。所以除了小轩能够说出早上是爸爸送他上幼儿园这样一个事实(没有时间概念),别的就再没有什么证据可查,基本上也是没有证人。

金正明:去小河边练气功,再上菜场买菜,没有遇到熟人。老婆只能证明出门时间六点三十分,回家时间八点,不能证明出门后的活动内容,从六点三十分到八点这段时间,没有证人。

姚常川:在家里睡觉,老婆七点出的门,家里再无别人,没有证人。

马北风想,无论如何,先从这四个人着手是不错的。

马北风到队里的时候,老丁正等他,见了,说:"小马,想和你聊聊。"

马北风说:"是梧桐大街18号的案子?"

老丁一笑,说:"当然,还会有别的什么。"

马北风说:"我能帮你什么?"

老丁说:"你把陈逸芳的家庭情况详细说一说。"

马北风说:"也有我在内。"

老丁说:"说吧,这案子上面催得紧。"

马北风说完后,眼睛直盯盯地看着老丁,老丁抽着烟,想了半天,说:"17号晚上,韩山岳、汪晨还有姚常川去了她家,金正明是下午三点左右去的。"

马北风说:"是。"

老丁说:"根据姚常川说,他和陈逸芳是谈出书的事情,他有记录,很详细,能看出来不是事后补加的内容。金正明那里情况复杂些,说是邱正红的生意,和陈逸芳刚刚开始接触。"

马北风说:"韩奶奶怎么可能和邱正红做起生意来?"

老丁说:"看起来你还不了解她。"

马北风点点头,心里很乱,韩奶奶死后突然冒出的这些事情,马北风事先并不清楚,他只是知道韩奶奶在做一些出版工作,想不到老太太走得这么快,和邱正红这样的人也联系上了。马北风说:"这些我确实不知道。"

老丁看了看马北风,又说:"还有就是韩山岳和汪晨,他们在17号晚上到陈逸芳家,到底说了些什么,两个人都没有说清楚,只说是家事,随便聊聊的,但是据小荣说,听他们吵架。"

马北风忽然紧张起来,说:"小荣还说了什么?"

老丁注意地看了马北风一眼,说:"问他为什么吵架,说不知道,可是看起来孩子还是知道一些情况,只是不大愿意说,我知道小荣跟你关系很好,有没有告诉你什么?"

马北风点着了烟,深深吸一口,说:"你怀疑我给他们隐瞒了什么?"

老丁笑了,说:"哪能呢,你是谁? 你能吗?"

马北风说:"不怀疑就好。"

老丁说:"我是想,既然那孩子跟你感情不错,现在又住在你家里,你跟他谈谈,要比我们去找好得多。"

马北风说:"那是。"

老丁说:"就这样,我们及时互通信息。"

马北风点点头,看老丁走出去,他长长地出了一口气。这时小孙走过来,说:"叹什么气?"

马北风说:"心里闷。"

小孙说:"老杨又问蓝色酒家的事情,怎么办?"

马北风说:"再说吧。"

小孙说:"拖不下去的,下午我们再去一趟吧。"

马北风说:"好吧。"

中午马北风没有回去吃饭,就在单位食堂随便吃了一点儿,心里总是不踏实,下午小孙要他再去蓝色酒家,马北风却有一个预感,下午去不成蓝色酒家,果然,还没到上班时间,老丁来了,脸色凝重,把马北风拉到没人的一间办公室,说:"小马,你怎么的?"

马北风说:"怎么?"

老丁说:"中午我到小荣学校去了。"

马北风看着老丁。

老丁说:"你怎么能这样,你昨天才参加工作？韩小荣已经把情况跟你说了,上午我问你,你居然——"

马北风低下头去。

老丁说:"我就感觉到你不对,心事重重,所以才到学校去找了韩小荣,想不到你会这样,你知道这是什么行为？"

马北风不说话。

老丁也沉默了一会儿,看上去好像不知怎么办好。

马北风慢慢地说:"小荣还是个小孩子,他的话——"

老丁说:"十七岁了,也不算小了。再说,孩子嘴里无戏言。"

马北风说:"小荣这孩子……"

老丁说:"你是不是想说韩小荣有胡说八道的习惯？"

马北风摇摇头:"没有,小荣是个很老实很诚实的孩子。"

老丁说:"那就是了,他没有必要说谎。"

"可是,"马北风顿了一下,说,"可是你不明白小荣对汪晨的感觉,他对汪晨——"

老丁说:"我知道——"老丁停下来,好像在想要不要把下面的话说出来,他想了一会儿,到底还是说了,"我已经找过韩山岳,他承认,出事前一天晚上是和陈逸芳吵架了,汪晨也在场,为了钱。"

马北风说:"是,又怎么样？"

老丁说:"你说怎么样？"

马北风没有话说。

老丁说:"小马,工作这么多年,你的情况我们都知道,你这一次不会……"

马北风说："不会怎么？"

老丁说："不说了，我只是希望你能配合，你是知情人，我知道你在这个家庭中的地位很特殊。"

马北风慢慢地摇了摇头，说："特殊也是因为韩奶奶，可是她死了——"

老丁知道他的悲哀还深埋在心里，又不知怎么劝他，只好说："事情过去了，也只能想开些了。"

马北风说："我想，你一开始就把目标对准韩和汪，是不是走进了误区？他们，毕竟是韩奶奶的亲人。"

老丁苦笑一下，说："我也和你的想法一样，但是你说应该从哪里着手？姚常川和金正明的情况更复杂些。"

马北风说："你是不是想先把韩和汪排除掉？"

老丁说："你说呢？"

马北风说："我不知道，我不知道能不能被排除。"

他们正说着，小孙进来，看看马北风，说："下午还去不去？"

马北风说："去。"

站起来和小孙一起出门，往蓝色酒家走。到了蓝色酒家，发现门前围了许多人，挤进去一看，是喝酒闹事的，把酒家的东西都砸了，董老板蹲在地上，正愁眉苦脸地对着一地的残片发愣，那个笑脸常开的女招待看到马北风和小孙，进去告诉了老板，老板连忙迎出来，说："你们要为我做主，这些要赔。"

地段派出所已经有人在调查了解，马北风过去和他们接上头，肇事者已经带到派出所去，马北风和小孙一起赶到派出所，问为什么事情打起来，肇事者支支吾吾说不清楚，只说老板不够朋友，说话不算数,到底是说了什么又赖账,肇事者一会儿说是借钱,一会儿又说是别的什么事情,一副无赖的样子。小孙走过来,火了,说:"恐怕不是这些鸡零狗碎的事情吧?"

肇事者一惊,捂着脸说:"你说什么事?"

小孙说:"问你?"

肇事者闷着头不开口。

派出所警察小向说:"你老实一点,免吃苦。"

肇事者抬头看看马北风小孙他们,大概在猜测这两个人的来头,想了半天,还是没有说什么。

小孙又走过去,走到肇事者身边,那家伙本能地抬手挡什么,小孙笑了一下,说:"挡什么,走吧,跟我们到局里去,先关你十五天。"

肇事者苦苦求饶,说:"我又没有做什么,我是想做没有做成,真是冤枉。"

小孙和派出所的几个警察相视笑了笑,小孙说:"想做什么?"

肇事者只好说:"想,想那个,睡觉,说好了价钱,临时老板又变卦,加码,我不干,打了起来。"

小孙说:"这就好,说了不就没有事了。"回头对小向和他的同事说,"蓝色酒家留客嫖娼的事情,看起来是事实了。"

小向正要说话,肇事者突然说:"这不是我说的呀,跟我没有关系。"

小孙说:"你怕什么?"

肇事者说:"我没有怕。"

小向说:"我们早就掌握了情况,也上报过,上面也没有什么说法,怎么办?"

小孙看看马北风，马北风始终像个局外人似的不在听他们说蓝色酒家，发现小孙看他，他无意识地点了点头。

小孙说："你点什么头，这事情怎么办？"

马北风说："什么，蓝色酒家吗？回去汇报呀。"

马北风先走出来，听到小向问小孙："他是不是马北风？"

小孙说："是。"

小向说："怎么这样子了，从前我见到他，很精神的。"

小孙说："心里有事。"一边凑在小向耳边说了几句。

小向"啊"了一声，说："原来，梧桐大街就是——"

肇事者听到梧桐大街几个字，浑身一抖，说："我不知道。"

小孙和小向莫名其妙地看着他，马北风又走了进来，直走到肇事者跟前，一把抓住他的衣领，说："你说什么？梧桐大街和你有什么关系？"

肇事者说："和我没有关系，真的和我没有关系，我发誓，要是和我有关系，枪毙我！"

小孙也走过来，说："那你紧张什么？"

肇事者说："我紧张什么，我紧张什么，我也不知道我紧张什么，莫名其妙。"

马北风说："不管跟你有没有关系，你一定知道些情况，说！"

肇事者打着自己的嘴巴，说："你该死，你该死，让你乱说乱咬。"

马北风向小孙使个眼色，小孙说："省省你自己的劲，留着到里面对付牢头去，我来替你打。"

肇事者连忙举手护着自己的脸，说："我告诉你们，我告诉你们，反正不管我屁事，我犯不着为谁保密，我是听人说的，梧桐大街 18 号那个死老太太,有一批好货,许多人想要。"

马北风说:"什么货?"

肇事者说:"什么货,什么货,我也不清楚,各人说法也不一样,有的说是古董,有的说是字画,也有的说是白粉——"

马北风只觉得血往头上冲,他大喝一声:"放屁!"

小向他们几个警察看着马北风,觉得有些不可思议,又回头看看小孙,小孙把马北风拉开一点儿,对肇事者说:"你往下说。"

肇事者抱住头,说:"没有了,我就听到这些。"

马北风说:"你听谁说的?"

肇事者说:"烂菜花。"

派出所小向他们都笑起来,说:"烂菜花的话你也听。"

马北风说:"谁是烂菜花?"

小向说:"蓝色酒家的女招待。"

马北风说:"就是站在门口迎客的那一个,常常笑的?"

小向说:"正是,一张嘴,能把盐钵头里说出蛆来。"

马北风说:"无风不起浪。"

小孙看看马北风,说:"你要去找她?"

马北风说:"你先回去吧,把蓝色酒家的情况汇报一下,就说我家里有事先回去了。"

小孙很不愿意地说:"好吧。"

马北风出来,又听到小向跟小孙说:"他怎么这样?"

小孙没有回答,倒是那个肇事者叹了一口气,说:"倒霉。"

马北风到蓝色酒家,烂菜花果然笑着站在门口,看到他说:"好马不吃回头草,你这个人怎么一而再再而三地吃回头草?"

马北风一把揪住她的胳膊,说:"谁告诉你梧桐大街那个老太太有货的？"

烂菜花甩开马北风的手，这一甩让马北风感觉到烂菜花的力气。不是一般的人就能甩开马北风的手，即使是身强力壮的男人，也不容易。可是烂菜花只那么一甩，就能挣开去，说明烂菜花有两下子。马北风不由不对她重视起来，说："想起来也不会是你瞎编的，你说，谁告诉你的？"

烂菜花灿灿地一笑，说："谁告诉我什么呀，你这个警察，一会儿动手动脚，一会儿说话不着边际，是不是神经太紧张了，我来帮你放松放松怎么样？"

马北风说："有你放松的时候，现在你说。"

烂菜花笑着说："说什么呀？"

马北风耐着性子又说一遍："梧桐大街的陈逸芳老太太身边有一批货，是什么货，谁说出来的？"

烂菜花还是笑，说："臭虫这小子，一分钟就把我卖了。"

马北风估计"臭虫"就是那个肇事者，他说："既然你已经明白，说吧。"

烂菜花说："说呀，就是有货，古董、字画、白粉、黄金、护照……"

马北风又想去揪她的胳膊，可是忍住了，这样的女人什么事情做不出来，挖屎丢烂泥，到时说也说不清，他瞪着她，说："说清楚，到底是什么？"

烂菜花"咯咯咯"地笑，说："到底是什么，你去查呀，我要是知道，我就做麦考儿，不做烂菜花，也不要被野蛮人揪胳膊，我可以去揪人家的胳膊多快活。"

马北风说："少说废话，陈逸芳老太太有货，谁告诉你的？"

烂菜花说："酒客呀，到我们蓝色酒家来吃饭喝酒的人。"

马北风说:"谁?"

烂菜花说:"那就对不起了,我不知道他是谁,我们的客人,从来不留姓名的,不过嘛,他下次来,说不定能认出来……"

马北风说:"这个我相信,你的记忆很好。"

烂菜花又笑,说:"只怕他再也不敢来了,你这样子站在这里谁还敢来。"

马北风说:"在什么地方说的,还有没有别的人听见?"

烂菜花做了一个媚眼,说:"什么地方,让我想想,不是在酒桌上,就是在……嘻嘻,就是在床上啦,其他还能有什么地方。"

马北风控制住厌恶的心情,说:"到底有没有别的人听见?"

烂菜花永远是一副烂兮兮的样子,说:"别的人听见,你就去问别的人呀,问我,我怎么知道呀。"

马北风想了一会儿,突然说:"是你们老板董成功说的。"他以为突然来这么一下,烂菜花会着慌,可是烂菜花一点也不觉得有什么意外,笑着说:"那你问我们老板去,不过——"

马北风说:"不过什么?"

烂菜花说:"不过,我们老板从来不喜欢管别人的闲事。"

马北风盯着烂菜花看了一会儿,又突然说:"是你们老板的弟弟,司机董成定说的。"

烂菜花说:"这倒是有可能,你这个警察还不算笨,小董是邱老板那边的人,可能会知道一些,不是说那个老太太很风流,和邱老板也有来往吗……"

马北风怒气冲冲地说:"你闭嘴!"

烂菜花说:"是你叫我张嘴的,现在又叫我闭嘴,你们做警察的都有精神病是不是?"

马北风本来想去找老板董成功,但是和烂菜花说到这时,他突然觉得蓝色酒家的人也不是好吃的果子,一个看上去无心无肝的女人烂菜花都这么难弄,老板恐怕更不好对付。他从烂菜花那里走开,没有再进酒家去和董成功说话。走过地段派出所,忽然看到小孙走出来,马北风说:"你怎么还没走?"

小孙说:"我想还是和你一起回去的好。"

马北风点点头,心里很感激小孙,多年的搭档,两个人、两颗心之间的配合,早已经达到一种不需要言语的默契。

马北风上前拍拍小孙的肩,小孙说:"怎么样,有收获?"

马北风说:"相信会有的。"

他们一起往局里去汇报蓝色酒家留客嫖娼的事情。

第 7 章

　　自从小荣住到马北风家里,情绪慢慢地平稳下来,苍白的脸色也渐渐转好,马北风希望随着时间的推移,能让孩子心头的创伤慢慢地平复,失去最亲的亲人,对一个十七岁的半大孩子来说,究竟意味着什么,他并不能十分明了小荣的内心,悲痛,哀伤,这是毫无疑问的,除此之外,还有些什么?马北风自己的父母亲是在他十五岁那一年的大灾难中同时离去的,马北风在许多年后回想当年的情形,悲痛哀伤已经淡漠,但是复仇的意愿却还刻在心头,虽然,他失去双亲这样的深仇大恨、这样的悲剧并不属于他一个人,那是一个时代的仇恨,是一个时代的悲剧,而且,这仇这恨也早已经由另一个时代替他报复了,但是,这一切却永远地留在了他的记忆中。现在马北风以自己曾经有过的体会去推想小荣的心情,马北风不难想象出小荣对于汪晨的那种怨恨会发展到什么程度。马北风觉得,发展到什么程度也是情有可原的,小荣毕竟还是个孩子,理智对他来说,也许还是一种很遥远很陌生的东西。

　　但是马北风却不能被孩子的感情牵住鼻子,这一点他是清醒的,虽然没有让他参与此案,但是他一定会和老丁同步进行侦破此案的工作,这一点他同样清醒。

马北风和小孙一起向老杨汇报了蓝色酒家的情况,并谈了自己的想法。蓝色酒家留客嫖娼的问题,证据确凿,下一步将采取什么样的行动,有待上面的指示。老杨听了他们的汇报,沉闷了半天,说:"这件事情,先搁一搁。"

小孙说:"不处理?"

老杨说:"好像还有些背景,上面的意思,先到此为止,不要打草惊蛇。"

马北风说:"蛇早已经惊了。"

老杨看了他一眼,说:"惊的只是几条无毒的小蛇罢了。"

马北风和小孙互视一眼,知道了这话的意思,不再说什么,放下报告,就走出来。小孙说:"老杨情绪不高。"

马北风点点头。

小孙说:"也许蓝色酒家真有来头。"

马北风笑了一下,说:"我看也不见得,看那个烂菜花的样子,像什么来头。"

小孙也笑了,说:"不要我们管,最好,乐得清闲几天。"

马北风说:"有你清闲的,你想好。"

小孙说:"那是,老杨能让我们喘口气,他就不是老杨了。"

他们一起笑着走出来,刚到门口,老杨在背后喊:"小马,你等一等。"

马北风朝小孙一笑,小孙说:"是梧桐大街的事,我可是解放了。"

马北风进去,到老杨办公室,坐下,两人点了烟抽,过了半天,老杨从抽屉里拿出一份材料递给马北风,说:"你看看。"

马北风接过来,看了一眼,是对韩小荣三次调查访问的记录:第一次,3月18号,上午九点,地点,梧桐大街18号502室;第二次,3月20号,中午十二点,地点,学校校长办公室;第三次,3月22号,下午四点,地点,环城新村5栋307室。

马北风想,好个老丁,昨天下午跑到我家去了。

老杨看马北风并没有注意谈话记录的内容,说:"韩小荣的谈话,像挤牙膏似的,一点一点往外挤,但是一次比一次深,一次比一次有收获,这是很明显的。"

马北风把记录翻了一下,说:"孩子嘛,哪能像大人那样头脑清醒。"

老杨说:"当然,孩子有孩子的特点,说谎的可能性小一些。"

马北风说:"但是情绪的影响大得多。"

老杨说:"正是,他每一次的谈话,不管说得多说得少,都很激动,都说到汪晨。"

马北风不作声。

老杨说:"在这个案子中,你可是个难得的知情人,我们也知道你的难言之处,夹在这里面很难,但是一切以破案为重,不是吗?"

马北风说:"我知道,小荣恨汪晨。"

老杨点点头,说:"第一次,只是说了一下早晨的事情,奶奶给他做了早饭,他吃了就去上学,七点整离开的家,八点前到校,这一点不假。还有就是说了17号晚上来的人,韩山岳、汪晨、姚常川,说没有听到他们谈的什么,这显然说了假话,因为第二次谈话就证明了这一点。关于金正明,是下午去的,当时韩小荣还没有放学,确实是不知道,没有说谎。"

马北风想，我第一次问他也是说的这些。

老杨接着说："第二次就说出了韩山岳汪晨和陈逸芳吵架的事情，但是又说不知道为什么吵架。"

马北风点点头。

"第三次，就说出了是为钱吵架，韩山岳和汪晨想向陈逸芳借一大笔钱，陈逸芳不肯，就吵起来。"

马北风说："我也就知道这些。"

老杨说："你不觉得奇怪，韩小荣为什么吞吞吐吐，把情况慢慢地挤出来，他明明是要告诉我们韩山岳汪晨和陈逸芳吵架，偏又不一次说清楚，这不合情理，既然他确实不喜欢汪晨，或者也可以说很恨汪晨，他完全可以一次就把自己看到的听到的事情说出来。"

马北风愣了一会儿，说："孩子心里的矛盾也不应该忽视，他虽然嘴上说很恨汪晨，但是一，韩山岳毕竟是他的爸爸；其二，他恨汪晨是不是就恨到希望她是杀人犯，希望她死？"

老杨慢慢地点头，说："所以他的思想斗争很激烈，一点一滴地说。"

马北风说："有可能。"但是他心里却在想，不是这样的，小荣的做法确实有些令人费解。

老杨说："关于吵架的事情，韩山岳和汪晨都说了，韩山岳的公司面临困难，被骗了一笔钱，急需用钱来搪一下，陈逸芳有这个能力，可是她不愿意，她为什么不愿意，你可知道？"

马北风说："我不好说。"

老杨说："韩山岳和汪晨都认为老太太还是为了汪晨离你和韩山岳结婚的事情记恨他们，不能饶恕他们。你看呢，事情已经过去五六年了,可能吗?"

马北风真的不好说,老杨的问题,也正是他自己要问自己的问题,也是他没法回答的问题。

老杨又问一遍:"小马,以你的感觉,可能吗?"

马北风猛地吸了几口烟,掐掉烟头,说:"老杨,你们老是把目标放在韩和汪身上,是不是走入歧途了?"

老杨说:"走入歧途也是正常的,走过一段歧途以后,就会迈上正路,这许多年你破案没有这种体会?"

这时候外面值班室有人叫:"马北风电话。"

马北风出去接电话,是梁亚静打来的,约他晚上到什么地方见面,问有没有时间,马北风犹豫了一下,说:"是不是有什么事情?"

梁亚静说:"没有事情你就不来,是不是?"

马北风说:"那也不是,你知道,这几天,我正……"

梁亚静说:"我怎么能不知道,所以叫你出来,你不会后悔的。"

马北风说:"好。"放下电话,心里一阵暖意,和梁亚静认识的时间不长,接触的机会也不多,但是她却能够明白他的心。她说过,白头如新,倾盖如故,真是这样的。

马北风回到老杨办公室,老杨说:"你去吧,也没有别的什么了,只是把情况向你通报一下,你虽然不管这个案子,但是这个案子却离不开你,你是明白的。"

马北风说:"我知道。"

老杨说:"暂时没有别的事情给你,小孙让他和陈军搭档弄四平路的盗窃案,你,自己看着办吧。"

马北风心里一阵感动,说不出话来。

老杨说:"要注意,记住规矩。"

马北风点点头。

老杨说:"你老是强调韩小荣是个孩子,当然韩小荣确实是个孩子,但是我和老丁都有一种感觉,韩小荣肚子里有东西。"

马北风说:"我知道了。"

马北风回到家里,已是下晚五点半,小月亮正在做功课,小荣在厨房烧饭,看马北风回来,两个孩子都很高兴,小荣说:"小马叔叔,晚饭弄好了。"

马北风走过去看看,说:"想不到小荣还真能干。"尝尝炒的菜,很鲜,说:"放了多少味精?"

小荣不好意思地说:"放了不少。"

小月亮笑着说:"小荣哥哥说,烧菜不难,三多一少,油多,配料多,味精多,盐少,是不是,小荣哥哥?"

小荣笑,手中的铲子不知往哪儿放。

马北风说:"谁教你的,真是这样,三多一少。"

这一问,小荣的情绪又低下去,不说话。

小月亮说:"小荣哥哥,我知道,是奶奶教的。"

马北风对小月亮说:"不说了,把课本收拾一下,吃饭。"

吃饭的时候,马北风说了些别的事情,才把小荣的情绪调过来。吃过饭,马北风要洗碗,小荣说:"我来洗。"

马北风说:"你作业呢,做好了?"

小月亮说:"小荣哥哥一回来就把作业做好了,真快,小荣哥哥真聪明,小轩最笨,五岁了,连数也不会数。"

小荣说:"我不要听小轩的名字。"

小月亮说:"他是你弟弟呀。"

小荣说:"我没有弟弟,只有妹妹。"

小月亮说:"你骗人,你哪有妹妹?"

小荣指着小月亮的鼻子说:"你不是我的妹妹?"

小月亮笑起来。

马北风看着两个孩子,心里很沉重,他让小月亮继续做作业,把小荣叫到隔壁房里,让他坐下,小荣看看马北风,说:"小马叔叔,又要问我什么?"

马北风叹了口气,说:"把你也折腾得够呛。"

小荣说:"只要能为奶奶报仇,我不怕烦的。"

马北风说:"你要是真的想尽快抓住凶手,为奶奶报仇,你就要说实话,把你知道的都说出来,不要遮遮掩掩。"

小荣的脸上紧张起来,马北风注意到了,把口气缓和下来,又说:"你也不要紧张,我不是说你有什么,我是说,你知道什么,有关奶奶的一切,有关和奶奶有联系的一切,人和事情,你都应该毫无保留地说出来。"

小荣说:"我不懂的事情呢?"

马北风说:"不管你懂不懂,你知道有什么事情你就说。"

小荣说:"字画。"

马北风立刻提起精神,臭虫和烂菜花的话马上浮现在耳边……陈老太太有一批货,古董、字画、白粉、黄金、护照……马北风不由自主地凑近小荣,急切地说:"字画?什么字画?"

小荣说:"我说我不懂的,我只知道奶奶有一批字画,听奶奶说过很值钱,值好多好多钱。"

马北风说:"后来呢?"

小荣不明白地看马北风一眼,说:"什么后来?"

马北风说："你往下说。"

小荣说："17 号晚上，他们和奶奶吵架，也提到了字画，我听不懂。"

马北风说："你知道奶奶的画哪里来的？"

小荣说："我不知道。"

"字画放在哪里？"

"不知道，我连见也没有见过，也不知道是什么字画。"

"奶奶没有跟你说过？"

"奶奶高兴的时候说起过，只说是古人画的，不知是谁。"

马北风想，果然小荣在挤牙膏，又挤出个字画的事情，再问下去，说不定又挤出个什么呢。他盯着小荣看了半天，想起老杨和老丁都说小荣肚子里有东西，突然觉得这话不是没有根据的。马北风有些生气地说："小荣，你告诉我，你为什么不一次把事情说清楚，一会儿说不知道他们 17 号晚上谈的什么，一会儿又说是为钱，现在又说什么字画，你是不是在做游戏，跟我捉迷藏？你不想把奶奶的案子早一点儿破掉？"

小荣被马北风的样子吓了一下，流下眼泪来，说："我没有，我没有——"

马北风说："没有什么？"

小荣说："我没有说谎，是有字画的。"

马北风说："我没有说你说谎，我问你为什么不一次说清楚？"

小荣不作声。

马北风说："你想不想早一点儿抓到杀害奶奶的凶手？"

小荣愣着，慢慢地点点头。

马北风说："小荣，我知道，其实你的心里，很怕你爸爸和你继母会有牵连,是不是?"

小荣说:"不是,不是,我恨她。"

马北风说:"你嘴上说的和心里想的是两回事。"

小荣看了马北风一眼,顿了顿,说:"你怎么知道我的心思,一个人不可能知道另一个人的心思。"

马北风说:"现在的心理学研究发展很快,我们破案子许多地方都运用这一门学科。"

小荣脸色有些发白,说:"不,你们不可能明白我的心思,我就是恨她、恨她。"

马北风说:"你不能长期这样下去,会变态的。"

小荣说:"变什么态。"

马北风说:"奶奶死了,你暂时可以住在我这里,但是以后你终究要和你爸爸妈妈一起生活。"

小荣眼巴巴地看着马北风:"小马叔叔,你不要我了?"

马北风心里一阵难受,说:"我要你,但是你要改变自己,你这样下去,对自己,对你爸爸,对她——你的妈妈,还有你的弟弟,都不好,很不好。你想想,你妈妈,她对你,到底有什么不好?"

小荣摇着头说:"我没有这个妈妈,我妈妈是周巧珍,周巧珍是我妈妈。"

马北风说:"但是那一切已经过去,你必须学会面对现实。"

小荣低着头,说:"我也说不出她对我怎么不好,可是我就是恨她。也许,因为奶奶恨她。"

马北风不知怎么再跟小荣说话,他实在搞不清小荣到底算是懂事还是不懂事,他也不能明白小荣到底为什么要把事情慢慢地透露出来,字画,真的有什么字画吗?为什么从来没有听韩奶奶说起过？韩奶奶对他，应该是毫无隐瞒的。

听到敲门声，出来时，小月亮已经去开了门，欢快地叫起来："林老师！"

小荣也跟出来叫了一声"林老师"。

马北风说："你来了，坐。"

林老师说："我过来看看，有没有什么要我帮忙的。"

马北风说："真是难为你了，这些日子小荣住过来，可以照顾点小月亮。"

林老师看看小荣，说："有时间不见，长高了，像大人样了。"

小荣不好意思地一笑。

林老师也笑了，说："这一笑，又是孩子了。"

马北风说："那是，到底还小呢。"

小月亮说："我功课做好了，小荣哥哥和我打游戏机吧。"两个孩子去打游戏机，马北风要给林老师泡茶，林老师说晚上不喝茶，马北风就冲了一杯咖啡端过来，林老师喝了一口，看着马北风，马北风有些尴尬，没话找话地说："很忙吧？"

林老师一笑，说："老样子，忙也忙不到哪里，闲也闲不起来，幼儿园那些事，就那样。"

马北风说："真是快，一晃小月亮离开幼儿园有四年了。"

林老师说："是，就像在眼前。"

马北风说："你——，你……"他想说你还是一个人，可是说不出口，只是觉得自己没有勇气去正视林老师的脸，觉得自己欠她太多，永远也不能还清。

林老师却不在意地笑笑。

林老师的温和使马北风鼓起勇气，他想早就应该跟林老师说

明这一层意思,不能让林老师再无休无止地等下去,马北风说:
"林老师,你——"还是说不出口。

林老师温和地笑,说:"我一直是把你当成我的大哥哥,我没
有哥哥,你就像我的哥哥,有什么话你说就是。"

马北风一定要抓住这个机会,他说:"你不是一直在等我吧?"

林老师说:"开始是,后来不是了。"

马北风偷偷地出了一口气。

林老师说:"我来,正是想告诉你一件事,请你帮我拿主意。"

马北风看着她。

林老师说:"我谈了个对象。"

马北风心里一动,在林老师等他的时候,他心里没有林老师,
可是一旦林老师不再等他,马北风突然体味到了林老师在他生活
中的不可缺少的地位,马北风张着嘴不知说什么好。

林老师说:"我也二十八了,前些年谈过几个,都没有成,这一
个我比较满意,他也愿意。"

马北风说:"是什么人?"

林老师说:"是中学的老师,别的都很好,只是……只是……"

马北风好像看到了一线希望,说:"只是什么?"

林老师犹豫了一下,还是说了:"比我小三岁。"

马北风脱口说:"也是小三岁?"

林老师不明白马北风"也是小三岁"是什么意思,愣愣地看
着他。

马北风却不好说,他和汪晨,也是差三岁,汪晨比他大三岁,
结婚前,汪晨有过想法,他也不是一点不在乎,可是朋友们都说,女
大三,堆金山,他写信征求在乡下成了家的韩山岳的意见,韩山岳

来信批评他的封建思想,也说了女大三堆金山的话,结果,金山没有堆成,连婚姻这座山也倒塌了。现在林老师突然也冒出个女大三的事情,马北风不可能无动于衷,他看着林老师有些恍惚的神情,自己心里也很乱,事情其实很明白,他如果和林老师走到一起,一定会有一个和睦的家庭,林老师善良温和,她会做一个贤妻良母的,这一点马北风决不怀疑。但是马北风偏偏不能和林老师走到一起,马北风实在说不出很充足的理由,唯一能够说出来的只有两个字:缘分。

马北风和林丽萍没有缘分。

这就足够了。

缘分,也许是一种比任何理由都充分的理由吧。

那么他和后来邂逅的梁亚静,是不是有缘分呢?

现在还不好说。

林老师看马北风不作声,知道他对女大三也是有些想法的,林老师说:"我其实,很愿意找一个比我大的。你知道,我从小没有父爱,也没有哥哥,我在家里是老大,家里的一切都是我操持,在单位也是这样,除了几个临时工是老太太,其他的老师都比我小,我是她们的大姐,是她们主心骨,她们都要依靠我工作,大家都知道我是一个可以牺牲自己的女人,知道我生下来就是愿意为别人服务的女人,在别人面前我是一个很能吃苦的有能耐的人,好像只有我去帮助别人,去照顾别人,去抚慰别人,让别人受伤的心在我的怀里得到治疗,而我自己根本不需要别人的帮助,不需要别人的照顾和抚慰,这些想法,许多人都有,也包括你……"

马北风说:"我——"

林老师继续说:"其实不是这样的,你们都错了,其实我很需要,我也愿意像别的女孩子那样,有一个疼我的爱人,有一个体贴的、兄长般的男人,能让我也把自己很累很累的心埋在他的怀里……"

林老师的眼睛里慢慢地渗出泪水。

马北风不敢看她,但是又不能不看她,他应该是她心目中的那个兄长般的能够抚慰她,能够还她女孩子本来面目的男人,这时候他应该紧紧地搂住她,让她哭,让她笑,让她做她想做的一切,马北风正想着,他觉得自己马上就会站起来,走过去,抱住她,可是就在这时,林老师却先站了起来,她抹了抹眼睛,说:"说说心里话,轻松多了。"

马北风正要说话,音乐报时钟响起来,七点整,正是他和梁亚静相约的时间,马北风知道,如果这次约会他不去,也许就再也不会有以后许许多多次的约会,很可能他和梁亚静的缘分还没有开始就结束了。马北风清醒地知道林老师和梁亚静的特点,梁亚静不大可能做一个好妻子,不能做贤妻良母,更何况,梁亚静的工作,和马北风的职业就像两匹背道而驰的马车,只会越走越远,走到一起的可能性实在是太小太小。邱正红现在虽然正红,但是他的问题也许有一天会有一个彻底解决的结果,只是时间问题,时候未到,这是众所周知的事情,不仅是马北风和他的同行们有这样的想法,即使是一般的老百姓,他们也都在拭目以待着,这毫无疑问。梁亚静什么事情不能做偏偏去做了邱正红的保镖,而马北风作为一个专与恶势力作对的警察,偏偏又和梁亚静这样一个特殊身份的女人走到一起去,这算什么?

大概就是缘分吧。

如果马北风下决心,斩断和梁亚静的联系并不难,这一次约会不去,可能再约一次,再不去,就断了。很简单,很明了。

但是马北风做不到。

为什么?

缘分。

林老师看出马北风有事,说:"你有事,我走了。"

马北风言不由衷地说:"还早,再坐坐。"

林老师说:"不了,明天是我的早班。"

马北风送林老师到门口,突然说:"有件事,想请你——"

林老师回头看着他。

马北风说:"3月18号早晨,是谁送韩小轩到幼儿园的,几点到的,小轩说不清,现在查无实据,我想,你能不能帮忙再了解一下?"说这话的时候,马北风看到林老师的眼睛里掠过一丝惊异,马北风突然觉得自己像个卑鄙小人,不敢正视林老师。

林老师说:"已经调查过好多次了,那一天我不是早班,十点钟到的,如果我上的早班或许能够记得,因为我认识韩山岳。"

马北风说:"正因为一直没有结果,所以,想请你帮忙了解一下,说不定会想起什么。"

林老师说:"好的,我尽力。"

马北风说:"谢谢。"

林老师朝里屋看看,说:"小月亮正玩得开心,我不去跟她说再见了。"

马北风说:"你什么时候给我回音?"

林老师的眼睛里再一次掠过一丝惊异,她说:"我尽快。"

第 8 章

　　梦巴黎歌舞厅规模不大,但是规格很高,马北风和梁亚静第二次的邂逅就是在这个地方,现在回想起来,也许这第二次的邂逅要比第一次英雄救美人美人救英雄的机缘更凑巧些,如果不是这第二次的邂逅,他们会不会感觉到在两人之间确实有着一种缘分或者是一种相互的吸引,这就很难说了。是不是因为这个原因,梁亚静才把约会的地点放在梦巴黎呢?

　　梦巴黎的最低消费每一次是一百元,马北风支付不了这一笔开支,当然是由梁亚静承担,所以当马北风急匆匆地赶到梦巴黎门口时,已经等了十多分钟的梁亚静笑着说:"以为你怕付钱不来了。"

　　马北风说:"你选的地方,对你来说是地方,对我来说却不是地方。"

　　梁亚静说:"我们第二次见面不就是在这里吗,怎么对你来说不是地方呢?"

　　马北风说:"你明知故问。"

　　梁亚静说:"执行任务,这一次你不也是执行任务吗?"

马北风听出梁亚静话中有话，立刻来了精神，说："进去。"

他们一起进去，里面的服务员显然和梁亚静很熟，为他们挑了一个隐蔽的位子。马北风四处看看，没有看到熟面孔，坐下来，说："这是当今社会大腕大亨的生活，我们也来体验体验。"

梁亚静说："这就算大腕大亨生活？"

马北风一笑："对我们来说是。"

梁亚静说："今天怎么酸溜溜的，我们你们的。"

服务员端上高级饮料，轻声软语地说："亚姐，请问还要什么？"

梁亚静说："等一会儿。"

服务员款款而去，音乐轻柔地响着，歌厅人不多，包厢里的几对正在卿卿我我，舞池里跳舞的只有两对，靠得很紧，马北风低垂着眼睛，吸着饮料，梁亚静的眼睛在暗暗的蓝色光线里闪闪发亮，她笑着说："他们要是知道你的身份，会规矩一些的。"

马北风说："我也没有闲得那样，管这些闲事。"

梁亚静说："你以为这里都是闲事，你看对面那两个，像不像一对恋人。"

马北风看过去，果然是像，虽然看上去女的稍大一些，不过也大不到哪里去，他又想起林老师和她的对象，想起汪晨。

梁亚静说："不是恋人，是仇人。"

马北风说："你认识他们？"

梁亚静说："不能说认识，只能说知道，女的叫阿飘，知道吗？"

马北风注意地看了阿飘一眼，说："阿飘的大名，这个城市的人不知道的恐怕不多。"

梁亚静说："是，男的是老孟，其实不老，不到三十。"

马北风点点头,两位巨富大亨碰在一起,不会是谈情说爱,这一点梁亚静不说他也能明白。

梁亚静说:"正闹着,老孟吞了阿飘一批货,不是老孟自己做的事情,老孟没有那么笨,是手下干的,原以为天衣无缝,可阿飘是什么角色,能瞒得过她,老孟也算栽了。"

马北风笑笑,说:"钱多了也咬人。"

梁亚静也笑,说:"那是,不过像你这样想得开的,又能有几个?"

马北风说:"你怎么以为我想得开,你以为我不想要钱?"

梁亚静正要说什么,看到阿飘和老孟一起下了舞池,搂在一起跳起来,马北风说:"吞吃的是批什么货?"

梁亚静说:"也不是什么了不起的东西,也不值多少钱,其实是老孟投石问路,看看能不能吃到阿飘头上去。"

马北风说:"结果不能,又搂到一起跳舞。"

梁亚静说:"生意场就是这样。"

马北风看着梁亚静,梁亚静说:"你看我做什么,你大概想问问我是不是也这样。"

马北风有些不好意思,自己的心思总是被梁亚静看穿。梁亚静看他发窘,说:"这么好的音乐,下去跳一曲。"

马北风想说不跳,可是两条腿却不听使唤,站起来,跟着梁亚静下了舞池,梁亚静把手伸过来,马北风一抓到梁亚静的手,心里就有一种异样的感觉,他知道这是一种什么样的感觉,他和林老师在一起就没有这样的感觉。马北风把眼睛稍稍避开一点儿,不让眼睛直视着梁亚静,梁亚静却偏要盯着他看,说:"你没有心思跳舞。"

马北风说:"是。"

梁亚静说:"你怎么不问正题?"

马北风说:"你会说的,我问了,显得我太沉不住气。"

两人一起笑起来,笑得响了些,在这样一个环境里有些不协调了,有人朝他们看,梁亚静说:"有人看你,你是陌生面孔。"

马北风说:"看就看。"

他们跳了一曲,就回来,喝着饮料,梁亚静说:"你真沉得住气。"

马北风说:"你说吧。"

梁亚静告诉马北风,她听说陈逸芳手里有一批字画,邱正红想经手,但是没有谈成,或者说正在谈着,陈逸芳就出事了。

马北风盯着她看了一会儿,说:"亚静,你告诉我这件事情,邱正红知道了会怎么样?"

梁亚静说:"他不会知道。"

马北风说:"你敢肯定?"

梁亚静说:"我不敢肯定邱老板不会知道,但是我敢说即使邱老板知道也不会怎么样。"

马北风继续盯着梁亚静等她的下文。

梁亚静说:"这事情和邱老板没有关系。"

马北风说:"你为他打保票。"

梁亚静说:"是。"

马北风沉默了一会儿,说:"即使如此,你也不应该把邱正红的事情告诉我,即使和他没有关系,而且……仅仅是即使,你不觉得你违反了你做事的原则?"

梁亚静静静地看了一会儿马北风,忽然她伸出手抓住马北风的一只手,马北风没有动,梁亚静说:"你说得不错,我是违背了自己做事的原则,过去从来没有的,可是我不能不这样做,我……"

马北风紧紧地握着梁亚静的手,不说话。

梁亚静说:"我不知道这是为什么……不,其实我知道这是为什么……"

马北风说:"我们都知道。"

他们相视许久。

后来梁亚静说:"我从金正明那里听到的,邱老板让他和陈逸芳接触,就是为了那一批字画。"

马北风说:"知不知道是从哪里来的,据我了解,陈逸芳没有接触过字画。"

梁亚静说:"会不会是'文革'抄家退赔的?"

马北风说:"不会,退赔的时候,我和汪晨都已经回城,那几年韩山岳不在她身边,是我们照顾她的,事情都很清楚,退赔清单我也见过,没有字画,主要是些书和家具。"

梁亚静说:"那就是从别人手里转来的。"

马北风沉思了半天,说:"怎么会,韩奶奶怎么会做这样的事情,韩奶奶几十年——"他没有往下说,几十年又怎么样,几十年的历史并不能说明什么,人生的句号,最后画在这一生的轨迹之外,也不是没有可能,只是马北风不愿意那样去想韩奶奶而已。

梁亚静看着马北风沉思,说:"怎么样?"

马北风忽然笑了一下,说:"怎么搞的,我们见面,难道就谈这个?"

梁亚静说:"你不正是想谈这个吗? 不是为了这件事情,我能约你? 你能来吗?"

马北风认真地说："你说呢,你说我不会来?"

梁亚静说："你会来。"

马北风拉起梁亚静的手,说："跳吧。"

他们一起下了舞池,和另外的舞伴一样,搂得紧紧的,眼睛里全然没有别人,只有他们自己。马北风不知道,这时候,门口正站着他的同事老丁和老丁的助手们,他们默默地看着马北风,心里也许有些不是滋味。终于跳完了很长的一曲,马北风拉着梁亚静的手走向双人座。

老丁走过来,说："小马,跳完了?"

马北风吃了一惊,站起来,看到老丁对着他似笑非笑,小刘和王伟也站在门口朝他笑,他的脸突然红了,幸好灯光很暗,他说:"你找我?"

老丁朝梁亚静看看,说："不找你,找梁小姐。"

马北风说："你就在这里谈?"

老丁说："也行,谁请客?"

梁亚静说："我请客。"

老丁说："好啊,有口福。"说着坐了下去,小刘也跟着坐在边上,这是规矩,马北风便走开去。走到门口,和王伟一起到吸烟室抽烟。

王伟拍了一下马北风的头,说："好啊,怪不得,大家说林老师好,你偏不要,原来有这么一个——"

马北风说："我找她了解情况。"

王伟笑,说："情况很秘密啊,搂得那么紧,怕人听见是吧。"

马北风说："去。"

王伟说："怎么搞的,找个镖女,到时候不怕她把你从床上一脚踢到门外。"

马北风回拍了一下王伟的头。

王伟说:"领教过了没有,试试身手。"

马北风说:"你我不是她的对手。"

王伟吐吐舌头,朝里边的梁亚静张望,说:"怎么没有让我碰上,你看看我,一表人才,要条子有条子,要盘子有盘子,找个老婆偏偏猪八婆似的,还凶。"

马北风说:"你小心,这话我告诉你老婆去。"

王伟说:"我正是要借你的口呢,你就行行好,给我传个话,让她也明白明白自己什么模样。"

马北风"扑哧"一笑,说:"你这张嘴!"

王伟说:"我这张嘴怎么,你不照照镜子,你自己这张嘴什么样子,还弄这么漂亮的,鲜花插在牛粪上啰。"

马北风又笑了一下,说:"怎么样,有什么新内容?"

王伟看他一眼,说:"知道你憋不住。"

马北风又拍他一下。

王伟说:"找到了这个镖女,不是新线索吗,早知道是你相好的,也用不着加夜班,说白天找不到人,忙着呢,要夜里出来,回去又有脸色看。"

马北风说:"她是给邱正红做事的,这案子和邱正红有什么关系?"

王伟打个哈欠,说:"我要是知道,也不在这里耗了。"

正说着,老丁和小刘走出来,老丁看了马北风一眼,看得马北风心里竟然有些发虚。老丁说:"你总是走在我们前面,做什么?"

马北风说:"老丁你误会了。"

王伟说:"误会不误会,思路是一致的。"

老丁他们走后,马北风再回来,心里就有些不自在,好像舞厅的人都在朝他和梁亚静看,服务员走过来送饮料时,眼神也是怪怪的,马北风朝梁亚静看,倒看不出她有什么不自然,但是两人有一阵没有说话,好像一时不知说什么好。

那边包厢里阿飘和老孟已经走了,舞池里仍然只有两对舞伴在跳舞,蓝色的灯光柔和地照着舞厅,音乐轻轻地响着,马北风一时竟然有些糊涂,这样的一个世界原本不属于他的,他怎么走了进来,是梁亚静牵着他进来的,如果不是梁亚静,他也许会对这个世界抱有一种不友好的态度,但是现在,因为有梁亚静在,一切就变得不一样,马北风看着眼前的一切,感受着身边的一切,不由有些怀疑,梁亚静对他的吸引真的很大很强?

又一首舞曲开始,梁亚静看着马北风,马北风摇了摇头,说:"我应该走了。"

梁亚静并不勉强他,说:"也好。"

马北风说:"字画的事,你也和老丁说了?"

梁亚静说:"是。"

马北风说:"你不怕邱正红……"

梁亚静脸上现出一种特别的神态,马北风多少可以看得出她对邱正红的一些感觉,信任? 尊敬? 崇拜? 也许几种因素都有,但就是没有怀疑,马北风心里不由有了些酸意,邱正红的私生活很乱,据说他有过许多女人,始乱终弃,但让人费解的是,这些女人中,无论是什么阶层,什么水平,什么年纪,什么长相的,也无论邱正红最后怎么对待她们,她们中间却没有一个人记恨邱正红,也没有一个人告发过他什么事情,有一段时间上面下决心搞一下这个大亨,找了一些和邱正红有过关系的女人调查了解,结果却一无所获。当然说一无所获也不准确,多少也是有所收获,那是关于邱正红的一大堆好话。马北风还记得那一次是老丁和王伟一起去的,结果连经验丰富的老丁也觉得莫名其妙。马北风记得他们回来老丁说的第一句话就是,怎么回事,姓邱的给她们灌了什么迷魂药,一个个忠得不能再忠。王伟则笑,说,这就叫本事,懂吧,那家伙有本事,于是他们围绕男人骗女人的话题狠狠地说了一回,最后一致认为这种本事是天生的,与生俱来,有些人想学也学不会,有些人一辈子也沾不上边,只能望洋兴叹。

现在马北风感觉到梁亚静对于邱正红的无条件的信任,马北风想,梁亚静不是那种能被迷魂药迷住的女人,也许邱正红确实是有他的长处,只是外人无法了解罢了。

梁亚静走到门口,把先前说过的话又说了一遍:"和邱正红没有关系。"

口气是坚决的,有十二分的把握,看梁亚静的脸,也是十二分的坦然,当然不是为她自己,而是为邱正红。梁亚静是邱正红的保镖,她完全有理由为邱正红说话,为邱正红证实邱正红所需要证实的一切,但是不知为什么,就在马北风看到梁亚静那坦然的神色的时候,马北风心里突然起了疑问,梁亚静有这个必要吗,虽然她是邱正红的保镖,但是现在并没有对邱正红有更多的怀疑,调查也只是例行公事,梁亚静为什么一而再再而三地为邱正红说话,为邱正红开脱,有什么需要开脱的呢,邱正红和字画有没有关系,邱正红和梧桐大街 18 号的凶杀案有没有关系,梁亚静说了是不能算数的,她应该明白这一点,可她为什么还要一说再说?

马北风想,有两种可能:

1. 邱正红有问题,和梧桐大街 18 号的凶杀案有关。

2. 梁亚静对邱正红有特殊的感情,她不希望邱正红有事。

或者,只是马北风的猜测,什么可能也没有?

那么马北风自己是希望一? 希望二? 还是希望什么也没有?

马北风在歌厅门前的台阶上握住梁亚静的手,有过路的人朝他们看着,梁亚静笑着说:"走吧。"

马北风没有放手。

梁亚静说:"总要走的。"

马北风一愣,慢慢地抽回了自己的手。

梁亚静走向自己的摩托车,大红色的摩托车在黑夜里仍然光彩照人,梁亚静发动了摩托,骑上去,在戴头盔之前,朝马北风一笑,说:"我给你打电话。"

一边挥着手,摩托车飞快地远去,马北风还站在歌厅门前的台阶上,看着摩托车迅速地远去,拐了一个弯,就再也看不到了,马北风心里猛地一抽、一痛,有一种感觉涌了上来,好像从此,再也没有梁亚静了。

马北风骑着自行车回家,小月亮已经睡着了,小荣房里的灯还亮着,他敲敲门,走进去,小荣戴着耳机在听歌,马北风说:"还没睡?"

小荣摘下耳机,说:"睡不着。"

马北风在他床边坐下来,他想应该再问一问小荣有关字画的事情,不料小荣已经看透了他的心思,说:"小马叔叔,是不是又有了什么线索,又要来问我了?"

马北风说:"你怎么想那么多,这事情,你不要多想。"

小荣说:"我没有办法不想,我一闭眼睛就看见奶奶,我看见奶奶浑身是血躺在地板上。"

马北风说:"你不要胡思乱想。"

小荣说:"我真的看见,奶奶背上插了一把尖刀,在左背上,血就是从那地方流出来的。"

马北风盯着小荣看了一会儿,过去摸摸小荣的额头,说:"小荣,早点睡吧。"

小荣固执地看着马北风,说:"小马叔叔,奶奶是不是那样死的,你告诉我,是不是? 背上插了一把尖刀,在左背上。"

马北风想了想,说:"那天他们把你从学校接回来,奶奶是不是还在那地方?"

小荣说:"没有,我没有看到奶奶的脸,奶奶躺在她自己床上,脸上盖着白布,他们不让我看。"

马北风伤心地点了点头。

小荣说:"小马叔叔,什么时候才能抓到凶手?"

马北风说:"快了,有些事情,恐怕还要你再回忆回忆。"

小荣说:"什么事情?"

马北风说:"你说过的字画,你能再说说吗?"

小荣想了一会儿,说:"是有字画的,奶奶说是她自己的。"

马北风愣了一下,说:"你上次说不知道哪来的字画,现在怎么又说是奶奶的?"

小荣低下头去,轻声说:"你不相信我?"

马北风说:"我相信你,可是你说话要……"

小荣点头。

马北风说:"你再仔细想想,想好了再说,十七号晚上,你爸爸和你继母来找奶奶，说到字画了没有？"

小荣不假思索："说到了。"

马北风说："详细情况你还能想起来吗？"

小荣努力地回忆十七号晚上的情形……

时间大概是晚上八点左右，韩奶奶和小荣一起看电视，听到敲门声，小荣去开门，看到是韩山岳和汪晨，他没有说话，转身回到自己屋里，韩山岳进门后叫了一声"妈"，韩奶奶只点了一下头，没有应声，韩山岳和汪晨坐在沙发上，韩奶奶也没有给他们泡茶，后来韩山岳自己站起来泡了两杯茶，韩奶奶始终没有主动开口跟他们说话，眼睛只是盯着电视，僵持了一会儿，韩山岳说："妈，还是为了那事情。"

韩奶奶说："我知道，不为那事情，你们来做什么？"

韩山岳说："妈到底能不能帮我们一把？"

韩奶奶没有说话。

韩山岳看了汪晨一眼，汪晨说："妈，他是你的亲儿子呀。"

韩奶奶笑了一下，说："这我知道，用不着你提醒。"

汪晨没有说话，愣着。

韩山岳说："正在四处找那个骗子，已经有了线索，也许几天就能把钱追回来，可是眼下急着……"

韩奶奶说："当然是急着，不急着也不会到我这里，是吧。"

韩山岳说："是。"

韩奶奶说："我已经说过，我没有钱。"

韩山岳说："妈，不是要你的钱，你的钱你给谁我们都没有意见，只是想请你出面，给我先借一点，搪一下，不然事情就弄大了。"

韩奶奶说:"我没有那本事。"

韩山岳叹了口气。

汪晨说:"妈,我们了解过,你有这个能力。"

韩奶奶看了她一眼,说:"有这个能力又怎么样?"

汪晨有些急:"妈,你不能见死不救。"

韩奶奶又笑,说:"死,怎么说得上死,死是那么容易的吗?"

韩山岳说:"俗话说,一分钱逼死英雄汉,我们现在差了那么多,十个百个也死得呀。"

韩奶奶说:"说得那样严重做什么,我也不是不明白。"

汪晨说:"你还是不肯?"

韩奶奶说:"你说不肯就不肯吧。"

汪晨忽地站起来,不小心碰倒了茶杯,打翻在地上,韩山岳弯腰捡起茶杯,也没有管地上的水迹,也没有再给汪晨续水,汪晨站在屋中央,说:"实在说不通,我们没有办法,只有用字画作抵押,我们已经和人联系上,只要有那批字画作抵押,可以借钱。"

韩奶奶也站了起来,说:"你说什么? 什么字画?"

汪晨说:"你不能这样,字画不是你的——"

韩奶奶说:"你说什么?"

汪晨脸也变色,声也变调,说:"陈逸芳,想不到你会是这样的人,这些年来,我一直委曲求全,换来了什么? 换来的还是一颗狼心狗肺呀。"

韩山岳说:"汪晨,你不要激动,慢慢说。"

汪晨在屋子里走来走去。

韩奶奶慢慢地又坐下去,不说话。

韩山岳说:"妈,你也不要太过分了,求你的事情你不肯,那也就算了,母子情什么的我也不说了,可是属于别人的东西,你应该还给别人才是。"

韩奶奶还是不作声。

汪晨说:"我们自己找。"

韩奶奶没有动,但声音很严厉,说:"你们敢,你们动一动,我就报警。"

汪晨果然没有动,韩山岳说:"汪晨,今天不行,明天再说吧。"

汪晨捂住脸,眼泪从手指缝里渗出来,她说:"明天,明天还来得及吗?"

韩山岳说:"你放心,出不了事情。"

汪晨摇摇头:"你不要安慰我,我知道。"她突然走到韩奶奶跟前说,"你记住,你这样子,不会有好报的。"

韩奶奶一动不动地坐在那里,看上去好像一下子老了二十岁,平时那种风采荡然无存,完全是一个行将就木的老人的样子。

三个人又僵持了好一会儿,什么结果也没有,韩山岳和汪晨走的时候,脸若冰霜。

等他们走后,韩奶奶又呆坐了半天,才慢慢地站起来,把房间打扫干净,地上的茶水也拖干了,正在这时,敲门声又响起来,韩奶奶去开门,是书商姚常川来了,韩奶奶见了他,脸上才露出些笑容,那时候大概是晚上九点左右,他们大约谈了半个小时,姚常川走的时候,韩奶奶的情绪已经恢复如常,送姚常川到门口时还笑着和他道别,声音十分欢快。姚常川走后,韩奶奶又收拾一下房间,之后,她洗漱了一下,准备睡觉,走过小荣房间,看灯还亮着,探头看看,微微笑了一下,就去睡了。

"这一切,你怎么知道?"马北风想起前几次调查小荣时,小荣说他戴着耳机听音乐,不知道外面的人说了些什么,这种明显的自相矛盾的说法,实在叫人没有办法理解这个孩子到底在想些什么,也就根本无法判断他的哪一句话是真的,哪一句话是假的。

小荣听出马北风口气的严厉,胆怯地看了他一眼,说:"其实,那一天我没有戴耳机听音乐,我在听他们说话,我的房门开着的,一切我都看得见。"

马北风上前一把抓住小荣的肩膀,说:"你到底要说什么? 字画的事,为什么不早说? 抵押,你懂什么叫抵押? 你是不是在编故事? 你是不是在做大头梦?"

小荣被马北风的样子吓坏了,惊恐地又是不知所措地看着他,看了一会儿,小荣伤心地哭起来,眼泪直往下淌,一滴一滴掉在被子上。

马北风看着小荣,一时也有点不知所措了。

第 9 章

胸外科是市人民医院最争气的科室,好多年没有出过一起医疗事故,办公室里挂满了大大小小的锦旗,走过看看也是很亮堂很耀眼的,现在比从前更好的就是工作态度和工作成绩是和大家的奖金挂钩的,所以全院上下,都看着胸外科,但是看也就看了,人家拿得多拿得少,与你无关,那是人家自己做出来的,谁看也只能是白看。这真是多多多,由你多,少少少,由我少,拿你没办法。

忽然胸外科就出了一件不应该出的医疗事故,虽然事情不算大,没有出人命,或者说差一点出人命,但是抢救过来了。这事故出得不大不小,这一个月的奖金当然是没有了,更重要的是全年的奖金也会因此受到影响,还有别的经济之外的账呢,连年先进的称号呢,墙上的那些红旗呢,别的部门于是又都看着胸外科了,看你的先进怎么办,弄得胸外科大家都灰溜溜的,可又不知道怪谁才好。事情是出在汪晨手上,汪晨是科里比较沉稳的最有把握的主刀医生之一,平时再大的手术也都能做到沉着冷静,身体虽然不算很强壮,但基本上也说得过去,偏这一次一个不大的手术就出了问题,手术做了一半,江晨突然昏倒了,因为不是重要手术,事先把握也是很大的,所以也没有什么应急准备,病人在切开伤口没有及时手术缝合的情况下,失血过多,休克。本来这事故也可以解决在手术室里,可不知怎么被家属知道了,闹起来,就觉得事情很大,院领导也来参与抢救,最后总算解决了,但是事故也算是发生过了。

那天上午十点钟左右,韩山岳接到医院打来的电话,告诉他汪晨病了,要他来接汪晨回去休息。韩山岳急急忙忙赶到医院,看见汪晨斜靠在医院走廊的长椅上,脸上没有一点血色,眼睛定定地看着某一个地方,有一个护士在一边站着,不知在说什么。韩山岳上前,说:"汪晨,怎么了?"

汪晨也没有抬一下眼睛,淡淡地说:"没有怎么。"

韩山岳看看护士,护士说:"做手术时昏过去了。"

韩山岳在汪晨身边坐下,看着她,问:"怎么会? 是不是早晨没有吃早饭?"

汪晨不说话。

护士说:"说是吃过的。"

韩山岳拉过汪晨的手把她的脉,汪晨把手抽开。

韩山岳说:"先回去吧。"要搀汪晨出来,汪晨不肯动,说:"里面还在抢救,我不能走。"

韩山岳叹了口气,重又坐下,看汪晨懒得说话,就向护士问了问情况,护士说了,韩山岳也有些紧张,手术室一场生命之战还未见分晓,不要说汪晨,就连他自己,这时候恐怕也是迈不开脚步的。

他们在医院里一直坐到手术做完,病人抢救过来,当医院的第一把刀周医生满脸疲惫地走出手术室,朝汪晨点头微笑的时候,韩山岳这才松了一口气,侧过脸去看汪晨,却见她还是那样定定地看着某一个地方,对周医生的示意好像毫无感觉。韩山岳碰了碰她的肩,心里突然冒出一种不好的感觉。

胸外科的主任把韩山岳叫到一边,说:"带汪医生回去,让她好好静心休息。"

韩山岳说:"是。"

主任朝汪晨看看,压低声音说:"这些天,我们都觉得——"

韩山岳说:"什么?"

主任好像有些犹豫,想了想,还是说:"也不好说,好像有些不那个,怎么说呢,可能,可能心里有些……乱。"

韩山岳点点头。

主任说:"家里出了那样大的事情,也难免,让她休息几天,会好起来的。"

韩山岳感激地点点头,回头对汪晨说:"好了,没事了,我们回去吧。"

韩山岳把汪晨带回家,让汪晨到床上躺下,汪晨刚刚躺下又爬起来,说:"不行,我还是要到医院去,那个病人我放心不下。"

韩山岳小心地看着她,说:"周医生已经接了那个病人,主任他们也都会全力以赴,你就放心吧。"

汪晨好像听不懂韩山岳的话,朝他看了看。

韩山岳想起主任的话,小心地走近汪晨,说:"汪晨,你不要着急,心,不要乱。"

汪晨自言自语地说:"心乱,我是乱,乱得没有办法控制——"说着,眼里慢慢地淌下两行泪水。

韩山岳一阵心疼,连忙扶她躺下,说:"汪晨,没有什么,真的没有什么,跟你跟我都没有关系,我们用不着心乱。"

汪晨又翻身起来,说:"要真是那样,就好了。"说着眼泪又滚下来。

韩山岳正要说什么,听到有人敲门,开了门一看,是幼儿园的林老师领着小轩回来了,这才想起今天是星期六,幼儿园只上半天学,到中午吃饭前应该去接孩子。

林老师说:"过了十二点了,看你们还不来接小轩,我就送过来了。"

韩山岳连声说:"谢谢,谢谢。"

林老师看汪晨在床上,家里又是乱糟糟的,问有没有什么要她帮忙的,韩山岳说:"没有,没有什么事情,汪晨上午有些不舒服,回来休息。"

林老师说:"那我走了,有什么事,你们叫马北风带信给我,我反正也空着,可以帮帮的。"

韩山岳送林老师出来,林老师说:"汪晨什么病,看她的脸色很不好呀。"

韩山岳说:"你也知道,出了这么大的事情,她心里很乱。"

林老师点点头,说:"这时候,恐怕只有马北风能劝劝她,他说话会有些用处的。"

韩山岳说:"是,可是——"

林老师说:"怎么?"

韩山岳不知怎么说才好,马北风这几天可是做的雪上加霜的事情呀,韩山岳了解马北风的为人,马北风决不会做出借机报复之类的事情,但是韩山岳已经感觉到马北风的心也乱了,和他、和汪晨一样,马北风不能做到沉着冷静,因为死的不是别人,而是奶奶,是最最疼爱他的奶奶,马北风此时此刻或许正需要别人来劝劝他,他不能再承担劝慰别人的任务,无论他平时是一个多么优秀的警察，但是现在他一点也不优秀，他的心也乱了，这一点韩山岳很清楚，因此也很担心。

林老师看韩山岳欲言又止，想了想，也猜测到其中的一点原因，她和马北风多年来的接触，不仅对马北风和他的许多事情都明白，对韩山岳的家庭情况也多少了解一些，她知道这两个家庭之间的复杂关系，当然也可以说正是因为有这样的复杂关系，才可能让她这样一个原本毫无瓜葛的人走进了这种关系中。

林老师看着韩山岳沉重的神情，她说："我碰到马北风，我跟他说说，已经出了这么大的事情，不能再出事情了。"

韩山岳苦笑了一下。

林老师走出来，到街口就看到马北风迎面过来，马北风看到林老师从韩山岳家出来，有些奇怪。

林老师说："今天汪晨昏倒在手术台上。"

马北风一惊，说："现在呢？"

林老师说："在家，好些了。不过，看上去，精神有些不对。"

马北风慢慢地点点头。

林老师说："我想，汪晨是心病，你是能帮她的。"

马北风愣了一下，说："但是这要有一个大前提。"

林老师疑惑地看着马北风，想了好一会儿，好像是想明白了马北风的话是什么意思，一旦想明白，她又觉得不可思议，说："你怎么会想到那样的歪路子上去呢？"

马北风说："我也不知道。"

林老师说："你们的事情，我真是……"

马北风说："上次我托你打听的事情，你——"

林老师一时没有想起来，说："你托我打听什么？"

马北风说："3 月 18 号早晨,是谁送小轩上的幼儿园,几点到的?"说这话的时候他在想,如果眼前这个人是梁亚静,她一定不会忘记他的托付。同时他又问自己,为什么这么信赖梁亚静? 没有答案。

林老师吃了一惊,盯着马北风看,说:"你到底是为了活人还是为了死人?"

马北风说:"活人死人都要为。"

林老师说:"我开始总以为你不可能乱怀疑人,不可能发生的事情你也想去证实?"

马北风说:"什么叫可能,什么叫不可能?"

林老师摇了摇头。

马北风说:"你到底有没有帮我了解?"

林老师说:"我了解过了,问了当班的老师,问了传达室的阿姨,再三问了小轩,确实是韩山岳送的,准确时间不记得了,但是估计总在七点半到八点之间,因为如果太早或者太迟,老师和传达室的人都会有特别的印象。"

马北风说:"是。"

林老师说:"你是不是……你这样走下去,我是说,你把目标对着他们,你会不会走入歧途?"

马北风想这正是我对老丁说的话,我们大家都在走入歧途,但是我和老丁的思路却是一致的,这不用怀疑,我们采用的是排除法。

林老师走后,马北风来到韩山岳家,汪晨刚刚服了安眠药睡下了,马北风站在他们的卧室门口朝里张望了一下,看到汪晨一张苍白的脸,眼角好像还有些泪水,马北风心里一抽,连忙退出来,他们就在外间屋子坐下,两个人闷闷地抽烟,抽了两根烟,韩山岳突然站起来说:"我不行,我要崩溃了。"

马北风低着头,不作声。

韩山岳走近两步,靠在马北风面前,狠狠地盯着他,半晌,他一把揪住马北风的衣襟,说:"你说,你为什么这样对待我们?"

马北风也不挣开他的揪抓,也不说话。

韩山岳说:"你报复,你借机报复,你恨我们,你一直记恨在心。"

马北风仍然不说话。

韩山岳继续说:"你想置我们于死地,现在你快活了,汪晨要崩溃了,我也要崩溃了,我的公司要垮了,我的家也要垮了,你达到目的了,你——"他忽然想到汪晨在里屋睡着,停了下来。

马北风给他一支烟。

韩山岳接了,忽地又把烟扔了,双手抱着头蹲下去。

马北风看着韩山岳的样子,真想抱住他一起痛哭一场,把心里的东西,所有的压抑,所有的委屈都释放出来。可是,他不能这样,马北风用力把韩山岳拉起来,让他坐到沙发上,慢慢地说:"不管怎么样,不管你们对我有什么样的想法,我今天来,还是要了解一些情况。"

韩山岳说:"你的心什么时候变得这么硬?"

马北风说:"干我们这一行,能软吗?"

韩山岳说:"你不是不管这个案子吗,你有什么权利来打扰我们,特别是打扰一个——"他指指里屋,"打扰一个精神即将崩溃的女人?"

马北风说:"我有权利,我的权利就是我的良心、我的责任。"

韩山岳重新拣起烟来,马北风给他点着了,他虽然骂马北风,虽然怨他,但是他心里是相信他的,他慢慢地平静下来,去给马北风泡了一杯茶,端过来,说:"喝口茶,你问吧。"

马北风说:"有字画?"

韩山岳说:"是。"

马北风说:"谁的?"

韩山岳说:"奶奶的。"

马北风盯着韩山岳的眼睛,问:"不是汪晨的?"他注意韩山岳的反应。

韩山岳的反应果然很大,反问一句:"你说什么? 汪晨的? 怎么会是汪晨的? 和汪晨有什么关系?"

马北风想,或者,小荣说了谎,或者,韩山岳说了谎,或者,汪晨向韩山岳隐瞒了什么,也向他,她的前夫隐瞒了什么。

韩山岳看马北风沉默,说:"字画的事情,你怎么知道?"

马北风说:"既然是事实,总会知道的,你为什么不早告诉我?"

韩山岳说:"这难道也和奶奶的死有关?"

马北风说:"对侦察人员来说,在排除之前,一切都可能是有关的。"

韩山岳不由得冷笑了一下,说:"那是,怀疑一切。"

马北风说:"也可以这么说,你再说说字画的事,是奶奶的,奶奶哪来的字画,是不是爷爷留下来的?"

韩山岳说:"我不知道,爸爸从来不玩这些东西。"

马北风说:"你从前听奶奶说过吗?"

韩山岳说:"没有,我们家从来就没有人弄过字画什么的,奶奶也没有这方面的兴趣,她的兴趣是书,你知道的。"

马北风点点头,说:"怎么突然就冒出些字画来了?"

韩山岳摇头。

马北风说:"你见过没有?"

韩山岳摇头。

马北风说:"汪晨见过?"

韩山岳还是摇头。

马北风想了想,说:"到底有没有字画?"

韩山岳说:"有是肯定有的,要不然奶奶怎么会这么认真。"

马北风说:"怎么认真?"

韩山岳朝他看看,说:"你怎么,都不知道呀? 我还以为你什么都一清二楚呢,反正奶奶决不允许别人动她的字画,连提也不许提,谁要是说到字画,她就说根本不在她身边。"

马北风说:"真不错,为了一些不知道究竟存在不存在的东西,你们吵什么呢?"

韩山岳说:"什么叫不知道存在不存在,字画确实是有的。"

马北风问:"是谁的字画,价值怎样?"

韩山岳说:"我不知道。"

马北风说:"除了这空虚的'字画'两字,别的什么也不知道,也没有见过。"

韩山岳说:"是。"

马北风说:"有没有这种可能,字画不是奶奶的,是汪晨或者别的什么人的,寄放在奶奶这里?"

韩山岳想了半天,说:"说是别人寄放,也不是没有可能,但是不大可能是汪晨的。如果是汪晨的,她不能不告诉我。"

马北风说："你这么有把握？"

韩山岳张了张嘴。

这时候他们看到卧室的门开了，汪晨正站在门口，眼睛定定地看着他们。

韩山岳和马北风同时站起来，韩山岳说："你怎么起来了？"

汪晨说："你们破案子，我能睡得着？"

马北风和韩山岳互相看了一眼，韩山岳说："你去睡吧，和你没有关系，我和他随便聊聊。"

汪晨忽然笑了起来，笑得很灿烂，说："怎么和我没有关系，人是我杀的，和我的关系可大啦。"

韩山岳连忙过去扶住她，说："你去休息。"

汪晨甩开韩山岳的手，眼睛盯着马北风，说："你满意了吧，我承认了，省得你再费心机。"

马北风愣着，不知怎么办好，许多年来，他参与侦破的案件不计其数，其中凶杀案也有好多，但是没有一次处于如此被动的境地，没有一次会被逼到没有后路的状态，现在他真正地感到自己已经没有退路，他不知事情怎么会弄成这样。本来，这案子已经由老丁他们接了，他完全不必硬挤进来，他绝对不怀疑老丁的水平和能力，自己能做到的事情，老丁也一定能做到，有些他无能为力的事情，老丁也能做到，所以马北风真的不该挤进来扮演一个吃力不讨好的角色……但是马北风又不能不挤进来，他一定会挤进来，因为他是一个普普通通的有七情六欲的正常人，就是这样。

此时此刻马北风看着面前的汪晨，他想起和汪晨共同生活的日子，真是百感交集。

汪晨此时此刻是否也想起了她和马北风共同生活的日子呢？

汪晨因为服用了镇静药,没有睡着,此时头脑晕晕乎乎,她从床上爬起来,走到门口,对着韩山岳和马北风说了那句"人是我杀的"以后,整个的感觉就把自己当成了杀人凶手……3 月 18 号早晨七点四十分杀了韩奶奶,抢走了字画……于是她又说:"是我抢走了字画。"

韩山岳和马北风都很害怕,汪晨反常的表现使他们不约而同地想到汪晨的父亲,汪晨的父亲汪伯民患精神分裂症住在精神病院已经好多年了,韩山岳和马北风此时此刻想到的就是尽量地不再刺激汪晨。马北风说:"汪晨,你坐下,不要胡思乱想,根本就没有什么字画。"

汪晨说:"有字画。"

马北风说:"好,有就有,和你,和韩山岳都没有关系。"

汪晨却说:"怎么没有关系,字画是我爸爸的,被陈逸芳吞了,我现在要回来,也不是为我自己,为她的儿子救急,她居然不肯,我不杀她?"

事情越来越复杂,但是在汪晨心智已乱的情况下,又很难判断她的话是真是假,是事实还是幻想。

唯一可以证实这些事情的是韩山岳,马北风对韩山岳说:"事情已经到了这一步,你再隐瞒只能使事情越来越糟。"

汪晨还想说什么,但是药性终于让她镇定了,韩山岳把她扶进去躺下,又回来,对马北风说:"我并不想隐瞒。"

马北风说:"我知道,你们要互相保护,但是你有没有想到,这种保护,既无济于事,又是你们互相不信任的表现。"

韩山岳承认说:"我经不起考验,我怕她——"

马北风说:"你不要说了,你的心情我都明白,因为,因为我自己也是同样的心情,你把字画的事情再说说。"

韩山岳叹息着说:"字画的来龙去脉我真的不大清楚,曾经听母亲说过,也只是含含糊糊的,是'文革'中的事情,汪晨的父亲就是为这件事情疯的。"

马北风想不到这里边还有着这么复杂的内容,想了想,问道:"汪晨以前知不知道?"

韩山岳看看他,马北风有些不自在,他也觉得这样的问题,实际上已经超出了案子本身的内容。韩山岳当然明白马北风的意思,他此时的心情又何尝不是和马北风一样呢?韩山岳说:"汪晨也从来没有跟我说过这件事,我想,她也许不知道。"

马北风想你这是用假话来安慰我呢,还是说的真话呢,无从证实。在案子里夹杂了更多的感情上的东西,这在马北风从事侦察工作十多年来,还是第一次,当然,对每一个从事侦察工作的人来说,他往往会对自己负责的案件产生很深的感情,这是一种正常的职业感情,马北风也是如此。多少年来,他对每一个破了的和最后破不了的案子都会有很深的感情,每一次破了一个大案以后,特别是难度大影响大压力大的案件,在侦破以后,他都有大病一场的感觉,有时候会和同事抱头痛哭一场,也有的时候,一个人闷闷地坐上几个小时,对案子常常会产生依恋不舍的感情,结案以后好长时间,还常常想着案子的内容……这一切,应该说都是正常的。但是这一次不同,这一次连马北风自己也知道自己有些失控,他脑子里乱糟糟的,他必须好好地理一理自己的思绪。

字画,到底有还是没有?

是价值连城的某大家的真迹?

是不值几文的后人的临摹之作?

如果确有字画,到底是谁的?

是韩奶奶陈逸芳的?

是汪晨的父亲汪伯民的?

既不是陈逸芳也不是汪伯民的,是另外一个人的?

这个人是谁?

字画到底在谁的手里?

如果曾经是在陈逸芳手里,清理陈逸芳的遗物,没有见到字画,是凶手把字画拿走了?

如果是在汪伯民手里,汪伯民早在十多年前就疯了,从一个疯子的嘴里,能得到什么?

以上是一条线。

另外还有一条线,是从梁亚静那里得来的,邱正红老板也知道这些字画,邱和字画又是什么样的关系?

还有,那个书商姚常川,既然他能和陈逸芳一起合作出了那么多书,做了那么大的生意,陈逸芳把字画的事情告诉他,或者他也牵涉到字画的事情中来,也不是没有可能的。

最后,字画和陈逸芳的死到底有没有关系?

马北风越清理越觉得思路不清楚,他把一切推倒了从头想起,一开始是小荣告诉他韩山岳汪晨和奶奶吵架的事情,接着过了几天也是小荣说出钱的事情,接着再过两天小荣又说了字画的事情,看起来正如老丁说的,小荣在挤牙膏,但是小荣并没有说谎,这一点是肯定的,首先,17 号晚上韩山岳和汪晨确实到了韩奶奶家。第二,他们确实和韩奶奶争吵了。第三,韩山岳的公司确实急需一大笔款子救急。第四,字画的事情也是真实的,虽然谁也没有见过字画,但至少他们在 17 号晚上确实提过这件事。现在的矛盾是关于字画到底在谁手里,小荣的说法和韩山岳的说法不一致。

这时候马北风的 BP 机响起来,他看了一下,是王伟在找他,心里有些紧张,也许老丁他们发现了新的情况,他对韩山岳说:"我走了。"

韩山岳说:"求你一件事。"

马北风说:"你不用说,我不再找汪晨,有事情跟你说。"

韩山岳感激地点点头,送马北风出门。

马北风出来,看时间已经是中午十二点多,到街头电话亭给队里打了个电话,果然王伟在,马北风说:"你呼我?"

王伟说:"你在哪里?"

马北风告诉了他地方,王伟说:"你等着,我就来,我还没有吃饭,你请客。"

马北风知道王伟有消息带给他,就在电话亭旁等了一会儿,果然王伟来了,两人一起到快餐店里吃快餐。马北风说:"说吧。"

王伟说:"知道你急,这事情老丁不让我们跟你通气。"

马北风说:"牵涉到汪晨还是韩山岳?"

王伟说:"是汪晨。"

马北风虽然有足够的思想准备,但是听到了王伟的话心里还是止不住一阵抖动。

王伟看他的脸有点不对,说:"其实也不⋯⋯"他顿了顿,没有说其实后面的话题,却换了一种口气说,"老丁又找了小荣。"

马北风说:"是字画的事情?"

王伟说:"你还说字画,你为什么不及时和老丁通气,老丁在杨头面前还给你打掩护,背后把你骂死。"

马北风说:"我和老丁是同步的,我也是刚刚知道有什么字画。"

王伟说："不说字画了，说新的情况，小荣提供的，18号早晨七点钟他下楼上学去，在楼前看到汪晨。"

马北风从座位上站起来，又坐下去，说："小荣说的？"

王伟说："是。"

马北风说："汪晨七点来钟到梧桐大街？"

王伟说："就是，老丁没有说要告诉你，我告诉你了。"

马北风说："你看小荣会不会瞎说？"

王伟说："这个我吃不准，这孩子看起来不像瞎说的样子，老丁问他的时候我也在，看上去有些心思，犹豫不决，好像想说又不想说的样子。"

马北风说："是这样，小荣平时很老实，不说谎。"

王伟说："那就是了，老丁大概也认为小荣说的是事实，但是关键在于汪晨早晨七点钟左右到梧桐大街虽然可疑，可是并不说明什么问题，陈逸芳的死亡时间是七点半以后。"

马北风激动地说："是。"

王伟说："你激动什么，话还没完呢。老丁下午到人民医院去过了，医院说汪晨不很正常，上午手术时昏倒了，也知道她父亲有精神分裂症，所以考虑再三，现在不大好直接找汪晨询问。"

马北风说："原来如此，我还以为你果真找我卖个乖呢，原来如此。"

王伟说："天地良心，我可没有要你找汪晨的意思，要你找汪晨老丁自会来找你，轮不到我。"

马北风叹气说："就是老丁找我，我也不好去问汪晨，至少暂时不行，我刚从她家出来。"

王伟说:"情况不好?"

马北风点点头。

王伟说:"怎么会这样,真是禁不起。"

马北风说:"我也想不到,她原来是一个很有定力的人。"

王伟说:"你怎么想?"

马北风说:"跟你没有什么好隐瞒的,我只想早一点儿让她也让韩山岳摆脱干系。"

王伟说:"其实老丁也是这样,排除法。"

马北风说:"谁知道,越努力,他们的干系越大,莫名其妙。"

王伟说:"小荣怎么回事?"

马北风说:"我也觉得小荣心里有些问题,但是他没有说谎,这是肯定的,孩子也许有顾虑。"

王伟说:"你再跟他聊聊。"

马北风说:"是。"

他们吃过饭,一起出来,迎面看到老丁走过来,王伟说:"别卖我。"

马北风笑了一下。

老丁走过来朝他们俩看看,对马北风说:"走吧,杨头找你。"

马北风说:"知道什么事?"

老丁说:"大概是叫你接另一个案子吧。"

马北风一愣,看着老丁,说:"怎么会,你跟杨头说了什么?"

老丁说:"你就这样看我?"

马北风说:"对不起。"

老丁说:"走吧,去了再说。"

第 10 章

　　十分钟后马北风和老丁就坐在杨队长的办公室里,马北风其实也明白杨队长叫他回来,主要的目的并不是要和他谈别的,也许确实是要他接另一个案子,但那只是一种说法,一种附带而已,重心还在梧桐大街 18 号的案子上,这一点马北风心中有数,要不然,老丁跟在一边算什么呢,不合规矩。马北风这样想着,扔一支烟给杨队长,扔一支烟给老丁。

　　杨队长先让老丁把案件进展情况说了一下,大体上马北风也都是知道的,接下来老杨让马北风根据这些情况谈谈自己的想法,马北风有些意外,还没有到谈想法的时候,他想了一想,说:"我只能说说我下一步想做的事情。"

　　杨队长说:"也好。"

　　马北风说:"我想到精神病院看看汪伯民。"

　　杨队长和老丁交换了一下眼色,老丁说:"我也是这样想的,也觉得你去比较合适。"

　　杨队长说:"我们知道,你虽然和汪晨离了婚,但还是定期去看望从前的岳父。所以,想起来,汪伯民虽然精神失常,但对你却不至于有什么不好的想法。"

马北风点点头,说:"不过,也不能寄于太大的希望,他毕竟是个病人,他就是能说出些什么,关于字画的,或者关于别的什么,要证实也是不容易的。"

杨队长说:"那是,只要他有话,就可能会有线索。"

老丁说:"韩小荣说的 18 号早晨七点看到汪晨在梧桐大街18 号门前转的事情,王伟跟你说了吧。"

马北风不置可否,老丁看看杨队长,两个人一起笑。

马北风说:"笑什么?"

杨队长对老丁说:"还有些情况你再跟小马说说,他的面太窄,只知道自己那一摊。"

马北风不好意思地笑了,杨队长说得不错,这些天来,他确实只是盯着很少几个人,小荣、韩山岳、汪晨,对邱正红、姚常川那两头,确实是放松了。

邱正红,确实知道陈逸芳有一批字画,是八大山人的真迹,他派人和陈逸芳接触,就是为了这批字画,没有别的目的。金正明前后和陈逸芳接触过三次,没有看到字画,陈逸芳既不否认有八大山人的真迹,却又不肯拿出来给人家看,金正明说,不见真佛不下拜,如果老是看不到真迹,这事情看起来也没有什么好谈的了,陈逸芳的回答是,本来并不是我找你们谈的,是你们一定要和我谈的,我并不想和你们做什么交易。金正明觉得陈老太太话中有话,再三问到底有没有真迹,陈老太太的回答是,你不要管到底有没有真迹,我不和你们谈字画的事情。所以,邱正红决定亲自和陈逸芳接触,前两次他没有见陈逸芳,18 号这天,叫司机小董接陈逸芳过来,邱正红是准备自己再和她谈一谈的。

姚常川,这一阵和陈逸芳来往密切是因为他们共同编辑的一本书出了些问题,被有关部门查封,但是经过努力,又开了封,虽然破了些钱财,但总算解决了。17 号晚上姚常川到陈逸芳家,就是告诉她事情解决了的消息,所以陈逸芳很高兴。姚常川也知道陈逸芳有一批字画,但是从未见过,他问过几次,也想打打主意,可是陈逸芳不谈此事,所以姚常川对字画的了解几乎等于零。

马北风把老丁的这些情况想了一遍,说:"看起来,凶杀案和字画是有牵连的?"

老丁说:"现在不好说。"

杨队长说:"你的感觉呢?"

马北风没有感觉,他努力地想感觉一下,可是得不到感觉,也许,就像平时大家说的医生不能给自己的亲人看病一样,这个案子里太多地渗入了马北风的情感,所以他感觉不到。

杨队长说:"蓝色酒家……"

马北风说:"怎么又是蓝色酒家?"

杨队长说:"局头也不知为什么老是盯着蓝色酒家,上次写上去的报告,请地段派出所处理的那个报告被退回来,不知道有没有什么内幕,局头不肯说,你和小孙再去看看,有没有别的什么牵连。"

马北风说:"莫名其妙。"

老丁说:"先去一下精神病院。"

杨队长说:"那还用说。"

马北风在往精神病院去的路上,突然有一种不知身在何处的感觉。怎么会跑到精神病院来了?案子的发展真是有点让人莫名其妙,完全没有常规可寻。他努力地想抓住一些规律、一些特点,却怎么也摸不到它们。到精神病院,见汪伯民,到底有什么意义,破案破到需要靠精神病人的帮助,这让马北风感到惭愧。为什么非要去打扰一个生活在另一世界的人呢?非要找汪伯民不可吗?怎么突然就冒出来一个八大山人的真迹?为什么几十年来从来没有人提起过?陈逸芳一死,突然就冒了出来,马北风想,在整个案件的侦察过程中,是谁先说出有关字画的事呢?

烂菜花。

小荣。

还有梁亚静。

烂菜花并没有明确说出字画的事来,她说的是古董、字画、白粉、黄金、护照……是随口乱说,还是有意暗示?

小荣是亲耳听到了有关字画的事情。

梁亚静则是从金正明那里得来的消息。

这两个人,到目前为止,仍然是马北风最最信任的两个人,毫无疑问,对小荣的信任,是当然的,或者根本不必有什么理由和原因。但是对梁亚静呢,凭什么无条件地信任她?这就很难说清楚。是小荣或者是梁亚静出于某种目的,为了扰乱案件的侦破而故意推出字画,让八大山人成为他们破案的一个大的障碍?

为什么呢?

目的?

动机?

对于小荣来说,没有目的,没有动机。

那么梁亚静呢?

她是邱正红的人,她为邱正红做事,包括为邱正红掩盖罪行?

不!

马北风立即否定了自己的假设,并且为自己的假设笑了起来,他就是不怀疑梁亚静,不必说为什么,不怀疑就是一切。

到了精神病院,办过手续,马北风熟门熟路地到了六病区。因为汪伯民是老病号了,马北风也常常来看他,所以一些工作时间较长的医务人员都认识他,见到他,有打招呼的,也有点头笑的。马北风进了病区,护士就让汪伯民到办公室来。汪伯民看上去和正常人没有什么两样,穿着也都整整齐齐,头发胡子都理过,显得很精神。他看到马北风,笑了一下,说:"你来了。"

马北风把带来的吃食交给汪伯民后,汪伯民说:"不好意思,老是吃你的。"

马北风说:"应该的。"

汪伯民说:"唉,从前是应该的,现在不该你买。"

马北风笑着说:"你分这么清做什么?"

汪伯民正色说:"要分清,亲兄弟明算账,不分清以后就要出事情,我的事情就是当时没有分清以后就闹大了。"

马北风说:"你的事情,是不是跟字画有关,八大山人的真迹?"

汪伯民开始还好好地笑着,一听字画,一听八大山人几个字,马上变了脸色,站起来,连连后退几步,浑身颤抖,语无伦次地说:"八、八、八大山人我不认识,我有罪——"声音突然地高起来,"八大山人我有罪,八大山人我有罪。"

护士看汪伯民突然犯病,问马北风:"你跟他说什么,他是病人,不能随便说话。"

马北风说:"对不起。"看着汪伯民害怕的样子,突然想到汪晨苍白的脸,心里悸动了一下。

护士过来和汪伯民说话,汪伯民指着马北风说:"叫他走,叫他走,他是来害我的。"

护士看看马北风,说:"你怎么办?"

马北风说:"我还有几句话问一问就走。"一边靠近汪伯民说,"字画的事情,汪晨知道不知道?"

汪伯民猛地大叫起来:"他要杀我,他要杀我!"

护士连忙把汪伯民拉回病房去。

马北风愣在那里不知怎么办才好,平时他来看汪伯民,说话间也难免有些不注意的地方,也会有刺激了汪伯民的时候,但是汪伯民从来没有像今天这样表现激烈。韩山岳曾经说过,汪伯民的疯和字画是有关系的,看起来这话不假。正因为如此,此时马北风的心情沉重起来,韩奶奶死了,也许,知道字画真相的只剩下汪伯民一个人了,但是汪伯民疯了,他不能再听到有关字画有关八大山人的内容,那么,这一段往事就让它石沉大海吗,当然,如果这段往事仅仅是往事而已,那么让它石沉大海沉也就沉了,但是现在根据种种迹象表明,这段往事,和梧桐大街 18 号的凶杀案很可能有着密切的联系,和一条人命,和韩奶奶的生命有着联系的往事,马北风怎能甘心让它石沉大海?即使马北风能甘心,侦破案件的需要也不允许他放弃追寻,放弃调查。

马北风看着护士拉着汪伯民消失在走廊尽头,走进那一扇很厚很厚的门,随着那扇门的关闭,马北风的心也好像要被关闭了,他长长地叹了一口气,怕自己的心真的从此关了起来。

他失望地走出护士办公室,在经过医生办公室的时候,他听到里边有人喊了他一声,回头一看,发现是梅医生在值班,马北风心里一亮,走进去,说:"梅医生,你值班呀?"

梅医生点点头,她不仅认识而且熟悉马北风这位病人家属,她对他们的家庭关系、对马北风和汪晨的事情也都了解一些,马北风在和汪晨离了婚的情况之下,许多年来还常常来看望从前的岳父,仅凭这一点,梅医生就对马北风有一种好感,所以每次看到马北风来,总要和他聊聊。现在当马北风垂头丧气地走过去,梅医生喊了他一声。

马北风又回头的时候还不知道梅医生能帮助他扭转失望的情绪。

梅医生说:"又来看汪伯民?"

马北风点点头。

梅医生说:"说了什么,汪伯民激动起来?"

马北风说:"我问他关于'文革'中的一些字画的事情。"

梅医生说:"那是他的心病,不能提的,我们在治疗过程中是掌握的。"

马北风有点儿无可奈何,说:"那就永远也不可能了解事实了。"

梅医生说:"那也不见得,汪伯民的病也不是绝对没有好的可能、好的希望。"

马北风苦笑一下:"那要等到什么时候。"

梅医生看着马北风,说:"你很急?"

马北风点点头。

梅医生也没有问为什么,她想了想,说:"我这里保存着汪伯民从前的一些材料,有几本日记本,是他发病前的日记,你拿去看看,也许会有些用处。"

马北风看着梅医生从大橱柜里拿出一个大信封,从里面取出几个发黄的小本子,马北风的心紧张得要跳出胸膛。梅医生注意到他的情绪,温和地笑了一下,说:"也不要期望太高,要不会失望的。"

马北风说:"是。"接过本子,小心地放在自己的提包里。

梅医生说:"你忙你就走吧,记住不要把本子弄丢了,用过了再还给我,我们要存档的。"

马北风想说几句感谢的话,梅医生对他挥了挥手,便低头做自己的事。马北风走出来,回头朝梅医生的办公室又看了一眼,心想,要是这世界上的人都像梅医生这样理解人、体贴人、帮助人,那世界将是多么美好。马北风想自己怎么像个尚未入世的中学生一样感叹起人生来,觉得很好笑。

回到家里,马北风迫不及待地翻开了汪伯民的日记本。

在汪伯民的日记中,与八大山人的水墨画有关的地方有两处,一处是 1966 年秋那一段时间,大概有十来天的日记中记了有关八大山人的画,以后很长很长一段时间,日记中断,再续下日记则是在十多年后的 1978 年了。

有关八大山人水墨画的内容,在 1966 年的日记中,大体内容是这样的:

在一个深秋的傍晚,汪伯民和同事陈逸芳正要下班回家,门突然开了,另一位同事郑维之神色慌张地跑进来,手里拿着一卷东西,看到他们,愣了一下,把手里那卷东西往身后藏,嘴上说:"你们还没有走?"

汪伯民说:"正要走。"

郑维之又愣了一下,看看陈逸芳,陈逸芳说:"本来早走了,叫我们把检查写好了再走,写了好几遍才过关。"

郑维之长叹一声,说:"你们倒过了一关。"

汪伯民说："早着呢，谁知还要过多少关。"

郑维之正要说话，忽然又侧听了一下外面的动静，说："夜里，要来抄我的家。"

汪伯民说："你怎么知道？"

郑维之说："是的，肯定的。"

陈逸芳说："抄也只好抄了。"

郑维之说："别的东西抄去也就算了，可是这——"他扬了扬手里的那卷东西说，"这个不能让他们拿去，这是国宝。"

陈逸芳说："是什么？"

郑维之朝他们俩又看了看，走到门口再听听动静，回过来说："是八大山人的两幅画。"

汪伯民和陈逸芳虽然都不大懂画，但是听到八大山人的两幅画，两人同时"呀"了一声，盯着郑维之。

郑维之眼睛盯着自己手里的画，慢慢地说："这个不能拿走，不能的，八大山人的画，一幅是鱼，一幅是鸟。"

汪伯民和陈逸芳也都知道，八大山人的鱼鸟画不是一般的画，他的鱼鸟，常作"白眼向人"的神态，在明末清初画坛独树一帜。

但是此时此刻，汪伯民和陈逸芳看到郑维之手里的画，就像看到了可怕的定时炸弹一样，他们胆战心惊，汪伯民对郑维之说："你把画拿到这里来做什么，你找死呀。"

郑维之哭起来，说："我没有地方藏，我想不出放在什么地方才安全，只有拿来了。"

陈逸芳说："这里安全？"

郑维之说："你们两个是我最相信的人。"

汪伯民连忙打断他的话，说："不行不行，我们自身都难保呀。"

陈逸芳也说是。

郑维之边流泪边说:"本来也不是想麻烦连累你们,我以为你们已经走了,可想不到你们没有走,看到了,我也不好瞒你们,我把画放在这橱子里,你们只作不知,他们想不到画会藏在他们眼皮底下的,只要你们俩人不说,谁也不会知道。再说,这里已经抄过几次了,不会再来抄。"

汪伯民和陈逸芳你看看我我看看你,不知说什么好。

突然郑维之扑通一下给他们跪下了。

汪伯民连忙把他拉起来,说:"别这样,放就放在这里吧,我不说就是。"说着回头朝陈逸芳看,郑维之也用眼睛盯着陈逸芳,陈逸芳说:"我会说吗?你们盯住我看什么?"

郑维之握住他俩的手,说:"谢谢,谢谢,事情过后,我会感谢你们的。"

陈逸芳说:"现在谢什么,等事情过了再说,还不知能不能过去。"

郑维之说:"希望能。"

汪伯民说:"这件事只我们三个知道,我们三个都不说出,就能安全渡过。"

于是大家心照不宣。

但同时,大家又是心神不宁,一夜都没有睡好。

汪伯民和陈逸芳谁也没有料到,最先说出来的竟是郑维之自己,后来汪伯民听说那天夜里一直把郑维之斗到天亮,最后郑维之终于说出八大山人两幅画藏在办公室的大橱里,说完以后,等人一走,郑维之就上吊自杀了。

郑维之虽然出卖了八大山人的画,却没有出卖汪伯民和陈逸芳,他只说自己去放画的时候,没有人看见,所以第二天一大早,来人抄查办公室的大橱时,一开始并没有把汪伯民和陈逸芳怎么样,只是让人看住他们,不许随便说话交流情况,汪伯民和陈逸芳看得出郑维之没有说出他们知道此事,心里放松了些,以为只要抄到了八大山人的画,就没有事了,谁想到把橱柜翻了个遍,根本不见什么八大山人的画,只找到一卷灰色的旧纸,回头来问汪伯民和陈逸芳,汪伯民和陈逸芳面面相觑,吓得不敢说话。汪伯民事后在记日记时写出了当时的感觉,说那真是魂飞魄散。之后汪伯民和陈逸芳整整被追查盘问了两个多月,后来追查的人也烦了,看实在查问不出什么,也就作罢,这事情就不了了之了。可是从此以后,汪伯民和陈逸芳却开始了没完没了的互相怀疑互相憎恨,从汪伯民的日记中可以看出汪伯民认为画是陈逸芳拿走的,而陈逸芳则认为是汪伯民拿的,但是在那样的时候,他们俩谁也不敢声张,只能闷在肚子里。

一直到1978年。

开始清理退赔"文革"查抄物资的时候,有人提出了郑维之的八大山人画,很快查到汪伯民和陈逸芳头上,于是,汪伯民和陈逸芳又开始了新一轮的互相怀疑和互相指责。

从汪伯民1978年的那一段时间的日记中,已经可以看出一些精神失常的征兆。

1978年11月10日

调查组叫我把东西拿出来,真是莫名其妙,我没有拿的东西,叫我怎么拿出来?什么东西,八大山人的画,两幅画,那是陈逸芳拿的,怎么不去找她,找我有什么用?我是什么人?我怎么会做那样的事情?也许,是陈逸芳叫他们找我的,她说了我什么话,我也有数,我相信浮云遮不住太阳。

我心坦然,反正我问心无愧,有愧的是陈逸芳。

1978 年 11 月 12 日

陈逸芳,八大山人画不是你拿的,又会是谁?

一共只有三个人知道此事,郑维之已经死了,他是上吊吊死的,不可能把画带走。我没有拿,我难道不知道我自己?剩下的只有你,陈逸芳,就是你,你赖不掉。

事实就是事实。

1978 年 11 月 15 日

想不到陈逸芳是这样的人,自己偷了八大山人的画,还栽到我头上。

多少年来我们一直一起工作,我都没有看透她,老话说得好,人心隔肚皮,看不透啊。

1978 年 11 月 17 日

我要疯了。

他们为什么盯住我不放?

叫我承认我没有做过的事情,这算什么?

明明是陈逸芳做的事情,怎么不找陈逸芳?一定是陈逸芳和他们串通过了。陈逸芳,你有本事!陈逸芳,我认得你!

1978 年 11 月 18 日

我心里很闷、很胀,我要说话,我要把事情告诉晨儿,她知道我有心思,她在为我着急。

但是晨儿也是刚刚过上几天好日子,再拿这些事情去伤她吗?

我不知道怎么办?

我要发疯。

1978 年 11 月 20 日

许多好人都劝我注意身体,我知道他们的用意,以为我真的疯了,其实,到了今天,我才突然明白过来,我其实是最最清醒的人,没有人有我这样的清醒,我突然明白,根本没有什么八大山人的画。

谁是八大山人?

谁见过八大山人?

八大山人有画吗?

谁见过八大山人的画?

画的什么?

鱼?

鸟?

翻白眼的?

谁见过?

郑维之见过,但是郑维之是死人,死人见过的东西,死人说过的事情,谁能相信?谁能证实?

只有一个人能够证实,那就是死人他自己,去找死人对证吧,到底有没有八大山人的画?

哈哈,你们失算了,死人是找不到他的,你们永远无法对证。

除非,你们自己也去死。

这样真好。

马北风沉浸在汪伯民的日记中,开始还能看得明白,可是看到后来却有些疑虑了,1978 年 11 月 20 日的日记,普遍认为是汪伯民精神失常的第一步,可是不知为什么,马北风却觉得在汪伯民所有的日记中,最能让他动心的也恰恰是这一天的内容。

为什么?

难道马北风也认为八大山人是一个无稽之谈?

从来就没有什么八大山人的画?

根本就没有八大山人的画?

知道这件事的三个人,两个死了,一个疯了,这结局真是让人说不出话来。

马北风努力地清理了一下自己的思路,他想,画应该是有的,但是既不是陈逸芳拿的,也不是汪伯民拿的,可惜,这只是他自己的想法,或者说是愿望更确切些。

马北风不能把自己的愿望作为破案的依据。

与陈逸芳的死可能有关系有牵连的八大山人的画,其实谁也没有见过,对一些谁也没有见过的东西,怎么会有那么多人感兴趣?

至少,有许多人知道并且相信有八大山人的画。

这样看起来,汪伯民后来还是把事情告诉了汪晨,也许他的话说得绝对了一些,让汪晨以为画确实是陈逸芳拿了,所以汪晨会对陈逸芳说出画不是你的这样的话来。

那么汪晨是怎样跟韩山岳说这件事的? 根据韩山岳对母亲说的话来推理,很可能汪晨告诉韩山岳的内容又往前走了一步,使韩山岳相信画是汪伯民的,所以他会说出那样的话来。

另外,邱正红也想染指,邱正红这样的人也上了一当? 做了一件虚无的工作?

马北风理清了头绪,关键在于:

1.究竟有没有八大山人的画?

2.八大山人的画到底是陈逸芳拿的,还是汪伯民拿的?

3.要找出人证物证。

很难。

马北风正往记事本上记下自己的一些想法,小荣走进了他的房间,马北风看看时间,是下午三点,马北风说:"你怎么回来了?"

小荣说:"今天下午只有一节课。"

马北风应了一声,又低头写字。

小荣站在一边,没走开,马北风开始没有注意到,后来过了好一会儿,看他还站在身边,就问了一句:"是不是有话要说?"

小荣点点头,很胆怯的样子。

马北风突然想,小荣你又要挤牙膏了。

果然,小荣犹豫了半天,对马北风说:"有件事情,我以前没有告诉你,我想说,可是怕说了你又骂我不及时告诉你。"

马北风说:"你说。"

小荣说:"就是那个姓姚的书商……"

马北风不由皱了一下眉头。

小荣看他皱眉，不说了。

马北风说："你说。"

小荣停了一会儿，说："姓姚的在奶奶出事那天中午，大概十二点多钟，来找过我，他说——"

马北风打断他，说："18号中午十二点左右？"

小荣说："是。"

马北风说："那时家里有什么人？"

小荣说："老师他们都回去吃饭，只有居委会的老太太在陪我。"

马北风说："她也看到姚常川了？"

小荣点点头，说："不信，你去问她。"

马北风点点头，说："你往下说。"

小荣说："也没有什么，就是他来了，问我警察跟我说了些什么话，又问我有没有告诉警察昨天夜里来的事情，我说我都跟警察讲了，他——"

马北风看着小荣，说："他怎么样？"

小荣说："他看上去有些紧张。"

马北风说："你怎么知道他紧张？"

小荣说："我看到他两只手绞在一起，我想他大概很害怕。"

马北风又看了小荣一眼，说："你懂？"

小荣眼泪汪汪地说："我那时候一心想帮你们抓住杀害奶奶的凶手，所以，所以我对所有的人都怀疑，所以我……"

马北风说："他后来还说了些什么？"

小荣说："他没有说什么，只是拿出许多钱来，给我，我问他做什么，他说这是奶奶的钱，本来今天要来交给奶奶的，可是奶奶死了,他就给我。"

马北风问:"多少钱?"

小荣说:"我不知道,我没有接他的钱,反正很多的,很厚的一沓。"

马北风说:"他跟你说话,给你钱的时候,居委会主任在不在?"

小荣说:"在,她都看见的,我想,也许姚那个人想跟我说什么,因为她在,所以没有说,小马叔叔,你说是不是?"

马北风说:"这很难说,还要调查。"

小荣说:"是。"

马北风想了想,问小荣:"奶奶生前跟你说过字画?"

小荣点点头。

马北风说:"你再想想,奶奶怎么说的?"

小荣说:"其实奶奶也没有专门跟我说画,每次有人来和奶奶谈画的事情,等人一走,奶奶就笑他们,我也不知道奶奶有什么好笑的,我问过奶奶,奶奶说你不懂,我就不再问了,我是不懂。"

马北风说:"你知道是八大山人的画?"

小荣想了一下,问:"谁? 谁是八大山人? 我不认识?"

马北风心想,你是不认识八大山人,我也不认识,谁也不认识,却让他搅了个头昏脑涨。

小荣看马北风不作声,说:"时间差不多,我去看看小月亮有没有回来,接她一下。"

马北风说:"好。"

小荣走后,马北风到居委会找到18号那天中午在场的老太太,问了问姚常川中午的情况,和小荣说的果然一致,马北风说:

"你怎么不早说?"

老太太看着马北风说:"你到这时候才来问,还好意思说我呢,我在第一天下晚就告诉你们那个老警察了。"

马北风说:"是老丁?"

老太太说:"反正是负责这个案子的,大概是吧。"

马北风从居委会出来,心想,老丁是觉得这情况价值不大没有告诉他呢,还是另有原因?

这时候,他看到小荣和小月亮两人高高兴兴地从街的那一头走过来,一路走一路说着什么,又一起笑,马北风想,孩子到底是孩子,总是快活的时候多。

第 11 章

　　书商姚常川看上去是一个很不起眼的人,走在大街上的人流中,谁也不会想到这么一个穿着打扮都有些过时,走路微微低着头的中年人,是一个靠出"畅销书"发了大财的角色。

　　姚常川在七八年前,是一个普普通通的中学老师,教语文的,平时比较喜欢动动笔杆子,写点随笔散文之类的文章,也常常向各种刊物报纸投寄,但是多年来没有什么成就,很难得在某地方小报的报屁股上发一小篇文,就已经很满足了,就有了继续写作的热情和决心。他生活清贫,人也有些迂腐,却又活得自得其乐,如果不是碰到那一次的事情,很可能姚老师还是从前的姚老师,一个被同事甚至也被学生看不上眼的老夫子。

　　但是命运却没有让他沿着那一条路走下去。有一天,像铁路上的扳道工突然扳错了路轨,把姚常川扳向了一条与他的本性相去很远很远的路线,从此,姚常川也就在另外的一条路线上越走越远,并且越走越快。

　　七年前的一天,姚常川的一个文友,领了一个人找到姚常川家,这人是一个刚刚出道的书商,刚承包了一期刊物,因为不熟悉文坛的人，一时找不到能写的人帮他赶任务，急得团团转，知道姚常川平时能动动笔头子，也有时间写，也愿意写，于是找上门来谈判。一进门，看到姚常川家的境况，心里一喜。

姚常川那时候确实正处于很困难的境地，上有老下有小，老的已经老得不能动，要人服侍，小的已经长大，事情不能做，花销却很大，这是困难之一。第二，姚常川已经有很长时间没有发表作品，对一个热爱写作的人来说，就像演员不能上台演戏一样，是很痛苦的，所以书商一来就抓住了姚常川的这两个特点，书商的要求并不过分，题目由他定，他给姚常川的题目是《残酷的爱》，体裁是中篇小说，内容由姚常川自己去编，没有具体要求，只说编得越复杂、越离奇、越残酷越好。姚常川听了书商的话，先是摇头摆手，说自己不是那块料，写不出那样的文章，后来书商向他摊牌，说千字给五十，看姚常川没有表态，又加了十块，千字六十。

姚常川的文友看姚常川愣在那里，以为姚常川还嫌少，连忙说："老姚，差不多了，这个标准，你到哪里找得到，现在给到千字十五二十算是很好的了。"

姚常川想，你还有千字十五二十呢，我连这十五二十也有好长时间拿不到了，姚常川说："我写。"

书商笑起来，说："好，老姚够朋友，帮我渡过这一次难关，以后我不会忘记你的。"

文友也说："那是，姚兄是讲义气的人，你放心。"

姚常川说："我问一句，我写了，到底用不用？"

书商说："用，只要你按我这个题目写，写三角、四角恋爱，能写五角六角更好，一定用。"说着拿出一份合同书，交给姚常川，姚常川也没有看合同，站起来，说："那就写。"

书商说:"再有一条,时间限得比较紧,要求五天之内完成,并且要一次成功,没有修改的时间了,因为五天以后就要发排下厂。"

姚常川想了想,说:"好,既然答应了你,我一定完成。"

姚常川按时完成了那篇题为《残酷的爱》的中篇小说,基本上是胡编乱造了一通,再加上自己生活中的一些感受,还有自己的朋友熟人的一些爱情故事,拼拼凑凑,写出来,救了书商的急,在那一期刊物中,他这一篇还上了头条,据说后来还有些反响,这真是姚常川想不到的,刊物出来的那一天,文友把稿酬送过来,姚常川有生以来第一次拿到那么多钱,手都发抖,文友说:"你点一下数。"

姚常川说:"不点了。"

这就是开始时的情景。

谁也想不到姚常川从此以后一发而不可收,先是给别人承包的刊物写畅销小说,后来又写畅销书,再后来,他自己也做了书商,从倒腾书号开始,也干过包刊物的事,越干越顺手,有一次投资两万元包的一期刊物,一下子发行几十万份,一个月之间就给他净赚了五十万元。从此,姚常川也成了这一个行当里的"大亨"。

在两三年中间,由姚常川出题目,请人写书,稿酬出到千字八十,许多靠写书过日子的人都知道姚常川的大名,其中也不乏一些当年的姚常川,他们在无路可走的情况下,往往托人转辗找到姚常川,讨了个题目去写,写一次,能快快活活地过上一段日子。姚常川给他们出的题目已经大大超过七年前那个小书商的题目,像《少女横尸街头》《一夜风流》《疯狂的爱欲》,火爆了一阵子。后来,这一类的书开始走下坡路,姚常川凭借他灵敏的嗅觉,知道下一步该怎么做,他开始寻找新的热点作者。所以,当别的书商还没有意识到纪实文学将走红的时候,姚常川已经把纪实文学的事情做了起来,手里已经捏了好些重磅炸弹,当纪实文学一开始走红,他的重磅炸弹立即扔出来,又赶在了时代的前面。

再过些时候,姚常川体验到打擦边球的困难和危险,很难说哪一天就栽进去了,他又开始想新的点子,他把目标对准了一些已经是社会名流的知名作家,他知道这些知名作家的社会背景都比较复杂,说穿了就是他们中间的有些人可以做靠山,要搞他们一时半时也不是件容易的事情,和知名作家打官司的事情近年来常有发生,但是不管谁胜谁败,要沾上这些作家,即使赢,也让你赢得元气大伤,得不偿失,所以姚常川要找他们,让他们给他做靠山。当然姚常川也知道这些作家一般不会为了千字八十的稿酬给他写那些下三烂的"畅销书",事实上他如果需要出那样的书,也决不会去找名作家,因为他知道名作家写不了那些东西,即使他们愿意,他们也写不好,只能写出些不伦不类的货,俗又俗不起来,雅又雅不上去,前不搭村后不搭店的,放在书摊上,像嫁不出去的老姑娘,所以姚常川不会请他们写这些东西,他是要靠他们的大名,写什么无所谓,主要在于他的宣传,他一发动宣传机器,作家们的书就热起来,这真是各得其所。

但是姚常川的名声不好,知名作家怎么肯跟他牵挂起来呢,姚常川在经过了大量的调查了解以后,终于把工作重心放到了陈逸芳老太太身上。

陈老太太在出版社工作了几十年,和许多作家有过来往,她德高望重,出过许多知名作家的好书,这正是姚常川所需要的重要条件。

姚常川的名字,陈逸芳也是知道的,过去没有见过此人,但是听说过他的种种事情,应该说陈逸芳对姚常川是没有什么好感的,但是那一天姚常川找到陈逸芳家,陈逸芳一见之下,第一印象却不错,姚常川决没有一般的暴发户那种盛气凌人的腔调,见面就称陈逸芳为"陈老师",这使陈逸芳觉得这个人身上多少还有些文人气质,所以开始就有了以后发展的可能性。接着姚常川跟陈逸芳谈起自己的过去,在中学教书,家庭怎么困难,生活怎么艰辛……

陈逸芳退休已有几年,平时在家没有什么事情可做,只能把过去的一些旧书翻出来看看。也曾经有人提议,让她出来找点儿事情做做,可是介绍了几次,陈逸芳都不满意,觉得不合适自己。后来姚常川就来了,陈逸芳听了姚常川诉说自己的经历,她点着头说:"知道,我能理解你。"

姚常川想,开始了。

果然就开始了。

陈逸芳始终认为姚常川虽然成了一个商人,但是他身上的铜臭味比起别的商人不知要少多少,就凭这一点,陈逸芳觉得自己完全可以信任他。何况,姚常川需要陈逸芳帮的忙,也正是陈逸芳自己很想做的事情,联系一些知名作家,把姚常川介绍给他们,由姚常川帮他们出书,陈逸芳做他们的责任编辑。

事情就是这样开始的。

一两年时间,他们配合得很不错,出了不少好书,经济效益也很不错,当然,这些对于陈逸芳来说,都是次要的,主要的是她觉得在自己的余生居然又重新找回了工作的热情和干劲,这对她来说,恐怕比经济的和其他的收获更重要些。

当然在他们的合作中也不是一点问题也没有,前不久就差一点儿惹出一场官司来。一位作家写了一位企业家的传记,在里边提到了另一位企业家,态度和用词都有些不当,也可能犯了些偏听偏信的错误,那位被褒的企业家自然很高兴,但是被贬的那一位却动了怒,要告侵犯名誉权。姚常川很明白其中的关系,如果告成,对作家来说,是一种损失,但是同时也不失为一个扬名的好机会,但是对他来说,却是一笔很大的经济损失,他不能让这个官司打起来,所以他调动力量尽量把这官司压下去,调解。姚常川成功了,不仅官司没有打起来,那本书照出不误,而且由于这一场起而又未起的风波,把这本书的名气也扬了出去,结果销量看好,姚常川又算准了,他把这消息告诉陈逸芳,陈逸芳也很高兴,在17号晚上,他们谈了下一步的行动计划。

可是陈逸芳没有等到下一步行动的开始,就被人杀了。

姚常川是在18号上午十点钟左右被敲门声吵醒的,起来开门一看,两个穿警服的人站在门口,姚常川吓得一抖,腿打软,差一点儿要站不住了,他以为是什么事情犯了,哪一只擦边球打歪了,踩了线,一边想着一边朝警察看,警察说:"有件案子,要调查一下,请你配合。"

一听这口气,姚常川松了一口气,说:"好,好,一定配合。"

警察说:"希望如此。"

于是告诉他梧桐大街18号发生了凶杀案,死者是陈逸芳老太太。

姚常川一听陈逸芳被人杀死,惊得"啊"了一声,从警察警惕的眼神中,姚常川看出了他们对他的怀疑,姚常川心里有些紧张,脸上也不自在起来,说:"陈、陈逸芳老太太,怎么会……"

警察说:"现在问你几件事,你最后见到陈逸芳是什么时候?"

姚常川脑子里飞快地转着念头,昨天晚上的事情能说吗,说了他自己能洗干净吗,不说会怎么样,昨天晚上他到陈逸芳家的时候,陈逸芳的孙子已经在自己屋里睡了,虽然房门是开着的,但是没有看到小荣出来,小荣会不会看见他呢,小荣没有看到他,陈逸芳事后,昨天晚上或者今天早晨,总之在陈逸芳死之前,会不会告诉小荣他来过呢,姚常川一边动脑子,一边察看警察的脸色,从他们脸上他实在看不出什么,心里骂着,他妈的,看着都年纪轻轻的,却也老辣,这样想着,他突然明白过来,隐瞒是不明智的,反而会坏事,所以他说:"我最后见到陈逸芳是昨天晚上九点钟左右,我从她家出来,她送我到门口。"

他看到警察交换了一下眼光,知道自己说对了,确实是应该说的,从他们的脸色看,他们大概已经找了小荣问过了,姚常川又偷偷地出了一口气。

警察接着问第二个问题:昨天晚上到陈逸芳家是什么事情?

姚常川现在沉着了些,说:"我们合作出书的事情,前些时有些问题,牵涉到打官司……不是我和陈逸芳打官司,是我、陈逸芳还有张行来,张行来你们知道吧,全国著名作家,现在最走红的,他的小说改编成电视连续剧……"

警察说:"我们知道张行来,你说你的事情。"

姚常川说:"好,其实我的事情就是张行来的事情,我们一起出书,陈逸芳是责任编辑,张行来是作者,出了一本书,被人告了,要打官司,陈逸芳也很生气,后来总算平息下来,没有打起来,昨天晚上我就是去告诉陈逸芳官司不打了。"

警察说:"别的还说了什么?"

姚常川看着警察的脸色,警察说:"看我们做什么?"

姚常川说:"我大约坐了半个小时,说的话也不算少,主要是说这件事,别的嘛,别的嘛,也就是随便说说了,还说了经济上的一些事。"

警察说:"说具体一点。"

姚常川说:"也没有什么具体的,就是这本书的编辑费应该是多少,我跟陈逸芳说了一下。"

警察说:"她是什么意见?"

姚常川说:"这是事先都定好了的,其实不说也无碍,她不会有别的想法,嫌少嫌多都不可能,因为我们做事现在都是有合同的,正式合同。"

警察点点头,停了一下,又问:"今天早晨七点半到八点之间,你在做什么?"

姚常川说:"我睡觉。"

警察说:"你一直在睡觉,我们来之前你还在睡觉?"

姚常川说:"是,多年来养成了习惯,晚上睡得迟,早上一般要到十点起床。"

警察说:"有没有人证明你早晨七点半到八点之间在家睡觉?"

姚常川愣住了,过了好一会儿,说:"没有,我老婆七点钟就走了,家里只有我一个人。"

警察又交换了一下目光,说:"好吧,今天就这样。"

姚常川送他们到门口时,只觉得手心里汗津津的。

这就是说,陈逸芳老太太死了,死在 18 号早晨七点半到八点之间,姚常川一想到前一天晚上还活生生地坐在沙发上和他聊天的陈逸芳突然就这么死了,被人杀死了,他就有一种不寒而栗的感觉。他愣了半天,越想越后怕,警察会怀疑他吗?从警察的眼睛里他看得出他们对他的不信任,那是意料之中的事情。对他这样的人，人家还只愁找不到把柄，现在出了这样一件事情，还能轻易地放过他吗？

姚常川想，我怕什么？

是我杀的陈逸芳？

不是。

既然不是，你怕什么？

他想不明白。

一直到中午老婆回来他还在那里发愣，老婆问发生了什么事情，他没有跟老婆说，却神差鬼使般地拿了些现金，跑到梧桐大街18号，到502室一看，只有小荣和一个老太太在家，于是他问了问小荣情况，小荣说了。姚常川想警察果然怀疑到我，果然问到过我的情况，幸亏我没有说谎。他很想和小荣说几句话，却又不知说什么好，慌乱之中，似乎已经忘记了跑到小荣这里来是做什么的，后来就把钱拿出来，给小荣，小荣没有要，居委会的老太太斜着眼睛看他，他知道这一下糟了，老太太准会去报告警察，他想要是真的是我杀了陈逸芳，我要杀的第二个人说不定就是这个多管闲事的老太太，或者就是小荣这孩子，我和陈逸芳的所有的事情，小荣也许都知道，所以应该杀他灭口。

可是，我并没有杀陈逸芳，而且，我和陈逸芳之间，到底有什么见不得人的事情，即使给小荣和居委会的老太太知道，又怎么样，至于要杀人灭口吗？

当然不。

姚常川收回了钱，放在口袋里，劝慰了小荣几句，就走了。

以后好些天，他一直等着警察再来找他，可是一等不来，二等不来，倒让他心神不宁，坐卧不安，想去打听打听，却又不敢，怕惹事非,只能白白地坐在家里无尽地懊丧。

姚常川的懊丧并不是为陈逸芳的被害,当然,对陈逸芳的死,姚常川也不会无动于衷,他也不能不伤感,不能不为陈逸芳感到可惜。陈逸芳是一个很有能力也很有能量的老太太,虽然年近七十,却还是大有作为的,不仅她自己对自己很有信心,连姚常川也很希望通过陈逸芳再拓展自己的事业,所以对于陈逸芳的死,姚常川确实懊丧,这懊丧不是因一件具体而实在的事情引起的,他正准备和陈逸芳办一件大事,虽然到陈逸芳死之前的 17 号晚上,老太太还没有松口,但是姚常川有信心,他自以为已经很了解陈逸芳,所以他很有把握,说动陈逸芳,看起来已经是指日可待的事情了。

人一死,一切都烟消云散,这是不言而喻的,但是姚常川并不死心。陈逸芳死了,还有和她一起生活了十几年的韩小荣,韩小荣说大不大,说小不小,也许他已经知道他和奶奶正在谈着的那件事,姚常川以为,只要把韩小荣拉住,那件事情,还是有希望的,所以他才会做出那一件令他自己也不能明白的蠢事,在陈逸芳被杀的当天中午,跑到韩小荣那里去给他送钱。但他忘记了一个最根本的事实,陈逸芳是韩小荣最亲的亲人,韩小荣是陈逸芳一手带大的,对于韩小荣陈逸芳确实是一个好得不能再好的奶奶,当韩小荣冷冷地看着他拿出来的钱,又冷冷地看着他的眼睛时,姚常川才明白自己犯了错误,犯了一个急躁的错误,他还不知道,他这一急躁,以后还会把梧桐大街 18 号的凶杀案引向一条歧路,当然这是后来的事情了。

马北风是在一个个体的书摊上找到姚常川的,姚常川正和那个书商谈一本新书的价格,双方各执己见,互不让步,进入僵局,这时候,就听有人说:"你是姚常川?"

姚常川回头一看，是一个不到四十岁的男人站在他身后，他开始没有判断出这个人是干什么的，就说："我是。"

马北风说："你不认识我？"

姚常川飞速地搜索着记忆中的储存，怎么也想不起来。姚常川有点儿尴尬，也有点儿不甘心，干他们这一行的，记忆和才能几乎有着同等的重要性，可是他记不起这个人来。

马北风说："我叫马北风，也许陈逸芳跟你提到过我。"

姚常川"啊"了一声，陈逸芳确实是提到过马北风，他了解马北风也许要比马北风了解他更多一些。他曾经想请陈逸芳介绍他和马北风认识，接触接触，但是被陈逸芳严厉地拒绝了。

姚常川记得他还开了一句玩笑，说："陈老师你若是不肯引见，我自己找上门去就是，就像找你一样。"

陈逸芳忽地站起来，指着他的鼻子说："姚常川，别的事情我可以商量，只有马北风的事情没商量，你敢去找他的麻烦……"

姚常川说："我怎么是找他的麻烦，我找他，总是好意。"

陈逸芳说："你要是真的找马北风，你现在就从这里给我滚，以后再也不要来见我。"

那一次陈逸芳真的和他翻了脸，从这一点中，姚常川当然能看出陈逸芳对于马北风的感情有多深，那种呵护，那种爱惜，简直连姚常川也要吃醋。

所以姚常川一直没有机会见到马北风，也一直没有再动马北风的脑筋。

现在，马北风就站在他的面前，姚常川想起陈逸芳对他那种深切到无以复加的关怀，姚常川不难明白，马北风此时此刻的心情。

他老老实实地说："是，陈老师跟我说起过你，她对你——"

马北风说:"我们不说别的。"

姚常川说:"好。"

马北风说:"找个地方。"

他们一起到路边一家咖啡馆坐下来,要了两杯清咖啡,服务员有些看不上眼似的把咖啡端过来,姚常川本来完全可以摆一下谱,但是他不敢,他吃不透马北风到底怎么样,尤其是在陈逸芳被杀的特殊情况下,他不敢造次。

马北风喝了一口咖啡,看姚常川不喝,笑了一下,说:"嫌档次低?"

姚常川说:"没有,我平时不习惯喝咖啡,不过,也不是绝对不喝。"说着就端起杯子喝了一口,皱着眉。

马北风说:"你也会想到,找你,问一些情况。"

姚常川说:"知道,你问吧。"

马北风说:"你在18号中午找小荣给他钱是什么意思?"

姚常川心里一惊,想果然开始了,这是自己给自己找的麻烦,愣了一下,说:"钱是陈逸芳老太太的,我想早一点儿拿出来,免得以后说不清。"

马北风说:"有什么说不清的,你有什么说不清的事情吗?"

姚常川勉强地笑了一下,说:"我的事情大家都知道。"

马北风说:"但是你和陈逸芳的事情知道的人并不多。"

姚常川注视着马北风的神态,想看出他是确有所指还是想诈他一下。

马北风说:"从我脸上能看出什么?"

姚常川脸一红,说:"没有。"

马北风说:"你和陈逸芳之间的事情,你以为就没有第三个人知道?"

姚常川说:"我和陈老师就是出书的事,别的还有什么?"

马北风说:"这是我要问你的。"

姚常川不作声了。

马北风说:"你很不利,18 号早晨七点半到八点之间没有证人,是不是?"

姚常川点点头。

马北风说:"那你自己要有数,你要放明白一点。"

姚常川一边点着头,一边看着马北风,心里很奇怪,马北风作为一个刑侦人员,怎么会以这样的口气跟他说话,这许多年来,他也不是没有和公安方面的人打过交道,像马北风这样说话,这种明显的要挟,明显的等价交换的意思,却还是第一次碰到。他不明白马北风是放的烟幕弹,还是真的想和他交换什么。马北风到底想要得到什么?姚常川和陈逸芳的那桩交易并没有开始,没有开始的事情也算事情吗?对别人来说,没有开始的事情,说也罢,不说也罢,都不能成为事实,因为根本还没有发生,但是对姚常川来说,虽然这件事情没有发生,但是如果如实地说出来,很可能就会由此牵连到别的许多事情,所以尽管除了合作出书以外,他确实没有和陈逸芳有过别的生意上的事情,他大可不必这么胆战心惊,但是姚常川还是害怕,因为他屁股后面的屎太多。

马北风说:"你不能说?"

姚常川说:"不是,不是不能说,本来没有什么好说的。"

马北风盯着他看了一会儿,突然提高了声音,说:"八大山人的画!"

姚常川显得有些失措,说:"八,谁?八大山人……"

马北风说:"你没有想要?"

姚常川长长地叹了一口气,有气无力地说:"什么也瞒不了,若要人不知,除非己莫为。"

马北风说:"你明白了。"

姚常川说:"我是明白了,但是你没有明白,你不知道你查的事情跟陈老师的死没有关系,你走入歧途了。"

马北风听了姚常川的话,心里搅动了一下,他想,也许真是这样,但是现在他不能放弃,他已经走上这一条路,不能半途而废,索性走下去,是歧途也好,是正路也好,只有往前走。

姚常川说:"我说出来就是。"

马北风说:"真的有八大山人的画?"

姚常川点头,说:"有两幅,一鱼一鸟,是真迹。"

马北风看着姚常川,姚常川此时已经不怎么紧张,马北风自己倒紧张起来,说:"你见过?"

姚常川苦笑了一下,说:"见过倒有眼福了。"

马北风说:"那你怎么知道陈逸芳有画?"

姚常川说:"我也是听人说的,我问陈老师,她没有否认。"

马北风说:"你就想从她那里把画弄出来?"

姚常川说:"但是没有成功,陈老师不愿意。"

马北风说:"所以你就杀了她。"

姚常川吓了一跳,看着马北风的脸,说:"你开什么玩笑,性命攸关的事,我姚常川再贪再狠,也不至于为了两幅画杀人,那是要赔上自己的命的。"

马北风说:"那很难说,有人为几十块钱也能杀人,何况两幅价值连城的名画。"

姚常川听马北风这样说了,反倒笑了一下,说:"你看我是这样的人吗?"

马北风说不出话来。

咖啡早已经喝完,服务员走过来走过去,冷眼看着他们,马北风说:"嫌我们吃得少,坐得多?"

姚常川说:"要不要、要不要再来一些别的什么?"

马北风说:"你到底是怎么样的人,总会搞清楚的,你自己心里有数,有些话还是早一点说的好。"

姚常川眨眨眼睛,说:"我的话全都说完了,就是这事情,其实说出来也没有什么,我是想做倒卖字画的事情,但是没有做成,就是这样——"

马北风说:"那你为什么一直不肯说,怕你以前的肮脏事情被牵连出来?"

姚常川这时也已横下一条心,说:"那你们查就是了,查到什么,该枪毙就枪毙。"

马北风听姚常川这么说,知道这一次恐怕再难问出什么有价值的东西,于是站起来说:"那好。"

姚常川大概想不到这么快就结束,愣了一下,也跟着站起来。

马北风什么话也没有再对姚常川说,走出了咖啡馆,姚常川犹豫了一下,也跟出去,走到门口,他看到服务员鄙夷地看着他,姚常川笑了一下,对她说:"狗眼看人低啦。"

服务员正想找他们的碴子,听他这么一说,上前揪住他不放,尖着嗓子和他闹,姚常川从口袋里抽出一张五十元的票子扔给她,说:"给你,我的骂人费。"

服务员一愣,没有来得及接那张钱,钱飘到地上,她看着那钱不知怎么办,姚常川说了一句"弯腰捡呀",就自顾走开了。

这边马北风走出几步,听到服务员骂人,回头看时就见姚常川拿出一张钞票扔给服务员,马北风心里涌起一股说不清的味道。

马北风看时间还早,就往局里去,走到门口,看到王伟站在那里,看着是随意那么一站,可是马北风却有一种感觉,王伟是特意站在门口等他的。果然看马北风过来,王伟上前拦住他,说:"马,你惹事情了。"

马北风想了想,说:"知道我去找了姚常川?"

王伟点点头。

马北风有些冒火,说:"是查我还是查凶手?"

王伟说:"你总是在这凶手边上转来转去,查凶手,不就等于查你?"

马北风说:"怎么回事?"

王伟说:"姚常川有重大嫌疑,本来老丁的意思先不接触他,看他有没有行动,可是你这一去——"

马北风说:"打草惊蛇? 做你们的大头梦去吧。"

王伟说:"我不跟你开玩笑,老丁真的很恼火,跟杨头也说,杨头——"

马北风说:"怎么样,要找我?"

王伟说:"是。"

马北风这才认真起来,说:"你说,找我会怎么样?"

王伟说:"怎么样也不会怎么样,批几句,然后让你走远一点儿。"

马北风张了张嘴,走远一点儿,杀害韩奶奶的凶手就在我身边,我怎么能走远一点儿,不可能的。

第 12 章

　　天气渐渐地暖起来，马北风脱了冬装，换了一件春天的夹克，人显得很精神，林老师乍一见他，眼睛一亮，一时不知说什么好，心里真是五味俱全。这些年来，她对马北风倾注的感情，倾注的努力，始终没有能结出果实，她并不怨恨马北风，她能理解他也能原谅他，她知道感情这东西不能勉强，所以当林老师一旦明白了这一点儿，她的心反而觉得宽松了许多，她并没有因此而中断和他的联系以及对小月亮的关怀，一如既往地帮助马北风、照顾小月亮，虽然林老师要比马北风小十二岁，但奇怪的是，林老师常常会觉得自己是马北风的姐姐，马北风就像一个要人照顾要人关心的小弟弟，她应该而且能够承担起照顾马北风以及他女儿的责任。这很奇怪，马北风对林老师实在说不上怎么好，但是林老师愿意，愿意，这就行了。也许，这是女人的天然的母性在起作用。或者，这也是一种缘分，只不过不是爱情的缘分，而是另一种缘分罢了。

　　马北风到幼儿园的时候，林老师正在教大班的小朋友唱歌，马北风站在走廊上看了她一会儿，没有打扰她，一直到下课后，林老师走出来，才发现了马北风，虽然她早已经明白了马北风的心,而且她也另有所爱,并且已经在商量结婚的事情,但是这一切并不妨碍她对马北风始终如一的情感,每次见到他,她的心里都会有一种冲动。这并不奇怪,一个人活一辈子,不可能只爱一个人。一辈子只爱一个人的人,也许反倒是不正常的人。应该并且也可以爱许多人,这爱,包含着广泛的博爱的意思,也包含着狭隘的男女之间的爱情。林老师对于马北风的爱,大概正是这样的一种意思。

马北风看林老师注视着他的脸,不由把眼光避开一些,每次见到林老师,他都会有一种内疚感。他避开林老师的注视,有些尴尬地说:"下课了?"

林老师说:"是。"

马北风说:"能到办公室坐坐吗?"

林老师说:"走吧。"

他们一起到幼儿园办公室,幼儿园主任也认识马北风,见他们进来,点了一下头,就出去了。林老师说:"今天怎么有空过来?"

马北风说:"上次托你的那事情……"

林老师想了一下,说:"什么事情,是不是 18 号送小轩上幼儿园的事情?"

马北风看她口气很轻松的样子,说:"你忘记了?"

林老师说:"没有忘记,早就了解了,你们局早已经来人,我告诉他了。"

马北风说:"是老丁?"

林老师说:"我也不记得姓什么,大概是姓丁吧。"

马北风说:"怎么样,有没有什么情况?"

林老师有些怀疑地看了马北风一眼,说:"怎么,你的同事没有告诉你？"

马北风愣了一下，说："你再跟我说说。"

林老师说："是韩山岳送小轩来的，时间大概在七点四十五分左右。"

马北风精神一振，说："有证人？"

林老师说："是。"

马北风说："那上次调查的时候，怎么都说不知道？"

林老师说："是幼儿园烧饭的老太太，上次大概没有想到问她吧，后来她说那一天确实看到韩山岳送小轩到幼儿园。"

马北风说："她怎么知道确切时间？"

林老师说："老太太时间观念很强，每天六点半出门买菜，七点四十五分左右回来，从来不出差错。"

马北风听了，偷偷地出了一口气，停了一下，又问："已经过了些日子，她还记得？"

林老师说："她记得的。"

马北风站起来说："你能领我去见见她？"

林老师说："好。"

他们一起到幼儿园食堂，见到烧饭的老太太正在洗菜，林老师上前叫了她一声，老太太抬头看了看马北风，说："我认识你，你是那个小月亮的爸爸。"

马北风说："老人家记性真好。"

老太太说："那是，我在这里做了几十年了，你小时候要是在这地方上的幼儿园我也照样能记得你。"

马北风笑了一下，说："那是。"

林老师说："有件事情，还想请你再说一说，就是——"

老太太说:"你不用说,我就知道,就是梧桐大街 18 号的事情,我跟你们说,那一天早晨七点四十五分,我确实看到韩小轩的爸爸送韩小轩来的。"

马北风说:"你记得清楚?"

老太太有些不满地看看他,说:"怎么记不清,那一天我特别的不顺,一早上出门时听家里人说今天是 18 号,好日子,心里就想着能不能撞上好运气,谁知好运气没有撞上,却和卖菜的吵了一架,回来的路上又和别人撞了一下,拌了几句嘴,到了幼儿园的巷子里,一头正撞在韩小轩爸爸的自行车上……"

马北风说:"怎么样?"

老太太说:"他人真好,明明是我撞的他,他却先开口说对不起,弄得我倒不好意思。"

马北风说:"你能肯定是在七点四十五分左右?"

老太太又有些不满地说:"你不相信我?"

马北风说:"我不是不相信你。"

老太太说:"你不相信我也没有关系,还有一个人可以作证的,那是,那是萍萍的妈妈,她送萍萍出来,也在巷子里遇上我的黄鱼车,我、她,还有小轩的爸爸三个人一起堵在巷子里的,她会记得的……"

马北风点了点头,继续说:"你怎么会认识韩山岳,韩小轩的爸爸,幼儿园这么多学生,这么多学生家长……"

老太太看了他一眼,说:"幼儿园这么多学生,这么多学生家长,也不是个个抢了别人的老婆结婚的呀。"

老太太话一出口,林老师想阻挡也阻挡不住了,看马北风时,果然脸上一阵红一阵白,林老师突然想,怪不得,原来他对往事还是耿耿于怀的呀。

马北风没有再继续问老太太话，他和林老师又回到办公室，问清了萍萍妈妈的地址，就走了。林老师送他出门，马北风说："真是，不知怎么感谢才好。"

林老师宽厚地一笑，没有说话。

马北风找到了萍萍的妈妈，和烧饭老太太说的完全一致，马北风问她怎么记得那是 18 号，萍萍妈妈说，那一天是 18 号，萍萍爸爸的公司开张，本来早就可以开的，特意等到 18 号的，讨个吉利，所以我一早就急急忙忙，差一点儿和老太婆的黄鱼车撞了。

从萍萍妈妈那里出来，马北风的心一下子轻松了许多，好多天来一直压在心上的千斤重担，此时觉得轻得多了，虽然没有完全搬走，但是毕竟已经不那么压抑，不那么沉闷了，这些天来，他甚至不能轻松地呼吸，现在他可以深深地吸一口新鲜的空气。春天的天气真好，马北风抬头看看天，觉得脚步很轻快，韩山岳的嫌疑基本排除，至于汪晨，无论她有多么大的可疑之处，马北风始终不相信她会做出那样的事情，她决不会杀人，虽然她是一名外科医生，也许每天都要在病人的身上用刀划开一个口子，但那是救人，不是杀人，汪晨只能做救人的事情，不做杀人的事情，马北风就是这样想的，所以，当韩山岳的嫌疑基本被排除以后，马北风的心真是轻松下来了。

在杀人现场留下指纹和鞋印的四个人中，已经有一个人被排除了，另外的一个人，汪晨，也许一开始就应该排除她，现在只剩下后面的两个人，姚常川和金正明。其实，现在看起来，排除韩山岳这实在是一件很容易做到的事情，找一下幼儿园的全体老师职工，事情就很快能明了，为什么拖到今天？马北风的心虽然轻松了些，但是他的内心却反复地问着自己,你到底是希望排除韩和汪,还是不希望排除韩和汪?

马北风回家的时候,看到小月亮在门口站着,他觉得奇怪,平时不管他回来多么迟,小月亮一般都不到门口等他的,由小荣带着在家做作业,或玩玩别的什么。马北风看小月亮脸上有些激动的神情,走过去说:"小月亮,你怎么不进去,天快黑了,小荣哥哥呢?"

小月亮说:"小荣哥哥说今天学校有活动,要晚一点儿回来。"

马北风说:"那你等在门口做什么?"

小月亮期待地看着爸爸,指望着爸爸能够猜出她站在门口等他的原因,可是小月亮失望了,马北风根本没有细想孩子的心思,只是拉着小月亮的手,说:"进去吧。"

小月亮的情绪低落下去,跟着爸爸一起进屋,也不说话了。

马北风一进屋,看到桌上放着一个大蛋糕,马北风回头看了小月亮一眼,小月亮低下头,轻声说:"今天是妈妈的生日。"

马北风心里涌起一股热流,小月亮对妈妈的感情,一直没有变。他自己呢,他能不变吗,他能在妻子丢下他和女儿跟别人结婚好多年以后,心里还爱着她,或者还记着她?马北风不知道自己此时此刻是一种什么样的心情,他听到女儿说:"蛋糕是我到店里去买的。"

马北风没有说话,他看着女儿,小月亮好像在犹豫着什么,过了半天,她又说:"下午,妈妈来过。"

马北风心里一跳。

小月亮看着爸爸的脸,说:"妈妈来叫我们晚上过去吃晚饭。"

马北风不大相信,说:"怎么会?"

小月亮说："是真的。"

马北风想了想，说："她来的时候，你看她样子怎么样，我是说看上去她身体还好吧，神态怎么样……"说着停下来，他觉得自己问的问题已经超出小月亮的回答能力了。

但是小月亮能够明白爸爸的意思，她说："妈妈看上去很好，一点儿也不像有病的样子。"

马北风想了想，他不知道汪晨确实是恢复了正常，还是掩饰着什么，他又问小月亮："妈妈来的时候，小荣哥哥在不在家？"

小月亮说："在，他开的门，看见是妈妈，脸就变得很难看，没有理她，就到自己屋里去了。后来妈妈走了，小荣哥哥就出来跟我说他要到学校去活动。"

马北风想了想，问小月亮："你说我们到不到小轩他们那边去？"

小月亮看着他的脸，不说话，但是马北风明白她的心思，马北风看看桌上的大蛋糕，说："把蛋糕带上，走吧。"

马北风带着小月亮到韩山岳家去，汪晨开门，看到马北风父女俩，有些意外，也许她想不到马北风会来，这些年来，每一次的生日，她的，小月亮的，韩山岳的，马北风自己的，以及小荣的，小轩的，这两家人从没有走到一起过。

汪晨愣了一下，说："你、你们来了。"

小月亮把蛋糕递过去，汪晨没有接，倒是小轩过来把蛋糕接过去。

马北风朝屋里看看，说："韩山岳还没有回来？"

汪晨说："没有。"

马北风有些犹豫，不知怎么办好，看小月亮已经和小轩玩在一起,很开心,也不忍去打扰她,只有呆坐着,汪晨拿来烟让他抽,他木然地点了一支抽起来。

汪晨说:"你坐一会儿,我那一边马上就忙完了。"说着就进厨房去。

马北风坐在外间听得厨房里炒菜的声音,一种浓浓的家庭气氛在屋里弥漫开来,他的心里酸酸的,这种气氛他已经好多年不能有所感受了,而这一切,怪谁呢?怪汪晨?怪韩山岳?马北风摇了摇头,想把这些永远也摆脱不了的念头摆脱掉。

马北风站起来,走到厨房门口,汪晨围着围裙正在忙着,马北风不出声地看着她,看了一会儿,汪晨才发现马北风站在那里,汪晨好像有些不自在,说:"以为你不会来的。"

马北风说:"我也以为自己不会来的。"

汪晨说:"但是你来了。"

马北风笑了一下。

汪晨说:"奶奶的案子进展怎么样了?"

马北风想不到她突然问这个话题,想到前些时汪晨情绪不稳定时的表现,心里还有些后怕,一时没有说话。

汪晨看马北风不说话,也没有再提这个事情,沉默了一会儿,等炉子上的菜烧好了,她端下锅,解下围裙,对马北风说:"其实,我有证人。"

马北风盯着她看,不作声。

汪晨说:"你不相信我。"

马北风还是看着她。

汪晨说:"18 号早晨,我上班时,碰到同事,一起骑车过去的。"

马北风一下子跨进厨房去,一把抓住汪晨的手臂,激动地说:

"你说什么？"

汪晨说："就是刚才说过的，我有证人。"

马北风把汪晨的手臂抓得更紧，汪晨咧咧嘴，但是没有挣扎，马北风盯着汪晨的眼睛说："谁，是谁？18号早晨是谁碰到你的？在哪里？什么时间？"

汪晨也看着马北风，说："是张医生和小徐护士，先碰到张医生，后来又碰到小徐，我们一起骑车进的医院大门。"

马北风说："什么时间？"

汪晨说："大概是七点四十五分，我从家里出门是七点三十五分，骑了大约十分钟，先碰到张医生。"

马北风打断她，说："以后就一直和张医生小徐一起？没有离开过？一直到八点缺五分到医院？"

汪晨点点头。

马北风再一次抓紧了汪晨的手臂，说："为什么？你为什么不早说？"

汪晨迎着马北风的盯注，慢慢地说："我不想说，我不愿意——"

"为什么？"

汪晨停了一会儿，说："你，你们，一开始，用一种什么样的眼光看我？"

马北风愣了一会儿，说："我，还有谁？"

汪晨的眼圈慢慢地红了，说："还有谁，还有他……"

还有韩山岳，确实如此，韩山岳甚至为汪晨作伪证，从一个方面说，这是韩山岳对汪晨的爱的表现，但是从另一个方面看，也正是他对于汪晨的不信任。马北风呢，虽然他反复地告诉自己，汪晨不可能是杀人犯，汪晨不可能杀韩奶奶，但是在他的内心深处，难道不正和韩山岳怀着同样的念头？

马北风不由地避开了汪晨的注视。

这一对从前的夫妻正处于这样一种状态，马北风一手紧紧地抓着汪晨的手臂，而汪晨，正死死地盯着马北风看，就在这时，外面的门开了，韩山岳走进来，他手里提着一只包装得很精美的礼品盒，走进来就大声说："汪晨，你猜我给你买的什么……"话音未落，他看到了厨房里的那一种情景，愣了一下，连忙说："马北风，你来了。"

马北风放开汪晨的手臂，大家都觉得有些尴尬。

韩山岳一笑，说："真好，真好，大家聚一聚，好长时间没有碰在一起了。"

汪晨也说："菜都好了，可以开始了。"

于是大家一起帮着端菜拿碗，摆好了桌子，把小月亮和小轩也叫过来，小孩子只是知道玩，别的没有心思，让他们吃就吃一点儿，吃了两口，也算是应付大人一下，就走开了，三个大人坐成一个三角形状的圈子，举着酒杯，韩山岳和马北风先祝汪晨生日愉快，汪晨举着酒杯的手微微抖动，嘴唇也有些哆嗦，一时说不出话来。

两个男人看着都心疼，韩山岳喝干了杯中的酒，眼睛就有些发红，回头看着马北风，看了半天，说："小马，我告诉你，汪晨没有事情，汪晨有证人。"

马北风点点头。

韩山岳说："你明天就去找他们，张医生，内科门诊上的；小徐护士，外科病房的，你去找。"

马北风说："我知道。"

韩山岳又回头看一眼汪晨，汪晨说："他知道了。"

韩山岳说:"不调查核实,谁会相信你?"

马北风说:"今天不说这件事情好不好,说点别的。"

韩山岳说:"你就不要自欺欺人了,谁的心里不想着这件事,要把这件事情放下,除非案子破了,要不然谁也放不下这份心思,你不承认?"

马北风说:"我承认,但是今天——"

韩山岳说:"今天也一样,哪天也一样。"

马北风说:"那是。"

韩山岳还要说什么,汪晨挡住了他,说:"吃菜吧。"

马北风给韩山岳烟抽,说:"听说你公司的事情也有好转了?"

韩山岳说:"是。"

那笔被骗的款子追了回来,韩山岳的事业度过了一个难关,又跨上了一个新的台阶。

马北风说:"事情会慢慢地好起来。"

汪晨去炒了一盘热菜,把小月亮和小轩都叫出来吃菜,小月亮坐下后,吃了几口菜,看饭桌上的气氛蛮好的,她叹了口气,说:"都到齐了,就差一个人。"

大家知道小月亮说的是谁,也都希望小月亮不要再往下说,可是小月亮不明白大人的心,偏要把话说明:"要是小荣哥哥今天学校没有活动就好了,我叫他一起来。唉,怎么这么巧,偏偏今天有事情,只缺他一个。"

大人谁都不说话,小轩突然插嘴说:"缺两个,还有奶奶。"

小轩的话更是震得大家的心发颤,汪晨连忙叫小轩和小月亮到小屋里玩去,可是小月亮偏不肯住嘴,对着小轩说:"你还小,你不懂的,奶奶没有了,奶奶已经死了。"

小轩说:"死了也是一个人。"

小月亮说:"死了就不好再算了。"

小轩说:"怎么不算,就算。"

童言无忌,大人的心却被这些童言弄得支离破碎。

汪晨把小月亮和小轩哄进小屋里,出来后,发现韩山岳和马北风的脸上都像蒙上了一层浓浓的霜,铁板冰冷,汪晨心里一抖,正在这时,听得有人敲门,汪晨去开了门,大吃一惊,竟然是小荣站在门口,手里捧着奶奶的遗像。

韩山岳和马北风听汪晨"呀"了一声,同时回头,看到小荣捧着奶奶的遗像笔直地站在门口,两人也同时"啊"了一声。马北风过去把小荣拉过来,要接他手里的照片,小荣往后一退,冷笑一声,说:"奶奶尸骨未寒,你们,好开心呀,大吃大喝。"

韩山岳上前去,说:"小荣,你不要误会,今天是你妈妈的生日。"

小荣说:"我妈妈? 你是说沈巧珍吗? 是沈巧珍的生日?"

韩山岳拿小荣没有办法,正要发火,马北风说:"小荣,不要这样,你爱奶奶,我们大家也都爱奶奶。"

小荣又是一声冷笑,指着汪晨,又指指韩山岳,说:"他们,也爱奶奶?"

马北风说:"小荣,不要胡说。"

小荣说:"我不说,你叫他们说。"

马北风说:"小荣,你怎么可以这样?"

小荣离开马北风远一点,用陌生的眼光看着他,过了一会儿,说:"你是谁? 我不认识你。"

马北风走近去扶住小荣的肩,说:"小荣。"

小荣用力甩开马北风的手，说："我也看透你了。"

韩山岳再一次上前，看样子要打小荣，小月亮突然从小屋里出来，一看到小荣，高兴得叫起来，说："小荣哥哥，你活动完了呀，你正好赶上呀。"

小荣说："我就是要赶在这时候来。"

小月亮说："正好，正好，我妈烧的菜好吃，你快吃吧。"

小荣说："我早饱了，被不要脸的人气饱了。"

小月亮还要继续发问，无意中看到韩山岳的脸色，吓了一跳，急急地跑回小屋里去。小荣看韩山岳要打他，并不躲避，反而把身体送过去，说："你打呀。"

韩山岳举起的手僵在半空中。

小荣不饶人，说："你下不了手是不是？心肠怎么变软了呢？要是大家都像你这样的软心肠，奶奶还会死吗？"

马北风说："小荣，你越说越不像话。"

小荣说："到底是我越说越不像话，还是有些人越做越不像话？"

马北风说："奶奶已经死了，再怎么也活不过来，现在正在全力以赴抓凶手。"

小荣打断马北风，说："全力以赴？谁全力以赴，你？"

马北风说："也包括我。"

小荣说："你在这里庆贺生日大吃大喝，大概也是破案的需要吧？"

小荣的话，一个十七岁的半大孩子的话，把在场的三个大人的心都搅得乱乱的。

韩山岳突然觉得心里涌出一种深深的愧疚，这愧疚是对死去的母亲的,同时也是对小荣的,这愧疚在韩山岳的心里搅动翻腾。

马北风也一样被小荣说得心里很不是滋味,小荣的怨,小荣的恨不是没有道理。小荣希望他真正全力以赴地去抓杀害奶奶的凶手,马北风不由问自己,你是全力以赴了吗,你如果是全力以赴,那么你今天跑到汪晨这里来祝贺生日到底是为什么?出于什么目的?马北风忽然对自己也生出一些怀疑来了。

汪晨听了小荣的话,头脑里第一个信号就是怀疑马北风,小荣说你在这里庆贺生日大吃大喝也是全力以赴吗,小荣无疑是说的反话,对马北风表示不满,但是在汪晨听起来,这话却很现实,马北风,这么多年,她每次过生日都去叫他,或者让韩山岳去请,他来过吗?没有,一次也没有来过,找一个借口,就推托了,这一次怎么突然来了呢?她只是和小月亮说了一下,也是意思一下,根本没有想到他会带着小月亮一起来,但是他来了,难道,像小荣所说,又是为了案子?汪晨一想到老太太的死盖在她头上的阴影,一想到这阴影今生今世不知能不能消除,汪晨那种不可控制的恐惧感又弥漫开来,在她的心间,在她的全身,她突然觉得一点力气也没有,人直想往地上瘫。

小荣毕竟还是个孩子,他对自己说的话可以不负责任,他也不很明白他的话会在大人心里引起什么样的变化和反应,他只是说他心里想说的话,说过就算了,此时小荣仍然捧着奶奶的遗像,他看三个大人都不说话,就把遗像往桌上一放,说:"这个,送给你们,我是特意为你们做的。"

说完转身就去开门,马北风和韩山岳都想去挡住他,可是他们谁也没有动弹,眼睁睁地看着小荣孤零零地走出门去。

小荣走了,可是小荣给这个屋里留下一种浓得不能再浓的气团,这气团压抑着屋里所有的人,他们的眼前,已经没有了小荣那倔强的样子,可是在他们的心里,小荣的样子永远也抹不去。

小荣是一个比较特殊的孩子,是谁造就了这样一个孩子?

是韩山岳?

是汪晨?

是奶奶?

是马北风?

或者,是生活?是命运?是一种无形的力量?

第 13 章

往事之一

汪晨千里迢迢从插队的乡下赶回城里,她是要去告诉父亲,她要结婚了,和韩山岳结婚。

其实汪晨也可以不赶这一趟,她可以写信,信上完全能够说明白,但是汪晨还是回来了。汪晨家只有她和父亲两个人,多年来父女俩相依为命,结婚这样的大事,汪晨觉得还是回来说的好。

如果当初汪晨知道这一趟的行程将给她以后的生活带来多么大的变化,汪晨一定会犹豫,她最终会放弃这一次回家的机会,但是那时候汪晨什么也不知道。

如果汪晨和韩山岳结婚前,只是写一封信告诉父亲她结婚了,等信到了父亲汪伯民手里,木已成舟,汪伯民还能怎么样呢?

但是,没有那么多的如果,事情就是那么发生了。

汪晨拿她和韩山岳在乡下省吃俭用积攒下来的钱,买了回家的车票,千里迢迢风尘仆仆地回到家,她看到父亲的第一句话就说:"爸,我要结婚了。"

父亲是很开心的,他看得出女儿开心,所以他也开心,虽然他并不希望女儿真正地离开她,尽管女儿早在四年前就离他而去,插队农村,但是不管怎么说,只要女儿一天不出嫁,女儿就还和以前一样,只属于他一个人,仅仅只是他的女儿。女儿现在要结婚了,要做另一个男人的妻子,她从此不仅仅是汪伯民的女儿,也是别人的妻子了,汪伯民的心情自然是很复杂的。但是汪伯民的心情,汪伯民的意愿,汪伯民的一切都应该以女儿的意愿为轴心,他就是这样想的,所以当汪伯民在等待了好多好多天以后突然盼到女儿回来,而女儿回来第一句话就说要结婚,在这样的时候,汪伯民笑了,他说:"你要结婚,才想到回来看看我呀。"

汪晨也笑了。

接下来就是例行公事般的,女儿介绍,父亲询问。

汪伯民说:"让你这么动心的人到底是谁?"

汪晨说:"是韩山岳。"

事情的转折就是从这时候开始的,汪伯民一听"韩山岳"三个字,如雷击顶,愣愣地看着汪晨,半天说不出话来。

汪晨急得去推父亲的肩,说:"爸,你怎么啦?"

汪伯民好一会儿才缓过气来,看着女儿,苦笑着说:"为什么?世界上的事情为什么这么巧?"

汪晨听出父亲话中有话,问道:"韩山岳你应该知道的。"

汪伯民叹了一口气,自言自语地说:"知道,知道什么呀。"

汪晨说:"他妈妈和你在一起工作过的,叫陈逸芳,你忘记了?"

汪伯民摇了摇头,说:"忘记了倒好了,就是因为不能忘记,韩山岳,我虽然没有见过,但是我知道,他母亲陈逸芳原来是和我在一个单位共事的。"

汪晨看着父亲的脸色,小心地说:"爸,你是不是和陈逸芳有些什么……"

汪伯民的脸上呈现出一种奇怪的神色,他摇了摇头,没有说话。

汪晨知道父亲的脾气,越是刻骨铭心的事情,越是压在心里,从父亲的神态中汪晨感觉到父亲对于陈逸芳不是一般的计较,也不是一般的怨恨,一旦感觉到了这一点,一旦从父亲的神态中确信了这一点,汪晨的心一下子像掉进了冰窟,她知道自己的幸福再也不能很周全。她爱韩山岳,也爱自己的父亲,她不能狠下心丢掉其中的任何一个,在这一个时刻,她只是希望父亲能说一说反对她和韩山岳结婚的理由,她知道这理由一定相当重大,以至重大到父亲要反对她的婚姻大事。同时,汪晨又很清楚,父亲是决不可能说的,父亲为了随她的心愿,一定会把该说的话都压在心底里,而父亲越是为她考虑、为她着想,她也就越是觉得不能对不起父亲,结婚是一个人一辈子的大事,如果自己结婚自己得到幸福,却使自己最亲的人失去幸福,自己的幸福又从何谈起,那么,她只有走第二条路,对不起韩山岳,可那也是绝对不可能的事情。汪晨只有两条路,第一条路她不能走,第二条路她也不能走,她又没有第三条路好走,汪晨真不知道自己该怎么办了。

汪伯民哪能不知道女儿的心思,其实现在他的心思也和女儿一样,真是不知怎么办好。如果按照自己的意愿,他会叫女儿不要和韩山岳结婚,他并不了解韩山岳是怎么样的一个人,但是女儿不能嫁给陈逸芳的儿子,女儿不能做陈逸芳那样的人的儿媳妇,这一点他很明白,可是从女儿的神态中他也知道,事情已经迟了,一切都来不及补救挽回了,女儿对于韩山岳的感情,已经不是他的几句话,甚至也不是这么多年的父女情能打掉的了,如果他把八大山人的画的事情告诉女儿,女儿会怎么说? 女儿会说,就算韩山岳的母亲真的做了那样的事情,但那是他的母亲,不是他自己,我要嫁的是韩山岳,而不是他的母亲。汪伯民相信女儿一定会这样讲,更何况,他根本是不可能把这事情说出来的,八大山人两幅画的案子还记在账上,并没有消除,他不能引火烧身。

这一对父女,各自怀着对对方的爱,揣摩着对方的心思,谁也不直说自己是怎么想的,正因为如此,才可能有了以后的许许多多的曲折。

这一趟行程最后是以"以后再说"的形式结束的。

汪晨满怀委屈和惆怅踏上了回乡下的旅程。

汪伯民同样满怀委屈和惆怅到车站送女儿。

他们挥手告别的时候,都眼泪汪汪的,但是结局仍然是"以后再说"。

汪晨回到乡下,把事情告诉给韩山岳,韩山岳很冲动,说:"这不行,反对我们,总应该有理由。"

汪晨说:"总有理由的,但是我没有让他讲,他也不愿意讲。"

韩山岳说:"这不行,我回去问我妈。"

于是时隔不久韩山岳又踏上了归程。

韩山岳也是一无所获,他的经历和汪晨几乎一模一样,陈逸芳听说儿子要和汪晨结婚时,只说了一句话,不合适。

韩山岳说:"你们总不能拿一件也许根本是虚无的事情来阻止我们。"

陈逸芳仍然只字不吐,被儿子逼得急了,她只说:"现在不能讲。"

韩山岳问:"什么时候能讲?"

陈逸芳叹气摇头,说:"以后。"

韩山岳说:"以后到什么时候?"

陈逸芳说:"我不知道,也许有以后,也许根本就没有以后。也许有说清楚的一天,也许根本就不可能有那一天。"

韩山岳年轻气盛,说:"那我们就不等你们到以后了,我们要结婚了。"

陈逸芳平静地看了儿子一眼,说:"我相信你会认真对待认真考虑的。"

韩山岳回来时的心情也和汪晨回来时的心情一样。

一个月以后,汪伯民突然下乡来了,他带来了汪晨入医学院学习的入学通知书,在知青们都为自己的前途发愁的时候,这入学通知书就像一根救命稻草,汪晨当然不会放弃这个机会,她对韩山岳说,不管我走到哪里,也不管等到什么时候,我永远属于你,就和许许多多年轻人一样相互爱到无以复加的地步。韩山岳也确实相信汪晨的话,他一点儿也不怀疑汪晨有朝一日会变心,就在汪晨准备行装的时候,汪伯民把韩山岳找去,和他长谈了一次。

这一次谈话是事情转折的第二步,当然也是关键的一步,在送汪晨上车的时候,汪晨已经感觉到韩山岳异样,但是她没有很往心里去,她以为这一切都很正常,她的心很坦然,她对自己有信心,同样也对韩山岳充满了信心。

哪能想到,汪晨入学后不久,就从乡下传来韩山岳和农村姑娘巧珍结婚的消息,汪晨在医学院听到这个消息,一直不能相信,她很想赶回乡下去看个究竟,后来汪伯民拿出一张韩山岳和巧珍的结婚照片给她看,汪晨慢慢地淌下两行眼泪。

往事之二

六年以后。

新婚之夜。

马北风看着汪晨布满红晕的脸,突然说:"汪晨,我问一个不该问的问题。"

汪晨说:"既是不该问的,为什么还要问?"

马北风说:"那我,就不问了。"

汪晨笑起来,说:"你真是,被我一句话一说就退了,以后怎么办?"

马北风说:"那我就问。"

汪晨说:"你问吧。"

马北风说:"当初,我们大家,所有的人,知青,还有乡下的人,都知道你和韩山岳要结婚了,怎么后来……"

汪晨也许早知道马北风要问这个问题,即使不在这个夜晚也会在别的夜晚提出来,迟早要问,她早有准备,所以并不怎么在意,回答说:"我和他,我们双方家长,我父亲、他母亲都不同意。"

马北风说:"这我们都知道,只是不知道为什么。"

汪晨苦笑了一下,说:"我也不知道为什么。"

从汪晨的这一笑中,马北风就已经隐隐约约地感到,汪晨的心似乎还系在韩山岳那一头,马北风心中有些不舒服,说:"其实都什么时代了,怎么会因为家长的反对就分手了呢,你走的时候,我们都相信你是不会甩韩山岳的,可是想不到,反倒是他甩了你。"

汪晨脱口说:"他甩了我,是因为他爱我。"

再一次证实了马北风的感觉,时隔多年,汪晨仍然不能忘情,马北风说:"怎么见得,你怎么知道?"

汪晨知道自己说漏了嘴,索性不再隐瞒什么,她告诉马北风那是父亲汪伯民和韩山岳长谈的结果,长谈的什么内容汪晨也不很清楚,只知道父亲帮她争取到的那个医学院的名额是以相当的代价换来的,如果韩山岳不放弃汪晨,那么汪晨的前途就会毁在他的手里。也就是说很可能汪伯民以许配女儿为条件弄来的那个读大学的名额,所以韩山岳后退了。为了让汪晨死心,他也只剩下最后一条路:结婚。

马北风听汪晨说了,觉得不可理解,说:"如果真的如你所说,你父亲以许配女儿为条件,那么后来你到了医学院,你父亲有没有再谈起这事情?"

汪晨说:"没有。"

马北风说:"这就奇怪了。"

汪晨说:"其实也不奇怪,父亲弄来大学名额肯定是有代价的,但是到底是什么代价,除了父亲谁也不知道。而父亲就以这个为借口,断了韩山岳和我的缘分,这是肯定的,韩山岳正是为了我,才——"

马北风看到汪晨眼睛里有一层亮闪闪的东西,他避开目光。

汪晨用手揉揉眼睛,说:"北风,你放心,我说的这只是过去的事情,不提也罢,提起来就随便说说。"

马北风说:"我也没有什么放心不放心的,感情这东西也勉强不得。"话虽这么说,心里总有些不是滋味。

汪晨说:"你是好人。"

马北风想了想,又问:"那后来形势好起来,你怎么不向你父亲问问清楚？"

汪晨说："哪里来得及，我毕业以后进了医院，业务上不如别人，拼命赶呀。后来又念了两年专修，根本也没有时间没有心思和父亲叙旧什么的。等我自己站住了脚，想到要和父亲好好说说从前，父亲已经疯了……"汪晨哭起来，马北风叹息一声。

往事之三

又过了几年。

汪晨接到一份电报，是韩山岳打来的，只有几个字：×月×日归。

汪晨和马北风到车站去接韩山岳，她已经有好长时间没有见着韩山岳了，虽然这许多年来，韩山岳每年回家来过年，但每次都是来去匆匆，汪晨和韩山岳最多也只能见上一两面，也从未有过单独在一起的机会，岁月也许早已经磨去了他们之间曾经有过的那一份真的浓的深的感情。

可是，就在韩山岳踏下火车的那一瞬间，汪晨的目光和韩山岳的目光相遇了，这一相遇，他们马上明白了对方的心仍然属于自己，或者反过来说，自己的心仍然属于对方，那一份情，仍然是从前的，没有变，没有减，事实就是这样，新一轮的曲折就从这里开始了。

一起到车站接韩山岳的还有韩奶奶、韩小荣，还有马北风和汪晨的女儿小月亮。

这些人中间，大概除了几个孩子，别的人都能看到，也能看明白汪晨和韩山岳的这种特殊的目光交流。

晚上在韩奶奶家吃饭，韩奶奶和汪晨一起弄饭，马北风和韩山岳坐在客厅里聊天，马北风感觉到韩山岳的心不在焉，马北风进厨房对汪晨说:"我来弄菜吧,你陪韩山岳坐。"

汪晨异样地看了他一眼,没有说话,解下围裙,走了出去。

韩奶奶对马北风说:"小马,你做什么?"

马北风说:"我怎么啦?"

韩奶奶长长地叹了一口气说:"你呀。"她的眼神让马北风觉得韩奶奶也有很重的心思。

马北风乘机问她:"奶奶,当初那件事情,到底是为了什么?"

韩奶奶说:"当初有什么事情?"

马北风说:"奶奶也会装傻,你和汪晨的父亲都反对他们。"

韩奶奶说:"十多年过去了,还值得提吗?"

马北风在那一刻就有了一种预感,十多年前的事情,以后还会提起来,一定会的,他就是这样的感觉。

做好了菜,吃饭的时候,韩奶奶对韩山岳说:"回来先歇两天,上班的事不急,找老婆的事情,我已经跟你说过,八字见了一撇了,快了。"

韩山岳下意识地看了汪晨一眼,发现汪晨也正在看他,他脸上一热,说:"妈,我的事情,我自己办,怎么能让你给我找老婆。"

韩奶奶瞪了儿子一眼,又冷眼看看汪晨,不说话。

马北风连忙打圆场,说:"吃菜,尝尝我的手艺。"

谁也没有心思吃菜,这大家心里都有数,韩山岳的归来,给这个平静的家庭投下了一块很大的石头,掀起一圈一圈的涟漪,这是必然的。

第二天汪晨上班的时候,就接到韩山岳的电话,约她下班后到公园谈谈,汪晨想婉转地拒绝,可是一听到韩山岳的声音,她就没有办法拒绝,她答应了,放下电话,竟有些茫然。她镇定了一下,觉得自己的心跳得很厉害,她重新又体味到当年初恋时的那种滋味,多年没有的感觉又回到了她的身上、心里,她觉得自己又像个少女般地在恋爱了,脸上泛起了一层红晕,同事看了,问她碰上什么好事情了,汪晨愣了半天也没有说出话来。

傍晚她如约来到了公园,于是一切该发生的事情也就很自然地发生了,正当汪晨最后倒向韩山岳宽厚的怀抱时,却被公园的值勤人员抓住了,问他们是什么关系,韩山岳说我们是夫妻,值勤人员怎么能相信,既是夫妻在家亲热就行,跑到公园鬼鬼祟祟肯定不是好事情,一定要他们拿出能够证明身份的证件才能走,汪晨哭起来,韩山岳劝她说,这样反倒好,把事情摊开了,我们的希望也就更大,汪晨听了韩山岳的话,把工作证拿出来。

事情就传开去了,正如韩山岳所说,既然大家把面子拉开了,以后的工作反而顺利了,首先是马北风退让开了,他早已经明白他不能真正得到汪晨的心,韩奶奶虽然竭尽全力反对破坏,但是她毕竟老了,时代也毕竟向前走了一大步,最后老太太也感觉到自己的所有努力都是枉然的,她放弃了努力,只留下了对汪晨的怨恨和对儿子的不满。

往事中也必然有韩小荣。

韩小荣自懂事起就一直和奶奶生活在一起,他长大一些后曾经问奶奶为什么父母亲从小就把他送出来,奶奶说因为奶奶身边没有人,希望你能和奶奶做个伴,小荣也相信奶奶说的话,同时他也隐隐约约地感觉到父亲和母亲是不要好的,每年过年的时候父亲回城来看他,母亲不来,平时母亲也会千里迢迢地来看看他,但是父亲从来不和母亲一起回来,这种大人的事情,奶奶不说,小荣也晓得不要多问,只是在看到别的小朋友都有父母亲在身边的时候,心里存着些怨意,但又不知是对谁的,怨父亲还是怨母亲还是怨别的什么人,他弄不清楚。父亲和母亲离了婚从乡下回来的那一年,小荣八岁,上了一年级,很懂事,学习成绩也好,对于父亲的归来他当然是很开心的,虽然母亲不能来了,但总比过去要好多了,总算等到了一个真真实实的爸爸了。

小荣对爸爸的感觉并不很深,一是因为年纪到底还小,爸爸又长年不在身边,不管父爱是多么的伟大,但是对孩子来说,更伟大的是实实在在的东西,是具体的关切,具体的爱护,从这一点上说,小马叔叔的威信以及小荣对小马叔叔的爱恐怕要甚于他的父亲。在小荣的心目中,做警察的小马叔叔,实在是一个很高大的形象,他对他是既亲又敬,真有些十全十美的味道。对于小马叔叔的妻子汪晨婶婶,小荣说不上有什么很好的感觉,他不可能知道汪晨婶婶曾经和自己的父亲有过那么一段历史,他也就不能明白汪晨在看他时的那种奇怪的、有时候让他害怕的目光是怎么回事情。他不知道汪晨心里想的什么,汪晨想的是如果不是那一场曲折,这个孩子就不应该有,有的应该是我和韩山岳的儿子,像我,也像他,但是这个孩子不像我,也不像他,像巧珍。也许,正因为如此,汪晨一开始就没有给小荣留下好印象,许多年以后还是如此。以汪晨的素养来说,当然不可能对小荣怎么样,也没有条件对孩子怎么样,但是汪晨不喜欢小荣这是真的,从一开始她就觉得小荣的眼睛和别的孩子不一样,她有一种感觉,她逃不脱这个孩子的盯注。

如果汪晨在韩山岳回来以后,继续做马北风的妻子,那么事情也就朝另一个方向发展,小荣最多也只是不喜欢她罢了,也不至于怨,不至于恨,可是小荣怎么也没有想到,爸爸回来才几天,就传出了那么难听的话,说汪婶婶和爸爸怎么怎么了,八岁的小荣当然不能很明白这"怎么怎么"是怎么回事情,但是从奶奶的口中,从奶奶的行动中,小荣看出来奶奶恨汪婶婶,小荣说,我也恨她。

那时候,他只不过是跟着奶奶说说,他还不大懂得恨是怎么一回事,一直到爸爸和汪婶婶结婚的那一天,爸爸满面红光牵着汪婶婶的手走进来,对小荣说:"小荣,叫妈。"

小荣一时没有反应过来,说:"她是汪婶婶。"

汪晨脸一红。

韩山岳说:"是的,不过从今天起你叫她妈。"

小荣说:"她不是我的妈,她是小月亮的妈。她做了我的妈,小月亮怎么办? 小月亮就没有妈了。"

小荣这么一说,把汪晨的眼泪说出来了,她捂住眼睛半天没有松手,韩山岳有些尴尬,却又不好说小荣什么,他毕竟才是个八岁的孩子。过了好半天,韩山岳说:"小荣,听话,小月亮以后会有妈妈的,你叫她一声妈。"

小荣这时候突然想起奶奶说的一些话,他学了出来,对着汪晨"啐"了一口,说:"不要脸,小马叔叔哪一点对不起你?"

韩山岳和汪晨都愣了,他们都想不到八岁的孩子会说这样的话,也想得到这是老太太的话,但是韩山岳还是忍不住上前打了小荣一个耳光,小荣捂着脸说:"奶奶早就说了,你要了汪婶婶,就会打我的。"

韩山岳气急,到屋里把母亲叫出来,说:"你跟孩子说了些什么? 你听听他说的话。"

韩奶奶冷笑一声,说:"我听到了,孩子说得不错呀,我说得也不错呀,你娶了她就打孩子,不是正说在点子上吗?"

韩山岳张了张嘴,回头朝汪晨看,汪晨转身跑了出去,韩山岳追出去,汪晨泪流满面,说:"是不是我们错了?"

韩山岳说:"你动摇了?"

汪晨说:"我不知道,我只是觉得自己的心要碎了,昨天我去看父亲,不知谁已经把消息告诉他了,他不理我。"

韩山岳轻轻地抚摸着她的肩,说:"慢慢来,一时间大家接受不了,慢慢地会习惯的,就像当初,我突然和巧珍结了婚,大家也都接受不了,后来不也习惯了。"

汪晨说:"我实在受不了,老太太的话太难听了。"

韩山岳说:"反正我们不和她一起住,离远一点儿,话也少听一点儿。"

汪晨说:"那孩子我也受不了他,我不敢看他的眼睛,他的眼睛很怪。"

韩山岳说:"小荣到底还小,才八岁,能怎么样,你要是连八岁的孩子也……"

汪晨说:"也怎么,不是我要跟他过不去,是他要跟我,他的那双眼睛,我想也不敢想——"

韩山岳说:"你不要有负罪心理,你就正常地对待一切,八岁的孩子,眼睛能有多可怕,说出去也不怕人笑话。"

汪晨说:"说真的,老太太也就是嘴厉害,我虽然烦她,却不怕她,我怕的是小荣,才八岁就这样,到十八岁会怎么样?"

韩山岳笑起来,说:"你说得出,到十八岁他早忘记现在的事情了,你到想得远。"

汪晨摇了摇头,说:"我觉得他是个奇怪的孩子,他不会忘记的。"

韩山岳搂住汪晨的肩说:"就算不会忘记,也是好多年以后的事情,现在,我和你,都是最幸福的时候,你说是不是?"

汪晨点点头。

韩山岳说:"那就好。"紧紧搂着汪晨往回走。

其实韩山岳心里的负担,决不会比汪晨少多少,如果说韩奶奶和小荣是笼罩在汪晨心头的两团阴影,那么笼罩在韩山岳心头的阴影,虽然只有一团,但却要比汪晨心头的阴影浓重不知多少倍。

那就是马北风。

当小荣对汪晨说:"小马叔叔哪一点儿对不起你"的时候,韩山岳觉得这话其实是对他说的,马北风哪一点儿对不起自己,自己怎么能做出横刀夺爱的事情? 这似乎不应该是他,一个饱经沧桑的中年人做出来的事情。或者,自己还对当年的事情耿耿于怀。可是当年的事情,也完全是自己做出来的,马北风没有一丝一毫的责任,马北风是在他和巧珍结婚好多年后才和汪晨结婚的……韩山岳正在胡思乱想,突然发现前边马路中间站着一个孩子,正是小荣,韩山岳一惊,说:"小荣,你跟出来做什么,奶奶知道不知道?"

小荣说:"我跟出来看看你们怎么有脸住到小马叔叔家去。"

韩山岳说:"是奶奶叫你出来说的?"

小荣说:"是的,也是我自己心里想说的。"

八岁的孩子能想到这么多吗? 韩山岳注意看着小荣的眼睛,汪晨说小荣的眼睛很特别,一直到现在韩山岳才认真地看了自己的儿子一下,他承认汪晨的感觉是对的,小荣的眼睛确实与众不同,不同在哪里,他说不出来,只是有那么一种感觉,韩山岳突然想到汪晨说"才八岁就这样,到十八岁会怎么样?"韩山岳心里猛地抖了一下,觉得有一股很浓很浓的寒气从心头弥漫开来。

第 14 章

对蓝色酒家的重新调查,得到了一些本案以外的意想不到的收获,这使马北风和小孙都认真起来。

蓝色酒家的董老板董成功有戏。

一年前董成功曾经涉嫌一起文物字画走私案,因为证据不足,没有能起诉。时隔不久,董成功又被牵连到另一桩倒卖案中,但是经过反复调查核实,董成功扮演的只是一个媒介的角色,没有直接参与,于是又让他滑过去。

马北风在掌握了董成功的这些不能算什么前科的"前科"后,突然想到,局头对于他参与梧桐大街18号的破案工作的要求一直置之不理,却一再要他重新调查蓝色酒家,也许,在这两件看起来风马牛不相及的案子之间,有着什么必然的联系。

文物字画——董成功——董成定——金正明——邱正红八大山人——汪伯民——陈逸芳

梁亚静——

马北风可以很快地就把这些人串起来,但是要找到关键的结扣却是很难很难的。

马北风也许可以这样设想：

1. 邱正红得到消息，陈逸芳老太太有两幅八大山人的真迹，于是动了心思；

（邱正红的消息，有可能是来自董成功，因为董成功的蓝色酒家实在是一个非常灵敏的信息交汇的地方，当然也可能不是来自于董成功，而来自于别的地方。）

2. 邱正红要八大山人的画；

（邱正红可以通过司机小董和董成功挂上钩，或者董成功通过弟弟了解了邱正红的意愿，主动找上门去。）

3. 邱正红派金正明和陈逸芳接触，一再碰钉子；

（到底是陈逸芳根本不愿意谈八大山人的画，还是双方的差距太大，谈不拢？）

4. 陈逸芳的堡垒越是难攻，越使邱正红觉得字画的价值，已经失去了与陈逸芳没完没了纠缠下去的耐心，于是动了杀机。

（杀死陈逸芳后，金正明可能拿走了八大山人的字画，如果是，说明金正明早就知道字画放在什么地方，因为现场没有翻乱的痕迹，也可能因为慌乱中以为有人来，没有敢翻找字画。）

假如这个设想有其合理的地方，那么接下来就有几个问题要查清楚：

1. 董家兄弟在其中扮演了什么角色，是知情者，还是被利用、被蒙蔽的？

2. 这是最重要的，18 号早晨七点三十分至八点之间，金正明在什么地方，有没有证人？

3. 梁亚静到底是怎么回事？

马北风再一次调查了蓝色酒家以后，清理自己的思路，把调查到的情况以及自己的一些想法向杨队长做了汇报,杨队长听完他的汇报,突然笑了一下,说:"小马,你是在管哪个案子?"

马北风一愣,随即也笑了。

杨队长却收敛了笑意,严肃地说:"小马,你不觉得这一阵你的行为已经……"他说了一半,停下来,看着马北风。

马北风说:"我也知道,我——"也说了一半说不下去了。

杨队长换了一种口气,缓和了一些,说:"我也没有什么多说的,只是希望你,随时能把握住自己。"

马北风点了点头。

从杨队长办公室出来,马北风深深地吸了一口气,虽然杨队长批评了他,但是他知道杨队长对他的汇报和分析是满意的,他心里踏实了些,对下一步要采取的行动也有了更大的信心。

小孙正在等着他,马北风上前拍拍小孙的肩,说:"走。"

小孙问:"去哪里?"

马北风说:"找董成定。"

他们在邱正红的公司要了董成定的 BP 机号码,呼了董成定,便一直守在电话机旁,一直等了几个小时,也没有接到董成定的回话,没有办法,只好在吃晚饭的时候,到董成定家去。

董成定还没有结婚,和父母亲住在一起,董老夫妇看到突然来了两个警察找小儿子,吓了一大跳,大儿子的事情没完没了,现在小儿子又惹麻烦,老太太先掉了一会儿眼泪,老头子在一边看着老太婆掉眼泪,嘴里把两个儿子一起骂了一顿。

马北风说:"你们不要急,我们找董成定,也不一定是坏事呀。"

老太太说:"说得好听,不是坏事,难道会是好事,被警察找上了,还能有好事?"

马北风和小孙互视一眼,无可奈何地笑笑,小孙说:"只是找他问问邱老板公司的事情,没有别的事。"

老太太看了小孙一眼,说:"邱老板,邱老板的事情你们找邱老板就是,找我儿子做什么?"

老头子把老太太拉到一边,回头对马北风和小孙说:"你们等一会儿,就要回来吃晚饭了。"

小孙说:"说好回来的?"

老头子说:"说是说好的,不过他们给别人开车的人,自己常常做不了自己的主。"

马北风点点头。

老太太又走上前来,神秘兮兮地说:"听说,他们的邱老板,娶了八个老婆,你们是不是查这个的?"

马北风和小孙又互视一眼,哭笑不得。

老头子再次把老太太拉开,对马北风说:"老太婆不懂的,瞎说。"

马北风一笑,说:"瞎说有时也能说出些道理来呢。"

老头子一听,脸色有些不对,狠狠地瞪了老太太一眼,把老太太拉到另一间屋里,过一会儿自己出来,对马北风说:"我们成定,胆小怕事,梧桐大街出了那事情,吓得好多天睡不好觉。"

小孙说:"如果他没有干系,他怕什么?"

老头子说:"警察同志,话也不能这么说呀,有的人天生胆小,没有做坏事,就像做了坏事似的;有的人天生胆大,做了坏事也像没事似的,人和人真是很不一样的。"

小孙说:"那是当然,不然要我们警察做什么,吃干饭呀。"

老头子连连点头,说:"那是,那是。"

正说着,就听到钥匙开门声,老头子说:"来了。"

果然是小董回来了,一进门,看到马北风和小孙当屋坐着,一愣,说:"是你们?"

马北风说:"呼你呼了一天,你也没回个话。"

小董说:"对不起,今天关了 BP 机。"

马北风问:"为什么?"

小董犹豫了一下,说:"今天公司没有我的事情,帮一个朋友忙点私活,怕烦。"

马北风说:"好,现在总算等到你了,你要是饿了先吃饭,我们等你。"

小董说:"那哪行,让你们饿着肚子等我吃?"回头对父亲说,"你们先吃。"

于是和马北风、小孙一起到自己屋里,坐下,先点了烟,说:"问吧。"

马北风朝他看看,说:"你知道我们来问你什么?"

小董说:"除了梧桐大街的事情,还能有别的事情?"

马北风说:"还有你哥哥董成功的事情。"他说出董成功的名字时,注意到小董脸上有些不自然。

小董说:"我哥哥又有什么事了,你们不是管梧桐大街 18 号案子的?"

马北风说:"你别管我们管什么案子,今天找你,主要想了解你哥哥的一些情况。"

小董说:"其实我和他平时来往很少,我开我的车,他开他的店,桥归桥,路归路。"

小孙说:"你不要先把话挡在前面。"

小董说:"哪能呢,只要我知道的我说就是了,我们虽然文化低,也是懂法的,对吧?"

马北风说:"不和你绕圈子了,你哥哥去年涉嫌一桩走私案的事情,你知道吧?"

小董说:"知道,不是涉嫌吗,最后也没有起诉,更不可能定罪,他没有参与。"

马北风说:"他的信息很灵通,有些信息,是你从邱正红那里得来,又传给他的吧?"

小董说:"他也未必需要我给什么信息,他那个蓝色酒家,你们也不是不知道,三教九流,鱼龙混杂,什么样的人没有,什么样的信息没有?"

马北风点点头,说:"你说得有道理。但是,"他盯着小董的眼睛看了一会儿,小董并不避开,说:"但是,据我们了解,去年那一次,确实是你的信息,是你告诉你哥哥,他又做了别人的媒介。"

小董叹了口气,说:"什么也瞒不过你们。我承认,去年是我听来的消息,那天到哥哥的酒店喝酒,无意中说出来的,不是有意告诉他的,我知道他和我不一样,心野,也怕他出事情,所以许多事情不告诉他,那一次是多喝了两杯,说漏了嘴,他就听进去了……"

看起来小董并没有说谎,马北风和小孙交换了一下眼光,小孙说:"你的消息来源?"

小董愣着。

小孙说:"邱正红?"

小董摇摇头。

小孙说:"你的工作范围离不开邱正红的活动范围。"

小董说："那是,不过不瞒你们说,邱老板从来不和手下人多说什么,面也不大见到,我在他的公司工作了四年,面对面地和他说过的话不足十句。"

小孙说："谁和他最接近?"

小董说："他的专车司机,还有——"他看了马北风一眼,"还有女保镖……"

小孙说："是梁亚静。"

小董又看马北风一眼,说："是。"

马北风说："你那一次的消息,不是来自于邱正红,是从哪里得来的?"

小董又犹豫了一下,说："是小金告诉我的。"

小孙说："金正明?"

小董说："是,金正明,他是邱老板的得力助手。"

马北风说："他和你关系很好?"

小董古怪地一笑,说："好什么呀,他常常要用我的车,又不能给老板知道,当然要对我那个一点啦。"

马北风说："他用你的车是私事? 与邱正红的生意无关?"

小董点头,笑。

小孙说："是什么私事,常常要用车?"

小董又笑,然后说："这你们不是多问了,不问也应该有数的呀。"

马北风和小孙当然有数,没有再追问。

对小董的调查到此也差不多了,主要就是了解有关文物字画的消息来源,顺藤摸瓜,接下去,就该去摸金正明了。

临走时,马北风问小董："再问一句,今天你帮朋友干私活,是哪个朋友？"

小董笑起来，说："真人面前不说假，我劝你不必走这条弯路。"

小孙说："你这是什么意思？"

小董说："在这样的情况下，我决不会编一个为朋友忙私活的故事来骗你们，这也太笨了，所以我劝你也不必找我的朋友核实，他今天晚上就飞广州，要一个星期后才回来，你们等得耐烦吗？如果你们谁都要怀疑，谁都要调查个没完没了，肯定是要走入歧途的，梧桐大街 18 号的案子到猴年马月才能破？"

小董的这句结束语，使马北风心里震动了一下，他们走出来，小孙也笑着说："小子说得有道理。"

马北风点头。

小孙又说："现在的人真是厉害，我们想的什么，他们都能看得到，警察真是难做呀。"

马北风一边听小孙说，一边想着小董的话，心里有一种说不出的滋味，明明告诉小董他们是为董成功的事情，是为蓝色酒家的事情来调查的，可是在别人眼里，他马北风永远只和梧桐大街 18 号的凶杀案连在一起，难道他的脸上写着什么，能让人一眼就看清楚他的思想他的意愿他的一切行为动机？

马北风想，我怎么办，我怎么变得这样浅薄，大街上走着的任何一个人都能看穿我。

马北风想，只有一个办法，尽快破案，尽快找到杀害韩奶奶的真凶。

如果说年轻的司机小董已经以他的机智以他的鉴貌辨色的能力使马北风和小孙不由得不对他另眼相看，那么，当他们和另一个年轻人金正明接触过后,更进一步悟到邱正红的用人之道确实是有独到之处。

金正明一表人才,谈吐不俗,遇事不慌,马北风和小孙出现在他面前时,他正和一位客商谈着一笔很大的生意,看到马北风,他对他点头一笑,示意他们坐下稍等,那位客商看到突然来了两个警察,好像有些不自在,说了几句话就告辞了。客商走后,马北风对金正明说:"对不起,来得不是时候,是不是把你的生意搅了?"

金正明说:"哪能呢,如果生意谈不成,那也是应该谈不成,与你们无关。一个生意人,要是看到两个警察就吓得不敢做生意,这样的人谁愿意同他合作?"

马北风说:"你很有气魄。"

金正明说:"这个气魄也不是我自己的,是邱老板的。"

马北风说:"你对邱正红很忠。"

金正明不置可否地一笑。

马北风直接切入正题,了解一年前那个文物字画走私案的信息来源,金正明说:"我是在蓝色酒家喝酒时听来的。"

这是一个最让人头疼的回答。

地点,蓝色酒家喝酒时,这倒是很明确。

听谁说的? 记不得了。

哪一天? 记不得了。

确实,已经事隔一年,谁还能记得。

于是线断了,顺藤摸瓜,藤断了,瓜也不知在何方。

金正明的回答使马北风突然产生了一种沮丧的感觉,他觉得自己好像一直在原地踏步,走得很累很累,仔细一看,还在原来的地方,由蓝色酒家不知哪一位酒客说出来的事情,金正明听到了,把它说给小董听了,小董又告诉了哥哥董成功,又回到蓝色酒家,董成功再介绍给别人,一切都是那么的周到圆满。

周而复始?

马北风想,是谁有意设置的圈套?是事实?

在他内心,却相信这是事实,这个事实使得马北风像一头蒙上了眼睛拉磨的蠢驴。小孙也和马北风有相同的感觉,一对好的搭档,常常会对同一件事情产生出同一种感觉,这一点也不奇怪,现在小孙的心情也很沮丧,但是更使他沮丧的并不是事实本身,不是因为他也和马北风一样变成了一头蠢驴,而是马北风脸上的那种神色,真正使小孙感到沮丧的原因,是马北风的沮丧。

这就是心心相印的搭档的感觉。

小孙先要振作起来,他对金正明说:"好吧,你切断了这条线,但是还有别的线索,你说说你和陈逸芳的联系。"

金正明说:"这才是你们的正题吧,不过我有一点不能明白,你们警察破案子,从来都是有专人负责的,这一次怎么双管齐下?"他看看马北风说,"你和那个姓丁的,到底以谁为主?"

小孙说:"你对这也感兴趣?"

金正明说:"我只是好奇,兴趣说不上,我自己的事还忙不过来呢。"

小孙说:"那你就说说陈逸芳的事情。"

金正明说:"难道你们和老丁他们是两家?"

小孙说:"你不愿意说?"

金正明笑了,说:"说,说,有什么不愿意说的。"

金正明奉邱老板的命令,找陈逸芳问过八大山人字画的事,第一次,陈逸芳一口否认有八大山人的画;第二次,陈逸芳问他是从哪里得来的消息,金正明并不知道邱老板是从哪里得来的消息,但是他从陈逸芳的神态中看出事情有转变的希望,于是第三次又上门,陈逸芳说,就算有八大山人的字画,我也不能给你们,你们出再高的价也不行,至此,金正明三次找陈逸芳都碰了钉子,可算是一无所获。但是他向邱正红汇报,说到一无所获时,邱正红却说,你决不是一无所获,首先的一条,也是最重要的一条,陈逸芳手里是有字画的,是八大山人的字画。

最后邱正红自己给陈逸芳打了电话,说的什么金正明不知道,邱正红是在他不在场的情况下和陈逸芳通话的,只知道后来邱正红告诉他,他请陈逸芳到公司来看看,陈逸芳同意了。

就是这些。

并没有比以前的调查多出一丁半点儿东西。

值得怀疑的有几点:

1. 和陈逸芳的联系一直是由金正明出面的,邱正红请陈逸芳到公司看看,似乎应该由金正明去接老太太更合情理些,邱正红为什么不让金正明出面,或者邱正红正是让金正明去的,只是事后他们一起隐瞒了。

2. 18 号早晨七点半到八点之间,金正明的活动仍然没有找到证人,凶杀案发生后的一两天内,根据金正明的自述,找了一些在街心公园早锻炼的人,一致的说法是金正明确实是他们中间的一分子,每天早晨六点半到七点半来练气功,然后到对面的菜场买菜回家,大约需要半小时,一般到家时间总在八点左右,但是要他们确认 18 号早晨金正明确实在场却又有些把握不准,因为在街心公园早锻炼的人很多,互相之间并不一定都认识、都熟悉,大都只不过是点个头,打个招呼的关系,甚至不知道谁谁谁叫什么姓什么在什么地方做事,了解得最清楚的倒是他们早晨锻炼的情况,谁练的什么功,谁的收获大一些,谁谁谁原来有很重的病,练了半年病好了,谁谁谁坚持锻炼已经几十年,童颜鹤发,等等,金正明在这些人中间,算是一个不起眼的角色,既没有什么大病,也没有几十年锻炼历史,大家对他了解不多,这也是正常,大家只是知道他常常来锻炼,但是如果有一天他没有来,别人也不会在意,也不会觉得有什么不正常,因为他年轻,年轻人有自己刚刚开始的事业,也可能哪一天早晨突然有什么事情,来不了了,这也没有什么奇怪的,不像老头老太们,生活有规律,所以,他们只能肯定地回答,金正明确实到街心公园来早锻炼,却不能肯定地回答 18 号早晨七点半到八点之间他们和他在一起。

于是金正明的这一段时间成为空白。

这和姚常川一样,没有证人。

18 号早晨七点半到八点之间,金正明到底到哪里?

金正明说,我六点半出门,七点半锻炼结束,到对面菜场买菜,八点到家,老婆已经上班走了。

马北风和小孙带着这样一个早已经掌握了的情况告辞了。

第二天早晨,马北风一个人来到街心公园,他坐在路边的长椅上,看着早锻炼的人互相招呼着,人很多,也很乱,几乎每一块空地上都站着人,马北风想,如果这里面有谁没有来,别的人确实不可能很在意。过了一会儿,马北风看看手表,到了六点三十分,果然看到金正明过来了,穿着运动服,真是像个锻炼的架势,金正明直接走到一群人中间,认认真真,心无二用地做起功来。

马北风看了一会儿,实在看不出什么来,有些泄气,正想站起来走开,突然注意到有一个年轻妇女从远处走来,她也和他一样,在离马北风不远的另一条长椅上坐下,马北风注意到她的神情很忧郁,眼睛有些茫然,但是看得出她是注意着金正明,马北风被自己的这一发现,弄得很兴奋,他不动声色地坐着,那年轻妇女大约坐了一刻钟时间,看金正明很认真地做气功,连眼睛也闭着,她缓缓地站起来,走出了街心公园。

马北风跟着她慢慢地往前走,看她走到一家点心店进去,马北风也跟了进去,她要了一碗面,马北风也要一碗面,坐她的那张桌上,等面的时候,马北风对她一笑,说:"你好。"

年轻妇女也对马北风一笑,说:"你好。"但是她显然想不起来马北风是谁,看得出她尽量地在回忆,又因为实在想不起来而觉得有些尴尬,马北风说:"吃面?"

她点点头,又想了一会儿,终于说:"你是——"

马北风说:"你是小金的太太,胡洁文。"

胡洁文又点点头,说:"你是他的朋友?"

马北风没有说是,也没有说不是,只是看着胡洁文,过了一会儿,说:"你怀疑小金?"

胡洁文没有料到马北风会说这样的话,脸马上红了,不知怎么办才好。

马北风说:"没有什么,随便说说。"

面端上来,胡洁文急于吃过面走开,被烫了一下,马北风说:"慢慢吃,小金要到七点半才结束,还有些时间。"

这一说,胡洁文的脸红得更厉害。

凭胡洁文的表现,马北风隐隐约约有些感觉,也有些失望,他觉得自己又有误入歧途的可能,胡洁文所想,和他想的看起来不是一回事情,但是马北风必须抓住一切,哪怕走弯路,哪怕误入歧途。

马北风说:"小金有时候并不在街心公园,是不是?"

胡洁文说:"你怎么知道?你是谁?"眼睛里立刻有了警惕的意思。

马北风知道自己的急于求成坏了事,想收回当然已经不可能,于是干脆说:"我是公安局的,调查梧桐大街18号凶杀案。"

胡洁文一哆嗦,脱口说:"你误会了,你弄错了,我不是怀疑金正明那个,我不是,我是……"

马北风说:"现在对金正明确实是很不利,18号早晨他没有证人,你明白吗?18号早晨七点半到八点之间他在哪里?"

胡洁文张了张嘴,欲言又止,后来又慢慢地摇了摇头。

马北风说:"如果你能证明你丈夫18号早晨在哪里,有谁看见,那就是另外一回事情了。"

马北风看到胡洁文的眼睛里慢慢地渗出些泪水来,她没有吃完那碗面,就走出去了。

马北风看着她的背影,突然觉得眼前亮堂了许多。

马北风定定心吃了那碗面,走出点心店,七点半还差十分钟,他重又回到街心公园,看到金正明果然还在,等了十分钟,金正明按时收功,擦了擦汗,朝这边走过来,看到马北风站在路当中,先是一愣,随后笑了一下,说:"昨天的话还没有问完呀,赶大早来,真是辛苦。"

马北风说:"18号早晨你的行动,也许还有第二个人知道。"

金正明说:"你到现在还以为是我杀了陈逸芳?你走了那么多的弯路还没有明白过来,你这警察是怎么当的?"

马北风说:"不是到现在,是现在才开始。"

金正明认真地看看马北风,说:"如果是现在才开始,那倒好,说明你还不算太笨。不过,我劝你不要再往前走,找另一条路去吧,我这里是一条死路。"

马北风说:"有一个人,有一个女人,她知道你 18 号早晨的去向。"

金正明用衣袖抹了抹脸上的汗,没有马上接马北风的话,从他的脸上看不出马北风这句话在他内心的反应。

马北风追加了一句:"是一个女人。"

金正明完全正常地笑了一下,说:"那你就找那个女人去吧。"说完又朝马北风一笑,朝菜场走去。

马北风站在街心公园,看着金正明远去,但他心里却想着另一个人,他心里对这个人说,我还是要找你帮忙。

第 15 章

梁亚静正要出差。

作为邱正红的保镖,一般说来,邱正红走到哪里,她就应该跟到哪里,这一趟的远行,邱正红是携带了巨款去交易的,梁亚静不可能不去。

马北风找到梁亚静的时候,他们正整装待发,因为邱正红还没有下楼,有几分钟的时间,梁亚静把马北风拉到一边,说:"你怎么事先也不告诉我一声就来了。"

马北风心里有了些酸意,看着梁亚静,说:"是不是突然来,你不方便?"

梁亚静宽容地一笑,说:"你怎么啦,有什么事情,就说。"

马北风说:"本来,本来是想和你好好谈谈的,可是你要走,能不能不走?"

梁亚静说:"不能不走。"

马北风叹了口气,说:"我心里很烦,想和你说说,还想从你这里再了解些金正明的事情,看起来只好等你回来了。"

梁亚静说:"快的,两天,最多三天。"

马北风说："对我来说,太长了。"

梁亚静说："你是觉得等我这个人两三天太长,还是等我嘴里的话两三天太长?"

马北风老老实实地说："都太长。"又问一遍,"不能不走?"

梁亚静又笑了一下,说："本来有件事情想和你说说的,现在……"她停顿一下继续说,"等我回来再说吧,我还要想一想是不是应该告诉你。"

马北风想了一下,说："是关于金正明的?"

梁亚静没有作声,但是马北风从她的眼神中可以看出他猜对了。马北风还要说什么,梁亚静看到邱正红出来了,她对马北风说:"邱老板来了,要不要把你介绍给他?"

马北风想了想,说:"他知道你有我这样一个做警察的朋友?"

梁亚静点点头:"知道。"

马北风说:"他什么态度?"

梁亚静说:"很正常。"

马北风心里又涌出一股酸酸的滋味,你们所有的人都很正常,就是我不正常。

梁亚静见他不说话,又问了一遍:"要不要介绍你们认识?"

马北风又想了想,摇了摇头,说:"以后再说吧,你去吧,他在看你。"

梁亚静和他握了下手,朝邱正红的豪华汽车走过去,马北风站在这一边,看到邱正红和梁亚静说了什么话,然后一手很自然地扶着梁亚静,让她先上了车,自己再绕到另一边上车。

小车很快消失在马北风的视野之内。

马北风想,他们和我,毕竟不是一回事,我们离得太远太远,我怎么就放不下梁亚静呢,离得那么远的东西为什么还要死死地抓住不放呢?

我是为什么呢?

梁亚静又是为什么呢,她难道不知道我们离得很远很远吗?她又为什么?

没有答案。

爱情本来就是没有答案的吗?

马北风怀着一种很复杂的心情沿着和梁亚静邱正红他们相反的方向走去,梁亚静的离去,即使马北风有一种失落的感觉,但同时他又觉得梁亚静并没有离去,她一直在他的心里,在他的生活里,也在他的生命里。他们确实离得很远,而离得越远,却抓得越紧,这就是马北风的感觉。

马北风怎么能够想到,梁亚静活生生地从他眼前消失,仅仅过了一天,梁亚静又出现在他的眼前,但此时的梁亚静只剩下半条命了。

事情发生在离城一百多公里的公路上,有一辆小车抛了锚,停在路上,有人拦在路当中向邱正红的车子招手求助,本来邱正红不想管别人的事情,可是那求助的人居然站在路中间不肯让开,只好下车,想问了情况再说,当时的情况邱正红坐在车里没有动,梁亚静和邱正红的秘书小钱下车,梁亚静一下车就发觉气氛不对,对方连司机在内五条大汉,个个横眉竖眼,腰里屁股兜上鼓鼓囊囊的,梁亚静马上意识到是有人冲着邱正红随身携带的六十万巨款来的,梁亚静转身跑到车前对司机大喊"快开车",司机当然也是很精明的人,猛地发动,撞倒对方一人,开着车载着邱正红和六十万巨款跑了,来不及上车走的梁亚静和小钱两个活人,最后一共拣回梁亚静半条命。

电话是金正明打给马北风的,告诉他梁亚静出了事情,在医院里。马北风立即赶到医院,看到的是仍然昏迷不醒的梁亚静。医院不敢下什么保证,只能说尽力两个字。马北风从抢救病房出来,浑身发软,在走廊里碰到了金正明,金正明说:"看过了?"

马北风点点头。

金正明说:"还没有脱离危险?"

马北风说:"是谁叫你打电话给我的?"

肯定不是梁亚静,到目前为止梁亚静还没有这个可能,或者是金正明自己要打的电话,或者是别人让他打的电话。

金正明有些迷惑地看着马北风,说:"这对你很重要? 或者,对她很重要?"

马北风说不出话来。

金正明突然冷笑了一声,说:"想不到你是这样的人,她的生命还不知能不能保住,你在想什么? 你知道她在昏迷中喊着谁的名字?"

马北风一阵心酸,金正明说得不错,梁亚静的生命还在垂危之中,他却先想到邱正红,想到金正明,想他们是不是和梧桐大街18号的凶杀案有关,想他们打电话告诉他梁亚静的不幸是不是别有用意,想到底是谁杀死了韩奶奶,想……马北风在金正明的盯注下突然觉得,金正明并没有什么嫌疑,真正的嫌疑犯不是别人,正是他自己,要不然金正明怎么会用那样一种眼光看着自己?

他双手抱头,自言自语地说:"我在想什么,我是一个什么样的人?"

金正明并不明白马北风此时此刻心里想的是什么,他说:"告诉你也没什么,是邱老板让我给你打电话的,你也许可以从中找出些与梧桐大街 18 号凶杀案有关的罪证。"

马北风不能明白,他对金正明说:"他为什么要告诉我,没有必要,和他有什么关系⋯⋯"

金正明说:"这没有什么了不起,这很正常,因为他也是一个人,一个正常的人,如此而已。"

金正明说完就到病房去看梁亚静,留下马北风一个人站在走廊里,无休止地回味着金正明的话。

这天晚上,马北风到老丁家去,老丁告诉马北风,案子的进展很不顺利,姚常川和金正明都有作案时间,动机也不能排除,但是除此之外,没有一点证据。现在只有两条路,一条是马上抓嫌疑犯姚常川和金正明,还有一条路就是继续寻找,也包括继续等待,等待什么,能等到什么,很难说。马北风看得出,老丁也要失去信心和耐心了。

老丁问马北风的意见,马北风说:"我觉得,姚常川和金正明,都不——"

老丁有些生气,辛辛苦苦忙了多少天,最后确定了两名嫌疑犯,却被马北风一句话轻而易举地否定了,老丁实在冒火,说:"你觉得?你怎么能把自己的感觉当作破案的第一条件?你怎么变得这样?"

马北风理解老丁的心情,没有辩解,只是说:"其实你自己也和我想的一样,是不是?你也觉得他俩⋯⋯"

老丁火更大,打断马北风,以责问的口气说:"不是姚常川,不是金正明,你说是谁,你来破这个案子,你说是谁?"

马北风没有作声,他也不知道是谁。

老丁继续说:"没有别的人了,在现场留下痕迹的就这几个人,汪晨和韩山岳被排除了,只剩下姚和金……"

马北风想了想,说:"第一批被排除的人呢,是不是再复查一遍?"

老丁说:"你说得出,怀疑那几个更没有道理,你连姚常川和金正明都不怀疑,你会去怀疑小保姆?电梯工?小董?还是韩小荣?他们都没有作案时间,绝对没有,反复调查过了,没有作案时间。"

马北风说不出话来,再也没有人了,会不会罪犯什么也没有留下,不留任何痕迹的案件也不是从来没有过,但那毕竟很少很少,少得几乎没有人会相信它的存在。再说,如果真的什么痕迹也没有留下,那么案件又从何查起呢?

老丁沉默了好半天,最后说:"我想我们还是要把重心放在姚和金身上,当然,"他停顿了一下,看看马北风的脸色,继续说,"汪晨和韩山岳,也不是绝对排除。"

马北风点点头,老丁的思路是对头的,但是马北风却感觉到老丁也正在一条歧路上奔波着,他找不出理由,只是感觉罢了,所以不能说出来。

老丁说:"希望你能帮我,我的压力很重,头儿天天盯着。"

马北风想我的压力也不轻,天天盯着你的是头,是活生生的有形的人,而天天盯着我的却是我自己的灵魂,无形的,无时无处不在的,永远难以摆脱的,我的心理负担恐怕不比你轻呢。

从老丁那里回家,小月亮已经睡了,马北风到小荣屋里看看,小荣没有睡,正在听歌,每天都是如此。小荣喜欢听歌,晚上睡觉前不听歌他会睡不踏实。小荣看到马北风,摘下耳机,说:"小马叔叔,你回来了。"

马北风点点头，在小荣的房门口站了一会儿，想了一下，走进小荣的房间，在小荣的床边坐下，说："小荣，我还想再和你说说奶奶的事情。"

小荣点点头，关了录音机。

马北风说："案子到现在还没有什么进展，这你也知道，很困难。"

小荣说："我知道。"

马北风说："按一般的情况来看，凶手不会一点儿痕迹也不留，但是现在能找到的痕迹实在太少。"

小荣说："是。"

马北风说："所以还需要你帮忙，因为奶奶身边只有你一个人，奶奶平时的生活习惯行动，只有你最熟悉最清楚。"

小荣点头。

马北风拿出烟来，想抽烟，可是看看小荣，又放了回去，小荣说："小马叔叔，你抽烟。"

马北风说："算了，不抽。小荣我问你，奶奶平时到底有没有记事的本子，奶奶的事情很多，不可能什么也不记下，全记在脑子里呀。"

小荣说："奶奶真的不记笔记的，我从来没有看见过她记什么。"

马北风说："这很奇怪的，你知不知道奶奶为什么不肯记笔记？"

小荣说："我不知道。"

马北风说："再问一个问题，和奶奶接触的人当中，你对谁的印象比较深,我说的是外人。"

小荣想了想,说:"金正明。"

马北风心里一跳,追问道:"你怎么知道他叫金正明?"

小荣说:"我听奶奶说的。"

马北风说:"为什么你对他印象比较深?"

小荣又想了想,说:"我也说不清楚,其实我也不大认识他,只是听奶奶说他。"

马北风说:"奶奶还说过金正明一些什么话?"

小荣说:"奶奶说他的话很多,我一时也想不起来,我再想想,奶奶说金正明很能干,也很可怕……"

马北风性急地打断小荣的话:"什么,可怕?"

小荣有些害怕地看着马北风,说:"是的,奶奶是这样说的,很能干,但也很可怕……就是这样说的……"

马北风看着小荣等他的下文,等他挤牙膏,马北风想老丁说得真是不错,小荣永远都在挤牙膏,只是不知道他为什么,起先以为他是在对待父亲和汪晨的问题上犹豫不决的原因,既恨又爱,使他不能把话一次说清楚,现在汪晨和韩山岳基本摆脱了干系,小荣仍然在挤牙膏,又是为什么,难道他对于姚常川和金正明这两个人也怀着复杂的感情,既希望他们是杀人犯,又不希望他们是杀人犯?马北风被自己的胡思乱想弄得好笑起来,也许,小荣确实不能把事情记得很清楚,只有慢慢地回忆起来,所以挤牙膏也是正常的。

小荣说:"奶奶说过,弄得不好,我会死在他们手里的。"

马北风说:"他们? 他们是指谁? 是说金正明?"

小荣说:"大概是的,是金正明走后奶奶说的,不是说他是说谁呢,我问奶奶为什么,奶奶说他们要我拿出我拿不出的东西,后来奶奶又说就算我有我也不能给他们。"

马北风说："是八大山人？"

小荣看了一眼马北风，说："谁？谁是八大山人？"

马北风说："就是字画，你说过的字画。"

小荣说："大概是的。"

马北风说："小荣你为什么不早说？"

小荣说："我哪里会相信，我看金正明和奶奶很谈得拢的，我以为奶奶开玩笑，而且奶奶说这话的时候确实是在笑着。"

马北风说："奶奶死后你怎么不说，到今天你才说出来？"

小荣说："我说了你们又要怪我瞎说，第一次你叫我说她的事情，我说了，你怪我瞎说，爸爸又要打我。后来又问我姚常川的事情，我说了，又怪我说得不好。现在又来问我金正明，我又说了，你又怪我……"小荣说着又淌下眼泪来，哽咽着说，"反正奶奶死了，再也没有人疼我了，也没有人相信我了，你们都以为我瞎说，我再也不说了。"

马北风说："要是不相信你，怎么还会来问你。"

小荣不说话。

马北风说："小荣，我不是怪你不该说，只是想你为什么不一次说清楚？"

小荣说："有关奶奶的事情很多很多，我哪里知道哪些是你们要听的哪些是你们不要听的，哪些该说，哪些不该说呀。"

马北风说："是这样的，不应该怪你，你还是个孩子，碰上这样的事情，你也不可能不乱。"

小荣又哭。

马北风说："你再仔细想想，有关金正明这个人，有没有别的可疑的东西。"

小荣说:"我会认真想的,想到了就告诉你。"

马北风说:"好,我走了,你睡吧。"

马北风回到自己屋里,躺在床上久久不能入睡,他感觉到自己的内心很激动,但是他一时还不能明白这种激动从何而来,为何而生,是接近了真凶,是抓住了关键,还是因为别的什么原因,马北风一时还难以做出明确的判断和理智的分析,只是感觉到冲动,他在这种冲动中慢慢地睡去。

第二天一早,小荣在吃早饭的时候告诉马北风,他又想起有关金正明的一件事情,问要不要说。

马北风说:"当然要说。"

小荣说:"他骗了你。"

马北风说:"谁?"

小荣没有说是谁,只是说:"六点三十分到七点三十分之间,他不在街心公园,他说谎。"

马北风神经紧张起来,不知小荣又会说出关于金正明的什么事情来。

小荣说:"那天早晨——"

马北风打断他:"哪天早晨?18 号早晨?"

小荣点头,继续说:"我起来以后到阳台上活动身体,看见他的,他骑一辆赛车,由街心公园那头过来,朝文化宫那边去了……"

马北风说:"几点钟?"

小荣说:"大概七点差十几分。"

马北风盯着小荣,说:"你昨天晚上才想起这件事?"

小荣说:"是,你叫我再想想,我就想起来了。"

马北风狐疑地看着小荣,过了一会儿,他问:"你的记性这么好,18号的事情还能记这么清楚?"

小荣说:"你又要我说,说了你又不相信我,我如果瞎说,你把我抓起来好了,如果18号早晨七点以前,金正明没有骑着赛车从我们梧桐大街经过,你随便怎么我好了。"

马北风想,小荣没有瞎说,可是小荣的行为也确实让人捉摸不透。马北风说:"小荣,你怎么连细节也记得那么清楚,你记得他是骑的赛车?"

小荣说:"是的,他的赛车颜色和别人的不一样,宝蓝色的,看了让人印象很深。他第一次来看奶奶就是骑的这辆车,我在门前看到的,印象真的很深。"

马北风又问:"你怎么知道金正明说自己18号早晨六点半到七点半之间在街心公园的?"

小荣好像犹豫了一下,但是很快就说:"是你说的。"

马北风说:"我告诉你的?"

小荣摇摇头:"你没有告诉我,你也不会告诉我,在你眼里我算得了什么呀,我还是个小孩子呢,是不是,你是和别人说的,我听见的。"

马北风觉得再没有什么好问的,但是心里的疑团并没有解开,这时候墙上的挂钟响起来,马北风看了一下钟,对小荣说:"快吃吧,要上学了。"

小荣"嗯"了一声,赶快吃完了早饭,就到自己屋里去换鞋,拿书包。一直在一边听着爸爸和小荣哥哥对话的小月亮突然说:"爸爸,小荣哥哥是不是很聪明?"

马北风说:"你怎么这样想?"

小月亮说:"小荣哥哥告诉我,他能破案的,他有本事的。"

小月亮的话使马北风愣了半天,他认真地想了又想,突然想到一件事,是不是奶奶被杀后,小荣自己也想参与破案的工作? 老丁和马北风他们经过大量艰苦工作了解到的一些情况,掌握的一些线索,却都在小荣的掌握之中,他随随便便地,好像是很无意地想一想,就能想起可能与凶杀案有关的许多重要事情来,马北风不能明白,这真是小荣慢慢地一点一滴地回想起来的,还是小荣也和他和老丁一样,是在以后的日子里慢慢了解慢慢掌握了的呢? 如果是这样……马北风朝小月亮看看,说:"小月亮,你相信小荣哥哥的话,他能破案?"

小月亮说:"我相信,小荣哥哥还看破案的书呢。"

马北风想,这就是了,原来小荣这孩子和我们同步向前呀。

小荣拿了书包出来,对马北风说:"小马叔叔,我走了。"

马北风点点头,看小荣走到门口,突然叫住了他,说:"小荣,你也在调查奶奶的案子?"

小荣一愣,没有回答,只是朝小月亮看了看。

马北风走过去,抚摸着小荣的头,慢慢地说:"小荣,你不应该这样,这不是你的事情……"

小荣不语。

马北风说:"你不相信我?"

小荣仍然不语,眼睛里闪着晶亮的泪水。

小月亮走上前,拉住小荣的手说:"小荣哥哥,你不要伤心,你自己说的,你知道谁是凶手,你能抓住他的。"

小荣苦笑了一下。

马北风说:"小荣,你不要再胡思乱想,好好念书,奶奶在九泉之下有知才能安心。"

小荣突然激动地说:"什么九泉之下,没有九泉之下,奶奶死了就什么也不知道了,不可能知道!"

马北风注意到小荣突然的激动,想自己说的九泉之下有知这句话,何以能引起小荣的激动,一时想不明白,也觉得自己想得太多太滥,头脑发涨,于是摆了摆手,说:"小荣,你上学去吧。"

小荣却站着不动。

马北风奇怪地看着他,说:"你还有什么话要说?"

小荣说:"没有什么说的。"他朝墙上的钟看了一眼说,"迟了十分钟,我赶不上那趟车,今天肯定要迟到了。"

马北风"呀"了一声,说:"都怪我,一大早和你说这些,走吧,我用车子带你一段。"

小月亮说:"我坐前边,小荣哥哥坐后面。"

他们一起出了门,马北风把小月亮抱上前杠坐好,前杠勒得小月亮屁股疼,小月亮看着一辆接一辆开过去的出租车,说:"唉,坐坐出租车才舒服呀。"

马北风笑了一下。

小月亮说:"爸爸你笑什么,你以为我不能坐出租车呀,告诉你小荣哥哥也坐过出租车呢。"

小月亮说这话时,马北风脸正对着小荣,他想对小荣说你坐稳了,可是发现小月亮的话一出口,小荣的脸一下子变了色,苍白得让人感到可怕,马北风其实并没有在意小月亮说的什么,只是在看到了小荣突然变色的脸以后,才想到小月亮的话,小月亮说小荣也坐过出租车,这话怎么呢,并没有什么问题,坐出租车又怎么样呢,小荣的脸色突变,是不是因为小月亮的这句话呢?

马北风正想着,就听小荣说:"小月亮瞎说,我什么时候坐过出租车呀。"

马北风再看小月亮的脸,有些发红,好像很窘,张了张嘴,没有说话。

再回头看小荣,脸色已经慢慢地恢复正常。

马北风开始骑车,心里却在想,小荣这孩子,真是越来越叫人不理解不明白。

第 16 章

在梁亚静的病房里，马北风终于和邱正红打了个照面。

马北风跨进去的时候，邱正红正要出来，于是他们见到了，邱正红朝他一笑，马北风也回报了一笑，一切都很自然。马北风把眼睛投向病床上的梁亚静，梁亚静已经清醒，但是还不能说话，马北风看到她的眼神在朝他微笑，那里面包含着许许多多的内容，其中是不是含有一份希望他和邱正红认识的因素？

邱正红走出去。

马北风走近梁亚静的病床，说："你好多了。"梁亚静微微地笑了一下。

马北风想去拉她的手，但是她的手却被厚厚的纱布缠着，只有一团白色，马北风缩回了自己的手。

马北风看着输液管慢慢地均衡地滴着药液，过了半天才说了一句话："亚静，你为了他，值得吗？"

梁亚静的眼神告诉他，她认为值得。

马北风轻轻地叹息一声，说："你认为值得就好。"

护士走过去，说："对不起，医生吩咐，只能一会儿，时间不能长。"

马北风对梁亚静说:"我明天再来看你。"

马北风走出来,发现邱正红正坐在医院走廊的长椅上,他是在等马北风。

马北风走过去,说:"你好。"

邱正红说:"能在这里坐坐吗,这时候人不多。"

马北风坐下来,掏出烟请邱正红抽。邱正红说:"医院不许抽烟。"一手指着墙上的告示。

马北风把烟收起来。

邱正红说:"想不到,我们会在这样的场合见面。"

马北风说:"是。"

邱正红说:"那天出发的时候,你来找她的,我看到了。上车后,她跟我说,希望我们见见面,认识认识。"

马北风看着邱正红,注意听他的话。

邱正红继续说:"当时我就跟她说定了,事情办完回来,就找个时间,到大富豪请你……让她一回来就约你的……可是,想不到——"

马北风低着头没有作声,邱正红的感伤同样也是他的感受。

邱正红说:"她是为了我才——"

马北风说:"你也不必过于自责,这是她的工作,她的责任。"

邱正红说:"可是毕竟发生在我这里。"

马北风说:"如果不是你,换一个人,她会这样做吗?"

邱正红不假思索地说:"会。"

马北风偷偷地松了一口气,突然觉得自己很有点小人之心,甚至有些……卑鄙,有些……

邱正红也许明白马北风的心思，他慢慢地说："如果不是梁亚静，我是不会知道你的。"

慢慢地显出大老板的派头和傲气，但是马北风却并不觉得这派头和傲气难以接受。

马北风替他把话说完："不会知道我，也不会理睬我，更不会和我一起坐在这充满药味的医院走廊里，你的位置是在星级宾馆、高档歌舞厅、高级写字楼……"

邱正红说："正是。"

马北风说："是梁亚静的面子，你才能同我说几句话。"

邱正红毫不隐瞒："是的，我很忙，事情太多，没有时间和别人多说什么。"

马北风笑了一下，说："梁亚静的面子真大。"

邱正红说："她为我差点送了命。"

马北风不让丝毫，说："就因为这个？再没有别的原因了？如果没有这一次的事故，你就不打算和我说话了？"

邱正红愣了一下，他刚才还说，在出发的路上就已经约定了的，邱正红笑着说："到底是吃这碗饭的。"

马北风又一次摸出烟来，可是看到墙上的告示，又把烟收起来。

邱正红看着马北风的眼睛，说："有问题你就问吧，这是你想结识我的主要目的。"

马北风说："你很清楚。"

邱正红说："是。"

马北风直截了当地问："是谁告诉你陈逸芳手里有两幅八大山人的画？"

邱正红说:"汪伯民的一个学生。"

马北风说:"什么时候告诉你的?"

邱正红说:"时间不长。"

马北风说:"你不知道汪伯民早就疯了?"

邱正红说:"我知道,但是我相信有画,无风不起浪,后来金正明也证实了我的想法。"

马北风说:"金正明看到画了?"

邱正红说:"没有,但是从他三次拜访陈逸芳老太太,陈老太太的态度的转变可以推断出来。"

马北风说:"你不会以为金正明对你说的是假话?"

邱正红说:"不会。"

马北风说:"对你的手下很信任。"

邱正红说:"是。"

马北风说:"但是终究没有人看到过八大山人的画,也许根本就没有画,也许一切都是假的?"

邱正红听了马北风的话,有一会儿没有说话。

马北风说:"我看过汪伯民精神失常前写的日记。"

邱正红说:"我知道日记写的什么。"

马北风看着邱正红,心想,当然,凭你邱正红,要看谁的日记看不到。

邱正红想了一会儿,说:"你的话也不是没有道理,为什么折腾了这么多年的两幅画到现在还不现庐山真面目? 也可能正如你说的,根本就没有什么八大山人,根本就没有什么白眼向人的鱼和鸟……"

马北风说:"我就是这样想的,历史和我们开了一个大玩笑。"

邱正红说:"但是我宁可信其有,而不信其无。"

马北风说:"当然,这是你的道……再问第二个问题,你得到了八大山人的画,想做什么?"

邱正红说:"收藏。"

马北风笑了一下,说:"如果你问我,我也会这样回答。"

邱正红说:"如果你这样回答,我也不会相信。"

他们一起笑起来,觉得双方的思路竟靠得那么近。

邱正红笑了一会儿,站起来,说:"走吧。"

马北风说:"是该走了,再不抽烟,要憋死了。"

两人一起走出来,马北风迫不及待地点了烟,站着就抽起来,邱正红说:"走呀。"

马北风说:"到哪里去?"

邱正红说:"你不是不相信吗,到我家去看我的收藏、我的字画。"

马北风一边说:"你有收藏,我不看也能想得到,但是你的收藏并不能证明什么。"

邱正红说:"那你不去看?"

马北风说:"怎么不去,干我们这一行,对什么都应该感兴趣才对。"

邱正红说:"这就对了,把你的自行车放到我车子后面,一起坐车走吧。"

马北风说:"好。"

邱正红的家应该说完全符合一个当代大款的宅门标准,阔绰,豪华,客厅有三十多平方米的面积,全套的红木家具,马北风走进去,眼睛几乎睁不开来,听得邱正红在一边说:"怎么样,走进来就觉得很烦、很讨厌,是不是?"

马北风说:"恰恰相反,很羡慕,很喜欢。"

用人过来问喝什么饮料,邱正红看看马北风,马北风说:"没有习惯。"

邱正红说:"泡茶。"

茶端来,用人退下去,马北风说:"这种气氛,只在电影电视里感受过。"

邱正红说:"电影电视不是反映生活的嘛。"

马北风说:"那是,不过在电影电视里让人感觉到假,在这里也一样让人感觉到假,真奇怪,明明是真的东西,为什么有一种假的感受?"

邱正红说:"人的感受不一样,对我来说,一切都很真……就像我收藏的许多字画,张张都是真的。"一边说一边去开了一扇橱门,拿出一些字画来让马北风看。

在马北风从事的专业中,有一条就是鉴别文物字画的真伪,虽然马北风多年在刑警队的凶案组工作,但近年来凶杀案与文物字画的联系越来越多,这也逼得马北风不得不把鉴别真伪这一手练起来,成为他们的看家本领之一,所以当邱正红取出他的收藏给马北风看时,马北风要辨出真伪是不难的。

马北风确实很快就断定邱正红收藏的这些字画是真货,有明朝和清朝的一些真迹,也有近代和现当代一些名画家的画和字,像齐白石、徐悲鸿等人的画也都一一齐全。马北风一边看,一边说:"很了不起的收藏,可惜缺了八大山人。"

邱正红不在意地一笑,说:"哪能呢,哪能收齐全了呢。"

马北风说:"你没有这个信心?"

邱正红摇摇头,说:"没有,不可能有。"

马北风说:"以你干事业的精神和能力,你的收藏会越来越丰厚。当然,有一个前提,你的这些字画,不能让它们再流失⋯⋯"

邱正红说:"你干事业的精神和能力也不见得比我差呀,你这种三句不离本行的工作作风,我很欣赏,但是我不会像你这样专注,我会放松自己。"

马北风说:"那是,我们毕竟不一样。"

从邱正红家出来,马北风没有急于骑上自行车,他推着车慢慢地在街上走,邱正红为什么要让他看他的收藏,邱正红不至于以为马北风看了他的收藏就相信他不会做文物字画走私的事情,这一点马北风和邱正红心里都明白,只是心照不宣罢了。但是邱正红还是让他看了他的收藏,而马北风也确实看过了,看过了又怎么样,还是不能说明任何问题。或者说,还是不能说明那一个关键的问题,韩奶奶是谁杀的。

马北风走着走着,发现这地方离小荣的学校不远了,平时很少走到这里来,因为路远,小荣的学校马北风也很少去,既然现在已经走近来,马北风想应该顺便看看小荣,学校常常开家长会,小荣希望他去,可是他没有时间,同时也觉得他去参加小荣的家长会不合适。但是小荣不愿意叫韩山岳去,于是有好几次家长会,谁也没有去,小荣倒也没有说什么。后来有一次马北风告诉了韩山岳,韩山岳抽空去了,小荣回来却有些不乐意,马北风不知道小荣和父亲的别扭要闹到什么时候为止。

马北风推着自行车到了小荣学校门口,打听了一下高一年级的教师办公室,就径直到办公室去。

小荣的班主任是认识马北风的,也知道韩家的情况以及马北风和小荣的关系,也许是从小荣的角度出发,班主任好像对马北风比对韩山岳更信任一些,此刻她看到马北风走进来,眼睛一亮,说:"你怎么有空来,我正想抽个时间去找你。"

马北风说:"我办事路过这里,顺便进来看看,了解一下小荣的情况。"

班主任的神色严峻起来,说:"这段日子,你怎么不关心关心他,我听小荣说,你每天忙到很晚回去,根本不管他的作业,也不管他的心思……"

马北风低了头,说:"是,我确实是太忙。"

班主任说:"小荣既然住在你家里,他暂时不想和父亲住,说明他对你是很有感情的,也很信任,但是你对他的了解到底有多少,你又花了多少精力去帮助他,尤其是在奶奶出事以后……"

马北风说:"怪我。"

班主任说:"怪你? 但愿不算太迟才好。"

马北风一惊,说:"小荣怎么,是不是出什么事了?"

班主任说:"有些迷糊的样子,天天看侦探书,上课也看,下课也看,据一些同学反应,回家也看,开始有些男同学说韩小荣走火入魔,我还以为他们看武侠书看多了,自己走火入魔了呢,后来才发现,同学说得也有道理,这一阵各门功课的测验,韩小荣已经有好几次不及格了……"

马北风说:"他没有跟我说。"

班主任说:"他还是个孩子,你应该主动关心、了解他的情况……"

马北风说:"是,我……"

班主任从抽屉里拿出厚厚的一摞书来,放到马北风面前,马北风一看，果然都是些侦探方面的书，有小说，也有一些专业性很强的书，比如《刑事侦查学》之类的书，马北风说："他怎么会？"

班主任说："在韩小荣处于一种很不正常的情况下，如果你实在没有时间……我想是不是要和他的父亲谈谈。"

马北风说："你觉得韩小荣不正常？"

班主任奇怪地看着马北风，反问道："你觉得他是正常？"

马北风摇了摇头，他说不出来。

班主任继续用奇怪的眼光看着马北风，直看得马北风感觉到他自己也快要不正常了，马北风站起来说："好的，我有空找韩山岳说说。"

班主任说："不能等你有空，马上就要谈谈，要不，我可以自己去。"

马北风说："不用麻烦老师，我抓紧就是，今天下晚我就去找韩山岳。"

班主任说："那就拜托你了，孩子正是长身体长思想的时候，一定要把握好他，不能让他出什么问题，否则，会害他一辈子。"

马北风说："是的。"

下课铃响起，班主任说："你要不要去看看韩小荣？"

马北风想了想，突然有一种怕见小荣的感觉，不知道由何而生，他摇了摇头，说："算了，我走了。"

马北风出了校门，在跨上自行车之前，心神不宁地回头朝学校看看，他看到一大群学生在操场上玩闹，离得远，他看不清楚他们的脸，但是却有一种奇怪的感觉，他觉得小荣也在那一群人中间，而且，他正朝马北风站立的地方看着，马北风感觉到小荣的那一双与别人不同的眼睛正盯着他，马北风背心上，不由升起一股寒意，莫名其妙,他想,骑上自行车远去了。

马北风回到局里,小孙说:"你倒回来了,老半天的人影子也不见,老杨追着要蓝色酒家的报告,我写了,你看看行不行。"说着把几张纸递给马北风,马北风接了往桌上一放,说:"再说吧,我心里烦。"

小孙看着他,说:"你烦,别人也烦。"

马北风说:"蓝色酒家的事情拜托了,你帮帮忙,不要再来烦我了。"

小孙不说话了,把报告又拿回去,自己看了看,突然回头说:"对了,林丽萍老师来找过你。"

马北风问:"有没有说什么事情?"

小孙说:"没有,看你不在,就走了。"

马北风给林老师打了个电话,林老师在电话里告诉他,她听小月亮说了说小荣的事情,不放心,想来看看。

马北风一听这话,心就揪起来,在电话里问林老师小月亮说了小荣什么,林老师说电话说不清,见了面再说。

马北风放下电话,也不和小孙说什么,起身又走出来,他直接到幼儿园等林老师下班。

林老师告诉马北风,小月亮说小荣哥哥天天躲在自己屋里哭,一边哭一边说些小月亮听不懂的话,小月亮很害怕。

马北风说:"小月亮告诉你的? 她为什么不跟我说?"

林老师说:"小月亮到小荣屋里去劝他不要哭,小荣叫小月亮不要告诉你,如果告诉你,他就走,再也不在你家里住了,所以小月亮不敢跟你说。"

马北风说:"小月亮有没有说小荣说些什么话?"

林老师摇摇头,说:"小荣可能有心思,奶奶的死对他的打击很大,他和爸爸,和汪晨又别扭,住在你这里,你又忙,不能照顾好他,怎么办?"

马北风叹口气。

林老师说:"我想,让小荣搬到我那里住几天,我可以劝劝他,做点工作,你们男人,比较粗心,对孩子心里想的不一定能明白,如果他不说,你们就会以为什么事也没有……"

马北风说:"这倒是个办法,可是,又要给你添麻烦,每次总是……"

林老师说:"你说什么呀。"

马北风说:"我真是,我真是,不知说什么好。"

林老师说:"还有,小荣是个很敏感的孩子,要让他放心地住到我那里,得想个圆一点儿的说法。"

马北风说:"就说我要出差,小月亮跟她妈妈住几天,小荣到你那边去。"

林老师想了想,觉得可行。

他们一起到了马北风家,小荣和小月亮都已经放学回来了,把事情跟他们一说,小月亮当然不会有什么想法,更不会有什么怀疑,但是小荣的一双眼睛却充满了怀疑和警惕,虽然他什么也没有说。

林老师和他们一起吃了晚饭,小荣说:"林老师,既然要走,今天就走吧。"

林老师和马北风都觉得有些突然,他们并没有告诉孩子马北风什么时候出差,小荣显然已经有些心理负担了。

林老师顺水推舟,说:"好吧,我们就走。"

小荣整理了一下自己的生活用品和学习用品,跟着林老师出门,走到门口,回头对小月亮说:"小月亮,再见。"没有和马北风道别,眼睛也不看着他。

林老师带着小荣走后,马北风问小月亮:"小荣哥哥哭的时候,你看见了?"

小月亮说:"是的,他叫我不要告诉你。"

马北风说:"为什么?"

小月亮说:"他说你知道了要为他操心的,怕你心里烦,所以不告诉你。"

马北风愣了一下,又问:"小月亮,你猜猜小荣哥哥为什么哭?"

小月亮不假思索地说:"他想奶奶。"

马北风说:"你怎么知道?"

小月亮说:"小荣哥哥哭的时候还抱着奶奶的照片。"

马北风心里一酸,他慢慢地走到小荣屋门口,看着整整齐齐的屋子,心里却有一种空荡荡的感觉,人去屋空,马北风这时候正体味着这句话的意思。

响起了敲门声,小月亮去开了门,叫了一声"妈妈"。

是韩山岳和汪晨来了,马北风正觉得奇怪,他本来晚上是要去找他们谈小荣的事情的,他们却先找上门来了。

韩山岳说:"小荣的班主任刚刚从我们家走。"

马北风想,班主任真是认真负责,怕他误事,还是自己去了一趟。马北风说:"她都说了,小荣这些天——"

韩山岳点点头,朝小荣屋里看,说:"人呢?"

小月亮说:"爸爸明天要出差,小荣哥哥住到林老师家去了,刚刚走。"

韩山岳看着马北风,说:"你怎么这样,不管怎么说,我是他爸爸,小荣住你这里是他的意愿,你这里没有他住的地方,应该告诉我,他早就应该住回家去了,你怎么让他住到别人家去?"

马北风没有说话,小月亮却说:"不是别人家,是林老师家。"

汪晨对韩山岳说:"你希望他回家,可是,他的心里是不是把你的家当成家呢?"

韩山岳说:"不管怎么说,不管怎么说……"

马北风说:"其实我也不是要出差,是林老师主动提出来的,小荣这一阵确实不怎么好,班主任大概也都跟你们说了,想给他换个环境试试,我实在是不明白他心里想的什么,林老师比较细心,人也和善,小荣跟她一起住几天,也许心情会好转,会正常起来。"

韩山岳想了想,说:"你的意思,是不是小荣对你也失去了信任?"

马北风不愿意承认这一点,但是事实他却是不能否认的,小荣对他,确实和以前不同,好像有一种敌对的情绪在慢慢地增长,蔓延开来,马北风为此很苦恼,却又有些束手无策。

韩山岳说:"当务之急是要弄明白孩子心里想的什么,他看那么多的侦探书做什么,他也想破案?"

马北风说:"很可能,小荣对奶奶的感情,会使他失去理智,他以为自己能抓到凶手。"

汪晨在一边轻轻地叹息一声。

韩山岳说:"汪晨,你说呢?"

汪晨摇摇头,说:"我说不出来,我只是一直有一种感觉,小荣这孩子,和别的孩子不一样。"

韩山岳说:"也许是你对他有偏见。"

汪晨承认:"也许是吧,但是一想到他的眼睛,我就受不了。"

韩山岳突然长叹一声,双手抱着头,含糊不清地说:"孩子的心理,也许有些变态,都怪我,都怪我……"

汪晨眼泪汪汪,说:"怪我。"

小月亮害怕地看着大人,她问马北风:"爸爸,他们说什么?"

马北风说:"说大人的事情,你到自己屋里去玩吧。"小月亮进去后,马北风说:"过去的事情翻出来做什么,再走回去也是不可能的了。"

汪晨说:"假如没有我,小荣也不会变成这样。"

马北风说:"从来就没有那么多的假如。"

汪晨说:"我想弥补,可是他不给我机会,不给我一点点机会……"

韩山岳也说:"我们原以为,时间长一些,孩子的心情好一些,事情会有好转的,想不到,这孩子这么倔,死不回头。"

小月亮从自己小屋里伸出头来,说:"什么死?"

马北风把小月亮推进去,反带上门,对韩山岳和汪晨说:"不说了。"

韩山岳说:"小马,你说,要是现在我们到林老师那儿,提出让小荣跟我们回去住,小荣会不会同意?"

马北风说:"我说不准,不过——"

汪晨说:"我看是不可能的。"

韩山岳说:"不管怎么样,我想去试一试。"

马北风说:"我陪你一起去试试。"

于是让汪晨留下来照顾小月亮,韩山岳和马北风一起往林老师家去,到了门口,马北风内心深处那种莫名其妙地害怕见小荣的感觉突然又涌了上来,他猛地停下来,对韩山岳说:"你进去吧,我在门口等。"

韩山岳想了想,不明白马北风为什么这样,但也不及细问,就敲了门,林老师来开门,马北风掩在一边,听林老师进去叫小荣的声音,又听到小荣很干脆也很有感情地叫了一声"爸爸",马北风想,小荣突然转变了,他要接受韩山岳了,但这是以马北风失去信任为前提的,马北风实在不明白,他的形象怎么会在小荣心中一落千丈,马北风正想着,就听到里边小荣提高了嗓门说话:"不,我不原谅他,他为什么不抓杀害奶奶的凶手,我已经告诉他谁是凶手了,他不去抓凶手,却去调查什么蓝色酒家,跟奶奶没有关系的……"

韩山岳的声音:"小荣,你误会小马叔叔了,他有他的工作,他的工作有很大的特殊性,不是我们一般的人就能理解的,你看了几本书,就觉得自己能破案子,就知道谁是凶手了?"

小荣说:"不是看书看来的,是我亲眼看到的事情,说给他听,他却不相信我,还怀疑我……"

韩山岳说:"不可能的,小马叔叔会怀疑世界上所有的人,也不会怀疑到你的。"

小荣的声音低下去,马北风站在门外再也听不清,但是此时他心里却翻腾得厉害,小荣竟然说他怀疑他,马北风扪心自问,我会怀疑小荣吗?怎么可能,正如韩山岳说的,怀疑世界上所有的人,也不会怀疑到小荣头上,但是小荣怎么会有这种错觉?马北风再一次审视自己,你怀疑小荣了吗?你真的从来没有对小荣有过一丝一毫的怀疑吗?你怎么会去怀疑一个孩子,一个奶奶对他的爱到了无以复加的,而他对奶奶的爱也同样无以复加的孩子? 你难道真的无路可走,把目标对准一个十七岁的孩子,你破案破得走火入魔了? 你真的误入歧途了?

马北风被自己的思想惊得出了一身冷汗。

这时候,林老师的门开了,小荣跟着韩山岳走出来,背着他从马北风家里带走的生活用品和学习用品。

第 17 章

姚常川没有作案时间。

18 号早晨七点半至八点之间,姚一个人在家里睡觉,没有证人,这件事情老丁他们花了很大的精力一直没有能够落实下来,后来却在一次偶然的事件中得到了证实。

抓到了一个小偷,供出在 18 号早晨曾经潜入姚家行窃,此人从前曾经和姚常川在一个学校工作,是打杂工,后来辞了职,以行窃为生,他掌握了姚常川以及姚家许多情况,18 号早晨是预谋行窃。小偷先是躲在离姚家不远的地方,等姚常川老婆上班后,用自己事先配好的钥匙开了门进去,看到姚常川睡得很沉,翻箱倒柜,正要下手时,突然姚常川翻了个身,说了句什么话,把小偷吓了一跳,以为发现了他,来不及拿什么,就溜走了。

真是踏破铁鞋无觅处,得来全不费功夫,这桩没有成事实的盗窃案,本来小偷要是不说,谁也不会知道,可是他偏偏说了出来,还赌咒发誓那一次失了风,什么也没有拿到,以后回想起来,真是后悔等等。

办案人员对这些情况并不感兴趣,他们要的是行窃的事实,没有成为事实的事情,一般没有那么多的时间和精力去调查、去核实,所以也可能只是听他说说,记下来,最后也就是放在一边算了,但是两个预审员中偏偏有一个和马北风私交很不错,对梧桐大街18号的凶杀案也一直牵肠挂肚,所以一听到小偷说出18号马上认真起来,要他复述了一遍,小偷不知什么地方说漏了嘴,小心翼翼地又说了一遍,预审员当天就把这情况向老丁通了气,老丁再找小偷谈了一次,复述无误。

等马北风得知这消息,已经是一天以后,他立即赶到拘留所,又问了几个问题。

1. 你能肯定那是18号?

答:能肯定。

2. 时间已经过了好多天,这一段日子里,还有18号以前,你行窃无数,怎么对18号那一次记得这么清楚?

答:因为18号是一个好日子,18,要发,是不是,一早上就到处放炮仗,我是讨个吉利。姚常川不是一般的人,他是块肥肉,18号上他的门,必有好处,可是想不到——

3. 你能肯定床上睡的是姚常川,不是别人?

答:嘻嘻,你这是什么意思,不是姚常川会是谁,总不会是姚常川老婆的姘头呀,我听说姚常川老婆是很规矩的。

你严肃点,我问你有没有看清楚?

答:看清楚了,那家伙,从前一个穷教书匠,几年时间,摇身一变成大款了,我能不认得他?那时候,我在学校打杂,他教书,说真的,他的条件还不如我……

废话少说,我问你到底有没有看清楚床上睡的是姚常川,还是只看到一个身影?

答：看清楚了，是他，烧成灰我也知道是他，七八年不见，那脸还是那倒霉相，八字眉还是倒挂着，只是脸上那颗红痣，好像以前没有的，不知什么时候长出来，说不定就是这颗痣帮了他的呢。

你倒看得清楚，你是一进门就看到了他的脸？

答：哪里，一进门，那家伙正蒙头睡呢，谁去看他的脸，后来听他翻身，我吓了一跳，回头才看清了，吓得逃出来，倒霉的。

马北风想了想，最后问："你说，从前他脸上没有那颗红痣，这一次看到他长了颗红痣，在哪个部位？"

小偷指指自己的脸颊。

没有错，一点差错也没有。

马北风走出拘留所的时候，心里不知道是轻松还是更沉重。

又排除了一个。

只剩下金正明了，或者说只剩下邱正红这条线了，在马北风的内心深处，他也不相信邱正红会为了不知道到底存在不存在的八大山人的两幅画去杀人，邱正红没必要这样做，他的事业，他的财产，早已经超过八大山人两幅画不知多少倍，他不会为了"白眼向人"的一鱼一鸟断送自己，断送自己的事业，这事业来得实在是很不容易的，邱正红的头脑很清醒，他不会做这样的事情。如果也把邱正红排除，最后就剩下唯一的可能，一切都是金正明自己的行动，金正明在这件事情上没有按照邱正红的吩咐行事，他见了八大山人的真迹，起了杀心……但是邱正红却有百分之百的把握说金正明，当然也包括他的其他部下对他是绝对的忠诚。是邱正红并没有能真正了解他的部下，还是邱正红有意这样说，或者，邱正红说的是事实，如果是事实，那么，金正明的嫌疑也该排除了。

所有的人都该排除，难道韩奶奶不是被人杀的？是自杀？

这太荒唐。

那么,总是有一个人,他,或者是她,用一把尖刀杀了韩奶奶,这一点绝对不可置疑。

到现在为止,杀人的动机,可能性更大的,仍然是八大山人的画,虽然到现在为止,谁也没有见过八大山人的画,谁也不知道八大山人是否真的存在过。

马北风怀着最后的一线希望来到姚常川的家。

马北风的到来,使姚常川觉得很奇怪,事情已经了结,最先知道的当然是姚常川自己,说起来,他真是要感谢那个小偷,要不是他给他作证,姚常川真是跳进黄河也洗不清,所以,当姚常川得到了确切的消息后,还专门跑到拘留所去看了那个小偷。

既然事情已经了结,马北风又来了,这不能不使姚常川心惊,他虽然摆脱了杀人的干系,但是他不能摆脱除了杀人之外的别的许多事情,擦边球,也有打中了横线的球,如果那许多事情经由梧桐大街18号凶杀案牵连出来,那姚常川真是倒了大霉,丢不了一条命,至少也弄个倾家荡产。

马北风一进门,就注意地看了看姚常川的脸,脸颊上果然有一颗很醒目的红痣。

姚常川注意到马北风在看他的脸,心里无底,有些发虚,下意识地摸摸自己的脸。

马北风一笑,说:"脸上有什么?"

姚常川也尴尬地一笑,说:"有一颗红痣新长出来的,大家都说不好,叫我割掉。"

马北风说:"你觉得好不好?"

姚常川说:"好,没有这颗痣,我要过这一关更难了。"

马北风想,这些人,什么事情都能知道,邱正红如此,姚常川也如此,他突然地生出些悲哀来,有了钱,什么都能有吗?

姚常川给马北风泡了茶,端过来,说:"还是梧桐大街 18 号的事情吧,陈逸芳接触的人很多,有知名作家,有艺术家、商人、经纪人,你们怎么把眼光老是盯在我们这几个人身上呢?你不觉得你们走岔道了,走入歧途了?"

马北风说:"谢谢你的提醒,走歧途有时候也是一种需要,走过这一段歧途,最终能踏上正道的,你说不是吗?"

姚常川说:"那是,事情终会有个结果的,只是你们这样要走到哪年哪月,梧桐大街 18 号案子外面反应很强烈的……"

马北风说:"你也很着急?"

姚常川笑了一下,说:"以前我是很急,现在我不急了。"

马北风说:"那是,你没有事了。不过还是不能放过你,希望你能配合。"

姚常川说:"那当然,要我提供什么,我知道的一定说,我不会和你们别扭的,我知道事情的分量。"

马北风说:"这就好。我来,还是为八大山人的画,你能不能再仔细说说。"

姚常川看马北风拿出一个采访机,说:"要录音?"

马北风看着他,问:"你怕录音?"

姚常川说:"怕也不怕,不过,一般的人,看到这东西,说话就会更谨慎些,有些本来应该说的话,也许就不说了。"

马北风把采访机收起来,笑着说:"这下你可以把该说的话都说出来了吧。"

姚常川说:"那也不一定。"

姚常川说的还是那些老话，他和陈逸芳合作几年，很愉快，很顺利，最近出了些事情，本来是要打官司的，后来化解了，皆大欢喜。关于八大山人的画，他也是听人说的，问过陈逸芳，陈逸芳含糊其词。

马北风追问一句："怎么含糊其词？到底是承认有画，还是没有承认？"

姚常川苦笑一下，摇了摇头，说："既不承认有，也不否认没有，老太太很奇怪。"

马北风说："你是说她行为很奇怪？"

姚常川说："平时的行为很正常，要不然我和她的合作怎么很顺利，只是在八大山人画的事情上老太太让人捉摸不透，我反复问她，是不是有八大山人的画……"

马北风说："她怎么说？"

姚常川说："她反问我你说呢？我说有，她笑笑，说，那就算是有的吧。我说没有，她也笑，说，那就算没有吧。这算什么，我和她一起出过许多书，也办过些别的事情，老太太从来都是干脆利索的，从不拖泥带水……"

马北风说："那依你看，老太太手里到底有没有画？"

姚常川又是一阵苦笑，说："我哪能知道，这要靠你们查了。"

马北风半天没有说话，闷头抽烟，屋里一会儿就烟雾腾腾的了，姚常川却开了窗，说："干你们这一行，很苦，有什么意思，还不如出来做别的，像你这样精明的人，做什么发不起来？"

马北风咧嘴一笑，说："那是，拉我出来的人还不少呢，你是不是也算一个？"

姚常川连连摇头摆手，说："我不算一个，我没有想要拉你出来,拉你出来,谈何容易。"

马北风说:"为什么?"

姚常川说:"每个人都有自己的位置,多半是命定,你再苦再累,再——"他停顿了一下,好像在考虑要不要往下说,想了一下,还是说了,"再苦再累再穷,你也不会放弃你自己。"

马北风说:"你在七八年前,做一个清贫的老师时,就这样想吗?"

姚常川说:"那时候我还没有现在这样想得明白。"

马北风说:"所以你走了另外一条路。"

姚常川说:"也是命定吧,那么多的像我一样穷酸,一样走不出头的小作者,为什么偏偏找到我?"

马北风说:"既然你相信命,你做的一切,也该适可而止,是不是?你垂涎八大山人是不是超出了你的范畴?"

姚常川想了想,点点头,说:"也许吧,但是你知道人总是贪心不足的,一贪心,就会对自己失去清醒的认识,就会盲目,就会做出傻事。"

马北风说:"你很清醒,但是你有没有想到过,根本就没有八大山人?"

姚常川一愣。

马北风说:"八大山人的画,你见过?我见过?邱正红那帮人见过?连陈逸芳的亲人他们也从来没有见过。"

姚常川说:"没有见过不一定就证明没有,不存在。"

马北风说:"同样更不能证明它们的存在。"

姚常川突然地笑了起来,那是一种恍然大悟地笑,他说:"你说得有道理,我们苦苦追索的东西,甚至可能为了这东西连陈逸芳的命也送掉了，原来这东西子虚乌有，根本不存在。哈哈哈，真有意思。"

马北风说："你这笑声，使我想起一个人。"

姚常川说："谁？"

马北风说："为了八大山人发了疯的汪伯民，他在精神失常之前，写下的东西和你刚才说的话简直如出一辙。"

姚常川收敛了笑意，脸色有些紧张，说："你以为我也会为了八大山人发疯？"

马北风说："这要问你自己，要问所有对八大山人入痴入迷的人。"

姚常川没有再说话，他认真地想着什么问题。

马北风说："我已经把话都跟你说了，八大山人的事情，你其实也可以死死心了，即使有八大山人的画，即使陈逸芳还在世上，就能轮得到你吗？所以我想，有关八大山人画的内幕，或者有别的什么情况，你还是说出来的好。"

姚常川说："实在没有什么了……我再想也想不出什么了……"

马北风说："除了你和陈逸芳谈过画的事情，别人的情况，别的人对八大山人画的想法，你一点儿也没有印象，陈逸芳从来没有跟你说过？"

姚常川说："说当然是说过的，不过，我也没有很往心里去，因为老太太说的时候，完全是一种嘲弄的口气，她说这是痴妄。"

马北风说："她说谁是痴妄？"

姚常川有些窘态，说："里面当然也有我，还有邱正红手下的人，也还有她的儿子儿媳吧……凡是认为她藏着八大山人画的，大概在老太太看来都是痴妄。"

马北风说："还有谁?"

姚常川想了半天,说："实在想不起来了,再不就是老太太的孙子韩小荣了。"

马北风心里一抖,说："怎么可能,韩小荣还是个孩子,他怎么懂八大山人?"

姚常川说："他也许不懂八大山人,但是他听大人天天说八大山人,他能不明白八大山人的价值……"姚常川看马北风脸色不对,停顿了一下,"不过,老太太说起小荣时,完全是另外一种口气。"

马北风说："什么口气?"

姚常川说："疼爱,我记得她是笑着对我说,连小荣那孩子也问起我八大山人了,你们看看,你们这些人,为了八大山人闹成什么样子,小孩子也受了你们的影响。"

马北风正想着姚常川的话,BP机又响了起来,他看了一下,是局里在呼他。

姚常川在送马北风出门的时候,马北风说:"希望不再来找你。"

姚常川说:"谢谢。"

马北风回到局里,老丁王伟他们都在,马北风怎么也没有想到,等待着他的会是这样一个消息。

确实没有八大山人的字画。

马北风怔怔地看着老丁和王伟,心里乱糟糟的,不知有多少头绪在纠缠着,虽然这许多天来,在马北风的内心深处,始终存在着这样的想法,或者是猜测,根本就没有八大山人,没有八大山人的画,没有"白眼向人",什么也没有,而且他的这种猜测,这种想法,早已经溢出他的内心世界,他已经不止向一个人说过,甚至向邱正红,向姚常川也都说过了,这说明,他的这种想法已经不是一般的猜测,如果他能认真地冷静地审视一下自己,也许不难发现,他自己已经被这种猜测,被这种想法征服了……但是现在,一旦这种猜测,这一种基本上是无根无据仅仅是凭着自己的感觉推测出来的想法真的被证实了,马北风却突然地觉得不能接受,他不能面对根本就没有八大山人的画这样一个事实。

马北风看着老丁和王伟他们,他们也正注意着他,马北风说:"怎么可能,怎么可能……"

但这是真的。

八大山人的画,一幅是鱼,一幅是鸟,白眼向人,确实是存在过的,也确实是属于郑维之的,但是在二十多年前的那一个黄昏,当汪伯民和陈逸芳看到郑维之拿着一卷东西跑到办公室的时候,郑维之告诉他们那是八大山人的画,他们也都相信了,其实,那时候郑维之拿的那一卷东西,已经不是八大山人的画,而是一卷灰色的废纸,在这之前,郑维之已经把八大山人画的画交给了一个在博物馆工作过的老人,这老人郑维之并不熟悉,只是知道他一生热爱字画,郑维之在知道自己没有能力保住八大山人画的情况之下,走投无路,找上门去,老人收下了那两幅画,什么话也没有说。郑维之回来后就用一卷灰纸冒充八大山人画藏在办公室的柜子里,他也许并不是要给汪伯民和陈逸芳栽赃,但是在那样的情况下,慌乱之中再也没有别的办法想了。

以郑维之的想法,也许在事过之后会把这一切告诉汪伯民和陈逸芳的,但是郑维之没有能够过了那一关,他自杀了,什么话也没有留下,知道他把八大山人的画交给一位老人保管的只有他的老婆,郑维之的老婆在临终前又把事情告诉了独子郑全,但是在十年以后,郑全在以八大山人的画为由提出索赔的要求时,却隐瞒了这一段事实,因为一直没有找到画的下落,在汪伯民为画的事情疯了以后,对陈逸芳的查问也告一段落,最后以赔偿部分经济损失了结了此事。郑全自然是因为知道事情的真相,也不敢再深究,所以拿了些钱也就到此为止了。

这个沉得很深很深的错案,如果不是发生了梧桐大街18号凶杀案,也许永远就沉在一个无底洞里,永远不得再见天日,除了郑维之九泉之下的亡灵不得安生之外,于别的人恐怕也不会有什么大的关系了。但是梧桐大街18号发生了凶杀案,案子久久地不能破,外面的说法越来越多,越来越离奇,大家都说凶杀与八大山人的画有关,郑全有些害怕了。

老丁王伟他们找他谈过几次,都没有松口,但是外面的传说给郑全的压力却越来越大,终于郑全说出了事情的真相,但是母亲并没有告诉他父亲当年是把画交给了哪一位老人,连母亲也不知这位老人的姓名,只知道从前曾经在博物馆做事,想起来,这位老人即使还活着,年岁也很大了,二十多年前他已经从博物馆退休了。

奇怪的是老人既然接受了郑维之的委托,为什么从此以后再不出面,他是想侵吞八大山人的画,还是有别的原因,或者,老人早已经不在人世?

老丁王伟他们到博物馆找这位不知名不知姓的老人,经过大量的细致的调查,终于有了确切的答案,这位老人姓常,已经在二十多年前去世。也就是说,在郑维之把画交给老人后不久,老人也离开了人世。

八大山人？

老人一辈子没有婚娶，没有子嗣，去世后，他的所有遗物都由他在乡下的远亲接了去，据当时处理老人遗物的一些人回忆，乡下的远亲除了带走一些家具，别的一些书啦纸啦统统都放一把火烧了。

听到这里，马北风不由站了起来，说："八大山人，也烧了。"

老丁笑了一下，那是一种无可奈何的笑。

王伟说："天知道，只有天知道了。"

马北风说："到他的乡下远亲家去过了？"

王伟说："能不去吗？"

马北风说："没有结果？"

没有回答他，当然是没有结果。

其实还是有一个结果的，就是汪伯民和陈逸芳谁也没有拿八大山人的鱼和鸟。

陈逸芳手里，确实没有八大山人的字画。

为了一件根本没有的东西，却得出令人心惊的另外两个结果。

汪伯民疯了。

陈逸芳的死，到底和八大山人的画有没有关系？

八大山人，是谁？辞海上是这样介绍的：朱耷，清初画家，南昌人。明宁王朱权后裔。明亡，一度为僧，又当道士……有雪个、个山、八大山人等别号，擅画水墨花卉禽鸟……所画鱼鸟每做"白眼向人"情状，署款八大山人，连缀"哭之"与"笑之"的字样……

这介绍确切吗？

这些都是真的吗？

除了见于史料的记载，现在活着的人，谁知道八大山人是怎回事？谁见过八大山人？署名八大山人的画当然有人见过，博物馆也收藏着，但是谁能肯定那就是八大山人画的？

几百年以后，有一个与八大山人没有任何关系的叫郑维之的人，真正拥有八大山人的画吗？如果真的曾经有过，见过这两幅画的人都已经死了，再也不能从他们嘴里得到真正的答案。也许，郑维之确实是把八大山人的画交给那位老人保管，但是谁又能排除另一种可能性，那就是根本没有八大山人，没有八大山人的画，郑维之根本没有找过什么老人，老人也根本没有接受过八大山人……不管怎么样，不管曾经有过八大山人的"白眼向人"的鱼和鸟，还是从来就没有，结果却是同样的：现在活着的人，谁也没有见到"白眼向人"的鱼和鸟。

如果汪伯民早知道这样的事实，他还会疯吗？

如果陈逸芳早知道这样的结果，她会怎么想？

如果邱正红早知道这样的结果，他会为他的白费努力感到滑稽吗？

如果姚常川早知道这样的结果，他会为他的荒唐行动感到沮丧吗？

如果韩山岳和汪晨早知道这样的结果呢，他们会不会一次次追上韩奶奶的门去？

如果……

马北风怎么也收不回自己飞得很远很远的思绪。

需要补充的一段后事：

一年以后，马北风为一个案子到了南昌，他在八大山人故乡的一座纪念馆里，看到了八大山人的真迹，一幅鱼，一幅鸟，确实是"白眼向人"。

马北风沉寂了许久许久的心突然又激动起来,他找到纪念馆负责人,向他打听,这两幅画的来源,负责人告诉他,是一个不知名的人无偿赠送给纪念馆的,此人既没有留下自己的姓名、地址,曾经连面也没有让他们见着,他把这两幅画卷成一卷,交给纪念馆的看门人,又由看门人交给了馆长,经鉴定,这是真迹。他们四处打听捐赠人,打听了一年多,却一无所获,没有一点线索。唯一可以断定的就是捐画人不是江西本地人,看门人听他的口音不是本地人,但是听不出他是什么地方的人。

马北风本来想问一问,这是什么时候,哪一年发生的事情,但是他终于没有问,没有必要再问了,他想。

马北风后来在那两幅画前站立了许久许久,他看着那条鱼和那只鸟的眼睛,白眼。

第 18 章

马北风走进病房,梁亚静正拿镜子照自己的脸,前额中央有一道疤痕,她说:"留下一个疤。"

马北风笑笑,没有说话,他不知道该说什么。

梁亚静说:"你怎么没有想法?"

马北风想了想,说:"永远的纪念。"

梁亚静用手轻轻地摸摸那道疤痕,轻轻地叹了口气,她活动了一下手臂,觉得手臂还是有力量的。

马北风说:"怎么,还想干老本行?"

梁亚静点头,说:"不做这个,做什么,跟你干警察呀?"

马北风说:"现在说这些还早,你不躺个一月两月就想出来?吃水果吗?"

梁亚静摇摇头。

马北风说:"邱正红还常来看你?"

梁亚静调皮地一笑,说:"邱正红看我与否,不是你关心的问题吧。"

马北风说:"你就这样看我?"

梁亚静说:"不是我这样看你这个人的,是你自己这样做你这个人的。大家对一个人的看法,并不是别人看出来的,而是他自己做出来的,你不相信?"

马北风不说话。

梁亚静说:"我答应你要告诉你有关金正明的事情,现在你还想听吗?"

马北风说:"想听。"

梁亚静怀疑地看了他一眼,说:"既然根本不存在画的事情,你怎么还揪住不放。"

马北风又不说话。

梁亚静说:"其实你心里早就排除了对邱正红、金正明的怀疑,只不过你要亲自证实,才能甘心。"

马北风说:"你总是能了解我的心思。"

梁亚静说:"心心相印呀。"

马北风有些不自在。

梁亚静说:"不是我说的,是邱正红说的。"

马北风说:"管他什么事情。"

梁亚静说:"你明知故问。"

马北风又是一阵不自在,邱正红的影子时时刻刻横在他和梁亚静中间。

梁亚静说:"不说他了,说金正明。"

梁亚静告诉马北风,金正明有一个情妇,她把那个女人的名字和地址告诉了马北风。

马北风说:"你是不是想说,18 号早晨金正明在他的情妇那里?"

梁亚静说:"你自己去了解吧,我躺在病床上,怎么能知道得那么多?"

马北风再也坐不住了,却又不好马上就走,梁亚静说:"走吧,坐在这里受罪。"

马北风说:"我知道,邱正红每次来,陪你坐好半天。"

梁亚静沉默了一会儿,慢慢地说:"你和他,是不一样的。"

马北风想说我和他当然不一样,他是大阔佬,我是穷警察,他能体贴人、理解人,他有时间有条件做他想做的一切,可是我不能,我没有时间也没有条件,我什么也没有……马北风毕竟没有把这些话说出来,他想,留待以后再说吧。

马北风赶到金正明的情妇那里,一切好像都到了水到渠成的时候,马北风只问了她一句,你认为杀人的事情要紧,还是偷情的事情要紧,女人就哭起来,承认了金正明常常在早晨六点半到七点半之间,借口早锻炼到她这边来,18号那天早晨,金正明确实是在她家,和平时一样,他是七点差十分到的,七点五十分离开,在她这里待一小时。梧桐大街18号凶杀案发生后,她是想出面作证的,可是金正明不让她说。金正明为什么不让她做证人,她也搞不清楚,但是有一点是可认肯定的,金正明怕他老婆,他害怕自己有情人这事情被老婆知道。

马北风说:"金正明也不是没有头脑的人,他难道不明白杀人的事情和偷人的事情是不可同日而语的?"

女人说:"我也这么跟他说,可是他说我怕什么,让他们来冤枉我就是,看看他们警察有什么本事,我没有杀人,看他们能把我怎么样?"

马北风想,这确实是金正明的口气,他朝那女人看了一眼,又问:"你能肯定那是18号?"

女人说:"是的,他来了不久,就听到外面有炮仗声响,我说今天什么日子,一大早就放炮仗,他说今天好日子,18号,要发财的。"

韩小荣没有骗人,他在18号早晨六点四十分左右看到金正明骑着一辆宝蓝色的赛车从街心公园的方向过来,朝文化宫的方向过去,一点不错,从梧桐大街到金正明情妇家大约十分钟能到,所以金正明在七点差十分准时到了情妇家。

马北风说:"你记得金正明那天是怎么来的? 走来的? 骑车来的?"

女人说:"他从来都是骑车的。"

"什么车?"

"赛车,宝蓝色的。"

再也没有什么好问的了。

最后的金正明也被彻底地排除了,一切列入嫌疑名单的人都一一被排除了,正如梁亚静所说,马北风其实早已经把金正明给排除了,他再找金正明的情妇不过是想亲口听一听她的证词罢了。老丁王伟他们或迟或早也会找到她的,即使马北风不找金正明的情妇,老丁他们在核实了情况以后,也同样会告诉他的,排除一切的工作始终进行得很顺利,那么反过来,侦破凶杀案的工作就越来越难,越来越不顺利,所有的线索全部彻底地断了。

这许多日子以来,他们,他,还有老丁王伟,还有杨队长,局头,所有的人,他们所付出的努力都白费了吗?

他们真的走入了歧途再也转不出来了吗?

其实不然。

事情恰恰相反，有多年破案经验的马北风和老丁他们一样，有一种感觉，凶手越来越近了，排除的人越多，凶手就越近，当所有的怀疑对象都被排除时，凶手往往已经露出他的面目来，不管这面目是多是少，是大是小，是露了马脚还是露了尾巴。

如果是这样，凶手越来越近，马北风应该高兴，应该激动，应该庆贺，但是此时此刻的马北风，心里却涌满了悲哀的感觉。

马北风到局里的时候，杨队长正召集老丁王伟他们开会，老丁正对着门，不知在说着什么，神情很激动，他一眼看到马北风进来，立即停了下来，其他人都背对着门，看老丁突然不说了，都回头朝门口看，见是马北风，脸上也都现出一种奇怪的表情，一时间屋里沉静下来，没有人说话，有些冷场。

马北风明白，他被回避了。

马北风勉强地一笑，说："你们谈吧，我找小孙。"

他退了出来，注意到本来虚掩着的门，后来关上了，马北风心里那种悲哀的感觉更浓更深了，他在自己的办公桌前坐下，小孙不在，别的几个人也都在忙自己的事情，没有人注意他的情绪，马北风只能任凭自己的悲哀弥漫开来，他知道他的悲哀并不是因为失去信任，不是的。

又过了好一会儿，杨队长办公室的门开了，王伟出来上厕所，马北风跟着去了厕所。王伟朝他看看，没有说话，眼神却很复杂，叫马北风一时捉摸不透。

马北风见王伟方便完要走，连忙拦住他，说："为什么回避我？"

王伟讪讪地一笑，说："你想到哪里了。"

马北风说："你的脾气我也不是不知道，你瞒我能瞒得住？

你嘴上可以不说,但是你的眼睛、你的神态会说的。"

王伟避开马北风的注视,说:"说什么,有什么好说的。"

马北风一把抓住他的胳膊,说:"案子进展怎么样了?"

王伟欲言又止,眼睛里又现出一种复杂的神情来,他拉开马北风的手,说:"等着我呢。"就进去了。

马北风细细地想着王伟的眼神,他想从这复杂的表面清理出一点什么,可是他不能这样做。他并不是没有信心,他甚至觉得,只要自己认真想一想,就能很快知道王伟的心思,也能很快知道老丁他们回避他的原因。但是马北风不能这样做,他不敢再往深里想。

马北风回到办公室刚坐下,门卫的电话打进来,说有个姓韩的在门口等他,问要不要让他进来。马北风马上说:"你让他等一等,我马上出来。"

马北风赶到门口,韩山岳正等在传达室,有一团浓浓的烟雾遮着他的脸。马北风进去,把这团浓浓的烟雾冲散了些,他看清了韩山岳的脸,发灰发青,马北风心里一阵刺痛,看韩山岳低着头,也没有注意到他的到来,马北风上前说:"你来了。"

韩山岳抬头看看马北风,说:"你这会儿忙不忙?"

马北风说:"没事。"

韩山岳说:"小荣走了。"

马北风好像早已经有了思想准备,韩山岳的话只是起了一个证实的作用,他尽量平静地问:"找不到他了?"

韩山岳说:"下午没有课,可是……中饭没有回来吃,我到学校去找了,没有,到你家也去看过,没有。"

马北风说:"平时小荣也不是没有个迟回晚归的时候,你也没有这么紧张吧。"

韩山岳愣了愣,说:"是,可是这几天,不对头。"

马北风说:"怎么不对头?"

韩山岳摇了摇头,说:"先不说了,找到小荣再说吧。"

马北风想了想,问:"你到林老师那边看过了?"

韩山岳说:"看过了,没有去。"

马北风看看手表,已经是下午四点多,说:"我们先回去,说不定已经回家了呢,你在这干着急。"

他们一起回到韩山岳家,没有小荣的影子,汪晨一个人在抹眼泪,马北风说:"小荣也不是小孩子了,不会被骗被拐,也不会迷路……"

汪晨说:"可是他会……"

她说了一半,韩山岳打断了她,接上去说:"他会离家出走,他会和我们作对,他也许会做出许多想也想不到的事情……"

马北风说:"你们觉得他会做出什么事情?"

汪晨和韩山岳对视一眼,两个人的脸色都很难看,两人都没有说话。

马北风到小荣住的屋里看了一下,和住在梧桐大街18号和住在他家时一样,小荣总是把房间整理得整整齐齐、干干净净,看上去给人一种舒适整洁的感觉。

马北风开了小荣的几个抽屉看看,里面没有什么东西,除了一些侦破方面的书,连本笔记本也没有。马北风把那些书翻了翻,重又放好,走了出来,问韩山岳:"你刚才说小荣不大对头,你说说。"

韩山岳朝汪晨看看,摇了摇头,说:"我说不出口。"

马北风回头看着汪晨。

汪晨眼睛里慢慢地又有了些泪水,她说:"我们不敢说,也不敢想,小荣……"

马北风心跳得快要蹦出胸膛,他既期待着韩山岳汪晨说出些什么话来,同时又怕他们说出些什么话来,内心被这种矛盾折腾着、纠缠着。

韩山岳长叹了一声,说:"不说了吧,其实也没有什么,只是孩子古怪罢了,别的也没有什么,这孩子天生古怪。"

汪晨张了张嘴,想说什么,但是被韩山岳用眼光阻止了。

马北风知道他们的心情,对他来说,或者换了他处在韩山岳的位置上,他也会这样犹豫这样痛苦,欲说不能,不说又不行。

马北风跟着韩山岳汪晨他们一起沉默了一会儿,后来他说:"还是先找小荣吧,我想,他会不会回梧桐大街18号去了。"

一句话提醒了韩山岳,他马上站起来,说:"我怎么没有想到?孩子前天说过,要和奶奶做伴去了,我还以为他说的气话呢。"

他们一起赶到梧桐大街18号。

电梯工看到他们,说:"你们也回来了,小荣那孩子,也搬回来住了。"

果然如此。

韩山岳和马北风迫不及待地上了五楼,开了502室的房门,小荣果然在,他已经把自己住的小房间打扫过了,可以说是一尘不染,正戴着耳机听歌,看到马北风和韩山岳进来,并没有什么表示,也没有把耳机摘下。

韩山岳上前说:"小荣,你搬回来住怎么也不和我们说一声,把我们急死了。"

小荣仍旧听他的歌。

韩山岳站在一边不知怎么办才好。

马北风过去把小荣的录音机关了,说:"小荣,你有什么心思,告诉我们,我们都是你的亲人。"

小荣突然古怪地笑了一下,说:"你们以为我被你们几句话一说就动心了吗?"

韩山岳说:"你说说,我们,我,还有你……还有汪晨,我们到底有什么地方对不住你,即使你不喜欢我们,还有你的小马叔叔,你连小马叔叔也不要了?你看看小马叔叔,这些日子为了破奶奶的案子,他睡了几个安稳觉,吃了几顿安稳饭,你看他嘴上燎泡都生出来了,你就不心疼……"

小荣继续用古怪的眼神看着他们,看了好一会儿,他的眼睛里渗出些泪水来,泪水又慢慢地淌下来。

韩山岳说:"小荣,不管你是怎么想我们,我们对你总是真心地爱护,真心地希望你好,你难道不能明白我们的这片心,你不是一个不懂事的孩子。"

小荣终于开口说:"我知道,我知道你们都爱我,可是我——"

韩山岳好像松了一口气,说:"小荣,你能明白就好,跟我回去住吧,在爸爸身边,总是不一样的。"说着上前去拉小荣。

小荣像躲避瘟疫似的躲了一下,说:"我哪里也不去,这里就是我的家,我在这里陪着奶奶。"

韩山岳回头看救星似的看了马北风一眼,马北风无可奈何地摇了摇头,他现在再也不是小荣的保护人,他的话,小荣再也不肯听,不肯相信……仅仅只是过了几天时间,小荣和他的距离就拉得这么大,马北风一想起来,心里就发寒。他不能再看小荣的脸,对韩山岳说了一句:"你再劝劝他,我有些事情,先走一步,我会再来看小荣的。"

马北风走出来的时候,反手带上门,他在门口稍稍站立了一会儿,也许他并不是想偷听韩山岳和小荣父子的谈话,他只是想让自己的情绪平稳一下,于是他就听到了韩山岳和小荣的对话。

韩山岳说:"小荣,你不要紧张,你什么事情也没有,是不是?"

小荣没有说话。

韩山岳说:"小荣,你的不正常,我们都知道,是奶奶的死使你失去了理智,是不是?"

小荣闷声闷气地说:"不是。"

韩山岳停顿了一下,再说话时,声音就有些变调,有些颤抖,他说:"那你,那你——"

小荣说:"你不要问了,问了我也不会告诉你的,你们,根本不知道我的心思,只有——"

韩山岳看小荣说了一半又停下,连忙追问:"只有什么?"

小荣说:"只有,只有小马叔叔知道我,他最了解我,我的事情他已经都知道了。"

韩山岳说:"你的事情,你的什么事情?"

小荣又没有了声音,马北风听到这里,再也站不下去,急忙下了楼,只觉得心跳加剧,他出了大楼,慢慢地朝外面走去,他横穿过梧桐大街的马路,走到对面的一条小巷,走过这条短短的小巷,外面就是全市最繁华的新市大街,马北风站在新市大街的人行道上,看着大街上车水马龙的热闹情景,各种各样的出租车川流不息,就在出租车来回行驶的时候,马北风的脑子里突然跳出一句话,是小月亮说过的,小月亮曾经说过,小荣哥哥也坐过出租车。马北风想起当时小荣听了这话脸色大变的情形,浑身一颤,他急急地穿过那条小巷,返回到梧桐大街,再重新穿过小巷来到这边的新市大街,看了一下表,只需要四分钟,就能从梧桐大街 18 号走到这地方,出租车很多,平均两三分钟就有一辆驶过……马北风的心跳得越来越激烈,他急急忙忙跑回去,小月亮放学了,正在家里做作业,看到爸爸提前下班,很高兴,说:"爸爸,你今天怎么这么早?"

马北风一看到小月亮天真无邪的笑意,心里很痛很痛,他说:"今天爸爸有点儿事情要小月亮帮助。"

小月亮兴奋地站起来,说:"你快说。"

马北风张口就可以把要问的话问出来,小月亮知道什么情况她一定会毫无保留地说出来,但是马北风却没有张口说,他面对小月亮站了好一会儿,弄得小月亮有些奇怪,也有些害怕,说:"爸爸,你怎么啦?你说呀,有什么事情说出来就好了。"

马北风想果真说出来就好了,那才好呢,事实恰恰相反,他希望从小月亮口中得到的东西恰恰是他最不希望得到的东西。

马北风终于还是说了,他说:"小月亮,爸爸问你一件事,小荣哥哥是不是跟你说他坐过出租车?"

小月亮说:"是。"

马北风说:"他有没有说是从哪里坐到哪里,路线长不长?"

小月亮说:"长的,长的,小荣哥哥说从新市大街一直坐到他的学校呢,小荣哥哥说坐了好长时间,真舒服,下次要带我坐呢。"

马北风一直吊着的一颗心突然地开始往下沉,越沉越快,沉得他快要抓不住它了,马北风的眼睛不敢直视小月亮,又问了一句:"你还记得是什么时候?"

小月亮想了想,说:"我不记得了,我再想想……我不知道。"

马北风再问:"小荣哥哥有没有说出租车是什么样子?"

小月亮说:"什么什么样子?"

马北风说:"就是,就是汽车大不大,宽不宽畅?"

小月亮点点头,说:"小荣哥哥说汽车很大的,可以在后座上睡觉呢。"

马北风想了一下,又问:"小荣哥哥有没有说汽车是什么颜色?"

小月亮不假思索地说:"说的,汽车是红色的,小荣哥哥说红得像人的血,我还说小荣哥哥瞎说呢,红汽车的红才红得好看呢,一点也不像人的血,人的血才难看呢,可是小荣哥哥说就是和人血一样,说就是人血涂上去的。爸爸,小荣哥哥说得不对是吧?"

马北风听到了小月亮的问话,但是他已经不知道该怎么回答了,他机械地说:"是的。"

小月亮惊奇地说:"爸爸你说什么,是人血涂上去的?"

马北风反问小月亮:"你说什么?"

小月亮看着爸爸的脸,有些害怕,说:"爸爸,你怎么变得和小荣哥哥一样?"

马北风神经一紧,说:"怎么样?"

小月亮又看着马北风的眼睛,说:"眼睛一样的,定定地,好像,好像,我说不出来。"

马北风没有再说什么,对小月亮说:"爸爸出去有点儿事情,你自己先吃晚饭。"

小月亮已经习惯,没有表示什么,点了点头。

马北风出来,直奔出租汽车公司。

已经是下班时间,当班的人已经走了,值夜班的说他不了解当天的营业情况,何况马北风要调查的事情已经有好些天,并且也不能确定就是他们公司的车,现在个体的车也很多,所以要等明天上班以后再说了。马北风问清了负责调度运行的科长的地址,就走了出来。他走到出租公司的大门的时候,迎面看到王伟和小刘走来,他们一见马北风,马上互相做了个眼色,马北风上前说:"做什么眼色?"

王伟和小刘都没有说话。

马北风说:"迟了,人都下班走了。"

王伟对小刘说:"那就明天来。"

小刘犹豫了一下,勉强地点点头,马北风和他们分道而去。马北风并不知道王伟他们绕了一下又回到出租公司来了。

马北风直奔调度科长家,到了科长家,科长老婆脸色很不好看,说天天忙到黑,回家了还不得安宁。

科长看了马北风的证件,和老婆耳语了几句,老婆才走开了。马北风说:"主要是调查梧桐大街18号凶杀案的需要。"

科长说:"那是,要不是要案大案,也不会抓这么紧。"

马北风把问题提出来,科长为难地说:"每天的运行记录是有的,但在公司里,不在我身边。而且,你也不能肯定就是我们公司的车呀。"

马北风说:"是不能肯定,但是如果你们公司的车被排除了,不就没事了吗。"

科长说:"那是。"

马北风说:"所以,还要麻烦你一起到公司去一趟。"

科长再没有说别的话,心里虽然怨着,但也不敢说,陪着马北风一起到公司查了18号那天上午的运行记录,在新市大街行驶过的共有二十辆车,其中大红色的有五辆,两辆桑塔纳,三辆夏利,根据小月亮说的,汽车很宽大,夏利车的可能性不大,但是马北风还是让调度科长一起把那五位司机呼了一下,很快有四个人回了话,情况是一致的,18号早晨八点钟以前都还没有出车,四个人就排除了,剩下的一个开桑塔纳的,不知在什么地方,等了半天也不回话,马北风看出科长的不耐烦,说:"你先回去吧,我在这里守着电话就行,有事情再麻烦你。"

科长说了声谢谢,就走了。

马北风又等了大约二十分钟,仍不见电话来,正要问问值班的,就看到有一位三十来岁的人站在门口朝里探头,嘴里说:"谁呼我,科长?人呢?"

值班的人对马北风说:"就是他,张师傅。"

马北风站起来迎着张师傅说:"是科长呼的你,我是公安局的,找你了解点事情。"

张师傅说:"又出了什么事?"

马北风递给张师傅一支烟,说:"影响你的生意了,对不起。"

张师傅说:"你客气。"

马北风说:"是梧桐大街18号的案子。"

张师傅说:"这案子听说很奇怪是不是,怎么还没有破?"他看看马北风的脸色又说,"找到我们这里,难道和我们的车有关系?"

马北风说:"正在查,想了解一下,18号早晨你几点出的车?"

张师傅说:"那一天我出车迟了,有九点多了。"

马北风想,又断了,但是仍不甘心,说:"平时都很迟吗,九点以后出车?"

张师傅说:"平时倒也不很迟,一般的八点左右,那一天特殊情况,18号,好日子,我的一个朋友开店,早晨用我的车子了,到九点钟以后才帮他办完事情,以后就直接到了新市大街。"

马北风叹息了一声,断了。

张师傅看马北风脸色沉重,主动说:"你们调查车子,有一个地方消息最多。"

马北风说:"哪里?"

张师傅说:"蓝色酒家,你知道吧,蓝色酒家,在——"

马北风心里又是一跳,说:"蓝色酒家我知道。"

张师傅说:"我们开车的常常喜欢到那地方去弄两杯喝喝,凑到一起,什么不说?"

马北风说:"谢谢张师傅。"

张师傅说:"不谢,有什么事情再找我就是。"

马北风说:"那我走了。"说着就走出去,临到门口,马北风又回头说,"张师傅,你为什么肯帮助我?"

张师傅笑起来,说:"干你们这一行的,就是多怀疑,告诉你,我弟弟也是你们这一行里的,我知道他的难处,想你也和他一样难,能帮就帮帮。"说着和那个值班的一起笑起来。马北风出去的时候,听到张师傅对值班的人说:"这个人有些奇怪,一般查案子都是两个人出来的,他怎么单独行动?这个人,我看他脸色也不大对头,会不会……"

值班的人说:"你一说我倒想起来,他下晚时一个人来过,他走后不久,又来了两个警察,也是问的这件事情,是有点奇怪……"

马北风没有再听下去,他有一种感觉,好像他拼命在和老丁王伟他们抢时间、抢进度……为什么,即使他抢在了前面,又能怎么样呢?

马北风在街上随便吃了晚饭,就到了蓝色酒家,迎上来的还是那个烂菜花,笑眯眯的,说:"亨特警察又来了,今天我们老板不在,你不相信自己去看看。"

马北风说:"不是来找你们的麻烦,想了解些情况,希望你配合。"

烂菜花笑,说:"当然配合,你想了解什么,我也知道,要找出租车司机是不是?"

马北风对于蓝色酒家的传递信息的能量也算佩服的了,他说:"是不是姓张的师傅已经过来告诉你们了。"

烂菜花说:"这你就太小看我们蓝色酒家了,难道我们只认识一个张师傅呀。"

马北风想,这话倒是不错,他说:"那么我要找的人,你是不是能帮我找到呢?"

烂菜花笑得弯了腰,说:"笑死我了,笑死我了,亨特还要我烂菜花指点迷津。"

马北风想我过去真是小看了这个烂菜花。

烂菜花看马北风不作声,主动说:"到我们这里来的司机很多,大多是个体的,个体的车在新市大街不多。"

马北风想不多才好,范围小一些。他想了想,问烂菜花:"为什么我们的行动你们会这么清楚?"

烂菜花又笑,没有回答这个问题,笑了一会儿,说:"我们老板叫我告诉你,18 号那天上午八点来钟在新市大街接客的只有一个人。"

马北风问:"谁?"

烂菜花说:"牛皮,大号牛千里。"

马北风说:"他在哪里?"

烂菜花斜眼看了马北风一眼,很烂污地一笑,说:"你来得真不巧,现在他在做什么,我可不能告诉你,我可不想坏人家的好事。"

马北风感到一阵厌恶,但是又不能不压抑住,说:"我可以等。"

烂菜花又看了他一眼,说:"你这个人还算够义气、够朋友,所以我肯告诉你。"

马北风说:"是你肯告诉我?刚才你还说是你们董老板让你告诉我的,怎么回事,董老板为什么要这样做,他想做什么?"

烂菜花又是一笑,说:"你这个人,人家想帮帮你,你疑心病这么重,以后谁还敢和你说话。"

马北风没有接烂菜花的话头,他想董成功为什么要帮我呢,没有理由,是为他的弟弟小董摆脱什么,或者是小董要他这样做的,如果是小董的意思,和邱正红也许有关,邱正红真的想帮他?为什么?和梁亚静有没有关系……马北风越想越远,他努力地收回思绪,问烂菜花:"你说的那个牛皮,开的什么车?"

烂菜花说:"桑塔纳,红色的。"

马北风的心紧紧地缩成一团。他又问:"你知不知道18号早晨他在新市大街拉过什么人,大约几点钟?"

烂菜花说:"这我怎么知道,我又不是牛皮的……对了我找个人来你问问他,他是牛皮的朋友……"烂菜花说着对酒家的大厅喊了一声,马北风没有听清她喊的什么,随即就有一个瘦猴样的人出来,对着烂菜花笑,说:"刚才不肯,还搭架子呀,这会怎么想起召我了。"

烂菜花说:"好没眼色的货。"

瘦猴看了马北风一眼,说:"怎么,麻烦找上门来了?"

烂菜花说:"闭上你的臭嘴,这是我的朋友,有事情问问你,你照直说。"

瘦猴又看了马北风一眼,嘿嘿嘿地笑起来,说:"烂菜花呀,烂菜花,真有你的,什么时候弄了个局子里的朋友,难道真到了警匪一家的时代啦。"

烂菜花上前拍了瘦猴一嘴巴,说:"问你牛皮的事情。"

瘦猴小眼睛不停地朝马北风转,说:"牛皮的事情,你问牛皮去。"

烂菜花说:"找不到牛皮。"

瘦猴又龇牙咧嘴地一笑,说:"找不到,我带你去找,只不过……"

烂菜花收敛起笑脸,对瘦猴说:"你怎么样,不说是不是,不说你就滚。"

瘦猴连忙赔着笑脸,说:"我说,牛皮什么事情,你问就是。"

马北风说:"牛皮有没有跟你们说过,18 号早晨在新市大街拉过什么人?"

瘦猴说:"没有戏唱,你找错人了,你走了歧路了。"

马北风说:"你是说他没有拉过人?"

瘦猴说:"拉是拉的,牛皮说起的,18 号早晨七点多钟是在新市大街拉了一个客人的,不过不是大人,是个小孩子,十六七岁的样子,很着急的,说是上课要迟到了,那一天正是考试,牛皮本来不想拉他,可是孩子一头大汗,拦住车子不让走,牛皮就拉了他,后来牛皮还说只收了他一半的钱,我们笑牛皮吹牛,牛皮赌咒发誓说是真的,看那孩子很可怜的样子,从新市大街到那学校,可不近,要是换了别的人不敲他五十大洋也不是牛皮了,牛皮只收了那孩子二十元钱,我们还是不相信,笑话牛皮假发善心,牛皮又说,那天他心情好,出门就遇上个生意,一般早晨八点之前是没有什么生意的,那天又是 18 号,好日子,所以……"

马北风还想再问问确切的时间,还想再问问孩子的长相什么的,可是他什么也没有问出来,他想,没有必要再问什么了。

正在这时候,烂菜花笑起来,指着一个从后院出来的男人说:"来了,事情办完了,牛皮。"

马北风朝那人看,三十岁左右,一脸既满足又疲惫的样子,马北风只是看了看他,没有上前和他说话。

牛皮看他们三个人愣愣地站在酒家门前,一起用一种特殊的眼光朝他看,觉得奇怪,心里也有点发虚,上前说:"烂菜花,什么事?"

烂菜花朝马北风努努嘴,说:"找你问事情。"

牛皮看看马北风,大概也有数他是干什么的,脸上那种得意之色马上消失了,说:"什么事?"

马北风摇了摇头,没有说话。

烂菜花说:"咦,你不找牛皮吗?"

马北风又一次摇了摇头,他最后看了看烂菜花和那两个男人,转过身去,慢慢地离开了。他离开的时候,听得牛皮在问烂菜花:"怎么了,是不是后院的事情?"

烂菜花说:"不是,是问坐你的车上学的孩子……"

马北风走远了,他再不能听到烂菜花他们后来又说了些什么,关于他的,还是关于那坐出租车上学的孩子的事情。

第 19 章

夜已经很深了,马北风一个人独步街头。

谁家的录音机还开着,有个男歌星在唱一首歌……一个人走向长长的街,一个人走向冷冷的夜,一个人在逃避什么,不是别人是自己……马北风听清了这叫人说不出是辛酸还是苦涩的歌词,他想,这难道正是唱给我听的,少男少女们的歌星偶像,原来还真是有点道理的……

马北风慢慢地在街头踯躅,他走过了韩山岳和汪晨的家,看到他们的灯还亮着,他没有进去打扰他们……

他走过林老师的家,林老师已经睡了,屋里一片漆黑……

他走过梁亚静住的那座医院,他想起第一次和梁亚静见面时梁亚静的风采,以后,她还能有那样的风采吗……

他走过自己的家,小月亮肯定已经睡了,他熟悉小月亮的睡姿,她睡着的时候也是在笑着的,小月亮从刚刚懂事起就失去了安安稳稳的生活环境,但是小月亮的天性里没有悲哀,没有更多的痛苦,也没有仇恨,小月亮是个快活善良的孩子……可是小荣,小荣也和小月亮一样,从小不能在一个正常的安稳的环境中生活,但是有许多人爱着他,大家都是爱他疼他的,他怎么会……天性?难道是天性?

马北风不敢往下想,他走过自己的家,没有进门,他一直朝梧桐大街 18 号走去,从某种意义上说,这么多年来,他早就把小荣当作自己的孩子,在小月亮和小荣之间,他分不清更喜欢谁,更疼爱谁。

马北风披着浓浓的夜雾,走进了梧桐大街 18 号那幢熟悉的大楼,电梯仍然开着,通宵不停,但是电梯工十一点后就下班了,十一点以后,上下电梯的人自己操作。

马北风走进电梯,按下五楼的按钮,电梯很快到了五楼,五楼的楼道里没有一点人声,楼道灯亮着,但是很昏暗,马北风迈着几乎挪不开的脚步走到 502 室门口,他举手想敲门,可是想了想,又放下了手,他站着发愣,不知是再一次举手敲门,还是就这么站着,什么也别做,马北风正在犹豫,门突然自己开了,他看到小荣站在门里向着他一笑,那一笑,笑得那么凄惨,那么绝望,马北风的心完全彻底地碎了。

马北风走进去。

小荣说:"我知道你要来了,时间差不多了。"

马北风不能说话,尽管他想说许多许多的话,他有许多许多的话要问小荣,可是现在他一句也说不出来。

小荣说:"小马叔叔你坐吧。"

马北风机械地在沙发上坐下,看小荣给他泡了一杯茶,小荣把茶端给马北风的时候,说:"小马叔叔,有话你就快说吧,他们也快到了。"

马北风知道小荣说的他们是谁,但是他很奇怪小荣怎么对一切掌握得这么清楚,他毕竟还是个孩子,他犯了一个十七岁的孩子不可能犯下的罪行,而且他居然能够跟随,甚至不是跟随而是与侦察人员同步地进行着他自己的破案工作,他对老丁他们以及他的小马叔叔的一切行动都能了如指掌。马北风看着小荣那仍然幼稚仍然很天真的脸,心里不由地抖动起来。

小荣说:"小马叔叔,你不想问我什么?"

马北风摇了摇头。

小荣说:"我告诉你。"

第一,杀人凶器,一把弹簧水果刀,就在写字台的抽屉里,搜查的时候放在自己的裤兜里,搜查以后,就一直放在写字台的第二个抽屉,谁也没有想到来看一看。

第二,作案时间,18 号早晨七点四十分。七点整坐电梯下楼,在楼下转了一圈,马上又从楼梯走上来,出门的时候他没有带上门,所以再进来时奶奶没有发现他,躲在卫生间……事后,飞跑下楼,到新市街拦下红色出租车,十分钟以后,就到了学校,进教室时,正好上课铃响,没有迟到。

就这两点,别的你都知道了。

马北风说:"不!"

小荣拉开写字台的第二个抽屉,说:"小马叔叔,你看,就是这把刀。"

马北风抬头看时,是一把不大的弹簧水果刀,小荣正把它拿在手里,像拿一件玩具,拿一件学习用品。

马北风猛地站起来,走过去一把抓住小荣的手臂,大声说:"小荣,小荣,你到底为什么,为什么?"

小荣任凭马北风紧紧地抓他,不动,不挣扎,他低下了头,不说话。

马北风再一次说:"为什么,为什么,难道,你也相信奶奶有八大山人的画,难道……"

"不!"小荣打断马北风的话说,"我不是,我不是要奶奶的东西,我知道奶奶根本就没有画,我是……"

马北风说:"你到底为什么呀?"

小荣低着头说:"我,我——我做坏事,被奶奶发现了。"

马北风说:"你做什么坏事,你到底做了什么,被奶奶发现了?"

小荣的脸绯红绯红,红得像要流血,他一会儿抬头看看马北风,一会儿又低下头去,嘴里喃喃地说:"我、我……我做,我……"

马北风看到小荣一只手在自己的裤腿上磨着,另一只手在桌子的边角上使劲地蹭着,好像要磨去那手上什么不洁的东西,马北风再看小荣的脸时,他突然明白了,他说:"小荣,你是不是那个,你是手……淫了,被奶奶看到了?"

小荣的头低得不能再低,说:"是,我做坏事,被奶奶看见了,奶奶嘲笑我……"

马北风说:"不,小荣,这算不了什么坏事。小荣,你错了,这真的算不了什么坏事,我们,我们大家在年轻的时候,都有过的,小荣,你怎么不知道,你怎么可能——"

小荣说:"是坏事,我知道是坏事,奶奶看见我就嘲笑我,她再也看不起我了,她再也不爱我了,奶奶变了,她整天不在家,和别人在一起她就开心,和我在一起她就笑话我,她再也不管我的事情,再也不关心我,不爱我了,我想和奶奶说我能改正,可是奶奶不愿意听我说,她一直在嘲笑我,她再也不……"

马北风松开了抓紧小荣的那只手,只觉得浑身发软,他心里在叫喊,小荣,这是不可能的,决不可能,你是爱奶奶的,就像奶奶爱你一样,你对奶奶的爱是很深很深的,你不可能因为这件事情杀奶奶,你下不了手的,你不会这样做的,因为,因为你是奶奶的孙子……可是,他同时又很明白,这是可能的,不仅可能,而且……确实如此,这是事实。

小荣确实杀了奶奶,小荣没有说谎,就像他这些天来不断地向他的小马叔叔,也向老丁他们提供的情况一样,尽管是挤牙膏,尽管一点一滴地往外滴,但是他确实没有说谎,没有一个字是假的。

关于汪晨,18 号早晨七点左右,他下楼时,确实看到汪晨在楼前转,汪晨确实想再找一次韩奶奶,让她把八大山人的画拿出来给儿子救急,可是她后来却没去,她也许明白老太太不可能被说动心的,尤其不可能被她说动心,所以她转了一圈又走开了。

关于韩山岳,17 号晚上来和韩奶奶吵架也是事实,他相信汪晨的话,相信老太太收藏着八大山人的鱼和鸟,所以在公司面临重大困难的时候,老太太却抱着幸灾乐祸的态度,这使他感到心寒,和母亲吵架也是事实。

关于姚常川……

关于金正明……

与韩奶奶有关的在现场留下过痕迹的所有的人的一切行动,从小荣嘴里说出来的,都是真实的。

小荣有计划有步骤地把许多重要情况慢慢地透露出来,把马北风和老丁他们的注意力一一引向值得怀疑的每一个人,看起来好像小荣牵着他们的鼻子在走路,使他们一再误入歧途,其实,误入歧途的不是别人,正是小荣自己,最后小荣发现了这一点歧途是没有出路也没有退路的……小荣，毕竟还是个孩子。

马北风无声地淌下两行眼泪。

小荣也流下眼泪，他哭着说："我要死了。"

马北风上前一把抱住他，说："不，小荣，你不会死，你才十七岁……"

小荣看了一眼墙上的挂历，说："不，小马叔叔，你忘记了，今天正是我的生日，今天我十八岁了。"

马北风猛地一松手。

一时间，马北风想起许多年前汪晨说过的一句话，这孩子才八岁就这样子，到了十八岁会怎么样啊，当时，马北风和韩山岳都认为汪晨对小荣是有偏见的，才会说这样的话，想不到，十年以后的今天，小荣十八岁了……

小荣怎么会变成这样一个人？

马北风想，也许，是我们大家的不正常的爱，使小荣慢慢地走到了这一步，父母的离异，家庭的变故，也许是孩子成长中的一个不利的因素。但决不是决定的因素，把一个孩子的变质完全归于家庭的因素是不公正的。小荣的悲剧，并不是因为他得不到爱，事实上，这许多年来人人都爱着小荣，也许正是因为大家给予他的同情和爱太多，多到了不正常的地步？

小荣最终是误入了歧途。

那么他们呢，马北风自己，还有小荣身边的每一个人，难道每一步都走在正道上吗？

谁又能否认，人生也许就是一个很大的歧途呢？

小荣正是在周围的人出于爱心为他设置的误区中从八岁走到了十八岁。

十八岁,又是一个十八。

梧桐大街 18 号。

大楼 18 层。

奶奶死于 18 号。

小荣的结果竟然正是在他十八岁的生日这一天。

18,这是大家都喜欢的一个日子呀。

静静的夜空中,传来汽车的声音。

小荣走到窗前朝下面看看,回头对马北风说:"小马叔叔,他们来了,你让我走。"

马北风说:"小荣,你不能……"

小荣盯着马北风看了一会儿,说:"你不让我走?"

马北风不说话,他慢慢地走到门口,背对着门,正面迎着小荣,他看小荣朝桌子上的弹簧刀看看,马北风说:"小荣,你不能……"

小荣的动作也非常的慢,他轻轻地拿起那把杀死了奶奶的水果刀。

马北风没有动弹,他说:"小荣,你冷静一点。"

楼外的汽车声越来越近。

小荣说:"小马叔叔,你让我走。"

马北风说:"小荣,你没有地方可去。"

汽车声在梧桐大街 18 号前停止了。

小荣说:"来不及了,我要走了。"

马北风对小荣摇着手,他看到小荣向他走来,小荣手里握着那把刀,马北风只来得及说了半句话:"小荣,你不会——"

小荣走上前来,手向前捅了一下,看上去很轻松很随便,一点儿也不紧张,一点儿也不用力,那刀子就刺进了马北风的右腹部。

马北风只觉得一阵剧烈的疼痛快速地弥漫开来,他想,奶奶那时候也是这种感觉吧,马北风慢慢地倒下去,背对着门,和韩奶奶倒下去的方向完全一致,和韩奶奶一样,马北风倒下去的时候,他嘴里含含糊糊地说:"不,你不会这样的,你不会再做……"他也不知道这些话他到底说出口了没有,知觉渐渐地离开了他。